JN167873

明治大学文人物語

屹立する「個」の系譜

吉田悦志 著
Etsushi Yoshida

明治大学出版会

目次

序――日本海側地域の文化と明治大学

明治大学と「日本海文化」の関係を、たしか渡辺隆喜[1]が言い始めたのであったかと思う。私もその関係性の指摘に賛成する。むしろさらにラディカルに、日本海側地域の精神文化が都市東京で明治法律学校を設立したときに注入され、堆積し伝統と化して、いま明治大学があると考える。

明治法律学校（明治大学）という学的人的環境は大きな三本の柱を束ねて成立している。その思想や特色を漠然と校風という場合もあれば、厳格に校是という場合もある。いずれにせよ、その大きな三本の柱の一つが、日本海側地域の精神文化なのではないか。たしかにフランス民主主義や自由主義の思想も、この大学を支えている大きな柱に違いない。長い年月を経て日本海側地域の大衆と彼らを囲む風土が、培い育み定着させてきた精神文化が、フランス民主主義とフランス法学に触れて、内実を伴った明治大学の思想や特色と化した。そこでこの『明治大学文人物語』の冒頭で、明治法律学校の創立者について、その地域性と思想とを見定めながら人物像を刻んでおいた。

一八八〇（明治一三年）一二月八日付で東京府知事に宛てて「明治法律学校設立上申書」が提出された。島根県士族・岸本辰雄、山形県士族・宮城浩蔵、石川県士族・矢代操と署名した。廃藩置県後の制度整備がまだ固定しておらず、県の設置と統廃合は流動的であった。今の県名では順に鳥取県、山形県、福井県である。一八八一(明治一四)年一月、麴町区有楽町三丁目一番地に明治法律学校は開校した。

この明治法律学校創立者三人は、山陰・東北西南部・北陸地方の出身者である。そこから、渡辺がいう明治大学と「日本海文化」の関係性についての発言がおのずと出てきたはずである。だからその発言にはそれなりの必然性があったのである。ここで、言葉を確定しておきたい。私は、山陰・東北西南部・北陸地方の全域を、この『明治大学人文物語』では日本海側地域と呼び、その地域の精神文化を「日本海側地域の精神文化」と呼ぶ。岸本辰雄は鳥取藩、宮城浩蔵は天童藩、矢代操は鯖江藩に生まれた。

通例、これまでの明治大学創立史に関わる記述においては、岸本辰雄・宮城浩蔵・矢代操の三人の名前を挙げて創立者とするのが「正史」(公式な歴史)的記述である。最近発兌された明治大学史資料センター編『私学の誕生―明治大学の三人の創立者―』[2]という書もこの「正史」的記述を踏襲している。こうした「正史」的な記述は決して間違いではないし、変更を強いられるものでもない。ましてや各キャンパスに設置されている三人の胸像を変える必要もない。これまで通りでよい。

ただ、歴史というものは常に、正史(国家的・公的な歴史)と稗史(民間的・私的な歴史)の組み合わせから成立している。論者の思考や志向あるいは立場によって、重心の置き方が違ってくるだけだ。森鷗外のいわゆる、「歴史其儘と歴史離れ」発言に通じていようか。

正史としての明治大学創立者三人に、私はここにもう二人加えて、稗史的には明治大学創立者「五人説」を提起しておきたい。岸本辰雄・宮城浩蔵・矢代操に、磯部四郎と杉村虎一を加えた五人である。多少の紆余曲折はあるが、五人はおおむね明治維新前後から箕作麟祥の私塾「共学社」でフランス学を学び、各藩から傑出した学徒として貢進生に選ばれ、大学南校を経て、司法省明法寮（のち名称変更して法学校）で学んだ「明法寮の五人組」と呼ばれた同窓生であった。多少の曲折はあるがといったのは、それぞれの道を歩みながらも、最終的には司法省明法寮に参集し卒業した校友であった。明治法律学校は明治一四年に設置され、早くも翌一八八二（明治一五）年、「校友規則」を他の学校に先駆けて制定している事実の裏に、司法省明法寮卒業の「五人組」意識、つまり「校友」意識が共有されていたと考える。

岸本は鳥取藩、宮城は天童藩、矢代は鯖江藩、そして磯部は富山藩、杉村は加賀藩の出身。彼らは、厳しい気候風土や自然環境に囲まれた日本海側地域で、下級武士としての生活を営みながら、あらゆる事柄にめげず立ち向かい、「孤」独な「刻苦研鑽」を経て、屹立する「個」を育んだ。日本海側地域の精神文化を全心身で受け止めて、人間的にも学問的にも成長していく学徒たちが、フランス学並びにフランス法学に遭遇し、そしてパリで民主主義の思想に出合った。

権力より大衆に、都市中央より地方や地方的なるものに思いを寄り添わせながら、具体的には「法」を考究する中で、「法」を通して日本と日本国民に献身する人間を育てる教育理念を彼らは確立する。では、日本海側地域の精神文化とは何か。

日本列島を北海道から九州まで峻険な山地山脈が縦断している。「明法寮の五人組」が生まれ成長した地域はみなその貫く山地山脈の日本海側地域に位置している。それは日本列島を縦断する山地山脈によって形成されたいわゆる中央分水嶺を挟んで、水が日本海側に注ぐか、太平洋側に注ぐかという「分水嶺」によって区分される地域なのである。鳥取藩は中国山地、天童藩は奥羽山脈、鯖江藩、富山藩、加賀藩はアルプス山脈を仰ぐ位置にある。すべて中央分水嶺を挟んだ日本海側地域に位置する。この分水嶺を挟んだ日本海側地域と太平洋側地域の精神文化の違いに着眼するのは、きわめて自然だと考える。島国であるがゆえに日本は、類例がない独自の精神文化を形成してきたように、日本海側地域と太平洋側地域はそれぞれ特色ある独自の精神文化を成立させてきたはずである。いわば、精神文化が「分水嶺」によって分かたれる地域性なのである。

近代あるいは近代前においても、中央分水嶺によって分かたれた日本海側地域の人々は、それを分かつ山地山脈が険しく高いものであるがゆえに、江戸東京、京都、大阪が文明の都市空間として、遥か遠い存在に思い続けてきた。彼らは文明的な発達を遂げた都市を想望し続けてきた。中央と地方の画然とした差異を感じてきた。北国廻船が山陰・東北西南部・北陸の産品を、太平洋側地域の都市に運んだとしても、すべてがそうではないにしても、やはり富は文明の都市空間に収奪されているという事態を、無意識にではあれ精神の底で理解していたのである。

そうでなければ、庄内平野に点在する豪商の家屋の座敷に、紅花で染められた豪華な雛人形が飾られることはなかった。それは、都人には当たり前であるが、地方においては高価な紅花は取引の商品ではあっても、着物を染める品ではなかった。ささやかではあれ、紅花で染めた端布で作られた雛人形を、都市から持ち帰ることで、中央と地方の落差を埋めようとした地方の精神がそこに窺えるのである。日本海側地域の精神文化は、こうした営為や心理の積み重ねから生まれたのに違いない。都市に対する憧れと嫉妬と反発が交錯しながら堆積した精神なのである。この精神が昇華して思想となるとき、人間や組織が確立や獲得をめざす「権利・自由」という表現になり、「独立・自治」という表現になる。

「権利自由」「独立自治」という歌詞を含む明治大学校歌のことで少し脇道に入る。校歌が作られていく過程[3]と校歌が歌い継がれて流布される過程で、徐々にスローガンや校是ともなっていった、「権利・自由」「独立・自治」という言葉が内包する思想こそ、明治大学の存立基盤を表すことは関係者なら誰でも知っている。人間と組織が努力の末に獲得し堅持しなければならない理想を、「権利」「自由」「独立」「自治」という四つの言葉で表現したものである。ただ、常日頃から疑問に思っていたことがある。それは、「権利自由」「独立自治」という不思議な四字熟語についてである。これは、「明治法律学校設置ノ趣旨」と「明治大学校歌」の記述を誤読もしくは誤解したまま習慣的に文字や声にしてきたためではないか。これについての私見は本論の中で触れたい。

また、明治大学校歌の成立過程をつまびらかにした飯澤文夫の指摘が明らかにした「西條八十補作」という新しい事実が、これまで流布されてきた作詞・児玉花外、作曲・山田耕筰という明治大学史の公的記述を、「事実」によって変更するものではない。たとえ児玉花外の詞を、西條八十が補作したとしても、それは「稗史」（非公式な歴史）としての記述であって、歴史的「事実」を背負った明治大学校歌成立史という「正史」が変更されるものではないとだけはいっておきたい。

そうした「正史」と「稗史」という歴史への眼差しの違いから考えるなら、校歌と同じように、「稗史」的にいえば、明治法律学校は、「明法寮の五人組」によって創られたといえよう。そして、次にこの学校の学的人的環境に学んだ学生たちに、こうした存立基盤である地方文化や民主主義の思想がどのような影響を与えたのかという課題が浮かぶ。あるいはどのような人間に育っていったのかという課題である。特徴が際立った典型的な卒業生たちに「序」では概説的に触れておきたい。

まず、与謝野晶子・鉄幹の明星派に属した歌人、評論家であり、さらには小説家でもあった平出修（一八七八〜一九一四年）。まず一九一〇（明治四三）年に信州明科で発覚した刑法第七三条事案いわゆる大逆事件の被告人たちのために立ち上がった、勇気ある弁護人一一人の中に、明治大学関係者が四人もいたことは、しっかりと記憶しておかなければならない。磯部四郎・吉田三市郎・鵜澤總明、そして新潟県出身の若き弁護士・平出修である。明治大学における人権派弁護士の系譜の原点にこの人たちがいる。平出修も日本海側地域の精神文化を身につけて、日本海側地域出身の創立者五人が設立した明治法律学校に入学した。一九〇一（明治三四）年のことである。名称が「明治大学」になる二年前のことであった。

天皇暗殺未遂事件裁判において弁護活動を展開した平出修は、この暗黒裁判の真相（死刑判決をうけた一二人中三、四人を除いて他の人々は無実であるという事実）を一時は行李の底に秘匿し「緘史的栄誉とともに私どもの上で輝いている。

黙」を守った。真実を知った者の命すら危うい、厳しい「孤」独に耐えながら、ついには小説「畜生道」「計画」「逆徒」の筆をとり、「真実」を描いて一九一四（大正三）年三五歳で逝った。それから百年後の今、平出修の「孤」に徹した「個」の命がけの営みが、「真実」を後世に残した勇気ある歴史的栄誉とともに私どもの上で輝いている。

次にこの『明治大学文人物語』に彫琢したい人物は、法学と歴史学という二筋の道を見事に歩み抜いた尾佐竹猛と、近代日本文学史上にはじめて新選組評価を記録文学という実作で結実させた作家・子母澤寛についてである。

後の大審院判事であり、同時に吉野作造たちの明治文化研究会メンバーとして卓越した明治維新史の研究業績を残した尾佐竹猛（一八八〇〜一九四六）。明治法律学校に入るのは一八九六（明治二九）年のことであった。石川県出身である。その尾佐竹に、新聞記者の時代に書いた歴史記述の誤りを痛烈に批判され、憤然と歴史への関心に目覚めたのが梅谷松太郎、後の歴史小説家・子母澤寛（一八九二〜一九六八年）である。子母澤寛もまた石狩湾岸の日本海側地域出身者である。

子母澤寛の祖父・梅谷十次郎は、彰義隊の戦い（上野戦争）で敗れて遁走する佐幕派の武士（一説には幕臣）であった。敗走してさらに箱館五稜郭で、土方歳三や榎本武揚らとともに戦い、土方はこの地で殉じたが、梅谷十次郎はここでも敗れたものの、幽閉後解放されて、さらに北限の地に逃れて、ついに石狩湾岸に行き着き定着するのである。日本海側地域の典型的「場」といってよい。その孫の梅谷松太郎、後の子母澤寛は、石狩の地で義に生きた佐幕派の武士としての祖父に養育され、青年となり後年に到って東京を目指すことになるのである。

尾佐竹猛の痛烈な批判を梃子に、子母澤寛は記録文学としての『新選組始末記』『新選組遺聞』『新選組物語』という三部作を書いて、藩閥史観ではない、後ろ向きだが義のために駆け抜けた新しい新選組観を、近代日本文学史上に初めて体系的に差し出したのである。司馬遼太郎も、子母澤寛の仕事があって、『燃えよ剣』『新選組血風録』を、あるいは浅田次郎も『壬生義士伝』『輪違屋糸里』『一刀斎夢録』を上梓し得たのだといっても過言ではない。上野から箱館へ、さらに石狩から東京へと、日本海側地域の精神文化を背負った江戸の魂のリレーで、祖父から孫へのバトンを受け取った梅谷松太郎が、明治大学専門部法科を経て巣立ったのは、一九一四（大正三）年のことである。作家として子母澤寛は、光より陰、権力より大衆、中央より地方あるいは地方的なるものへ関心を寄せて、「新選組」「清水次郎長」「座頭市」の物語を描いてゆく。

『独立愚連隊』『赤毛』『ジャズ大名』そして『座頭市と用心棒』を撮った映画監督・岡本喜八（一九二四〜二〇〇五年）は、創立者・岸本辰雄と同じく、鳥取県出身である。一九四三（昭和一八）年明治大学専門部商科を卒業。「一流は嫌い。二流がいい」と言い「おかしくてやがて哀しき映画かな」と言った監督・岡本喜八の仕事は、民衆賛歌を奏で続けた。テンポが素晴らしい映像美の中に、そこはかとないおかしみと哀しみが漂う。黒澤明とは違う方向を目指した岡本喜八がそこにいる。自らの戦争体験をしかと受け止め反芻しながら、「戦い」というものの本質を「映画」で表現し続けた、その岡本喜八が、『座頭市と用心棒』も撮った。一九七〇年の安保闘争における学生運動の「戦い」が、徐々に陰惨な様相を呈しつつある状況に対して、爽快無比な「戦い」の有り様を、この作品を撮ることで対峙させてアンチテーゼを提示したのである。

また、「戦い」の中でももっとも非人間的で陰惨な人間の戦いが、「戦争」であると確信して生きた。『日本のいちばん長い日』において、戦争を起こし、そして続けようとした勢力の実情を描き、『肉弾』において、戦争に駆り出された自分たち大衆の悲惨を滑稽というレンズを通すことで際立たせ、『血と砂』において極限の戦争の惨憺たる様相を描いた。だから本当の人間的「戦い」は、芸術や英知を武器に爽快に戦わねばならないというメッセージを、『ジャズ大名』や『助太刀屋助六』で描いてみせたのである。前者は芸術を、後者は英知を駆使した痛快な人間的「戦い」である。

先に触れた「座頭市」の原作者が子母澤寛であり、勝新太郎の活躍から、岡本喜八作品を経て、さらに北野武監督『座頭市』へと繋がる。こうした映画という大衆芸術における明治大学の経脈も、創立者五人の地域性と思想性を見定めることで、一本の繋がる太い線として浮かび上がらせることができると思う。明治大学の「ポピュラリティ」つまり大衆性とは、その源流に遡ることでおのずと見えてくるはずである。

他に、植村直己（一九四一〜一九八四年）が、兵庫県城崎出身である。現地民たちを使った大名行列風な集団行進的登山よりも、単独行を選んだ。世界初の五大陸最高峰登頂を成し遂げ、マッキンリーに消えた冒険家・植村直己が、日本海側地域の気候や生活風土の厳しさに立ち向かいめげずに毅然と山頂に立つ。植村直己こそ、明治大学創立者たちの精神伝統と思想をもっとも鮮やかに体現している人かもしれない。単独行という「孤」に徹して、登頂を成し遂げた強き「個」が輝くとき、世界的共鳴を勝ち得る類いの人間の典型として。

明治大学のポピュラリティを考えるとき、岡本喜八や植村直己などの芸能・文化やスポーツで活躍した人たちの系譜も視野に入れなければならないが、『明治大学文人物語』後における私の宿題である。

岸本辰雄、宮城浩蔵、矢代操、磯部四郎、杉村虎一、平出修、尾佐竹猛、子母澤寛、岡本喜八、植村直己は、すべて日本列島を縦断する中央分水嶺の日本海側地域の出身である。

こうして「序」で俯瞰してみると、日本海側地域の精神文化とフランス民主主義とフランス法学が明治法律学校に注入され、堆積し伝統と化して、今の明治大学があるとすら考えると冒頭に叙した私見は、あながち的外れではなかろうと考える。

ただ誤解を解いておく必要もある。日本海側地域の出身者だけが、明治大学の精神伝統の体現者などと言っているのではさらさらないことである。明治大学で学ぶ者が、太平洋側地域出身者であろうと、沖縄出身者であろうと、瀬戸内地域出身者であろうと、創立者五人が注入した地域性と思想が明治大学に堆積して伝統と化した厚みある学的人的環境がここにあるかぎり、集う学生たちに、教職員たちに、卒業生たちに連綿して受け継がれていく。その環境の真ん中で、あるいは片隅で、囲繞する「空気」を吸うことが歴史を創ることに連なる。だから、『明治大学文人物語』では明治大学の教壇に立った明治法律学校や明治大学以外の出身者である文学者たちの、学内活動の実際や本業の文学活動の一端についても触れたのである。

一九〇六（明治三九）年、学生たちが懇望し、教員たちが賛助して「明治文学会」が設立された。『赤門文学』や『早稲田文学』に拮抗しうる文学雑誌の発刊への動きである。にもかかわらずなぜ頓挫したのか、その経緯と原因を探ってみたいと思った。上田敏がおり、夏目漱石がおり、内海月杖がおり、登張竹風らがいた。錚々たる教員文学者がおりながら、学生たちの願いは実現には到らなかった。

「明治文学会」の設立とその後の動きが、学生たちの内部における確執と文壇的事情と在職していた教員文学者のメンバー構成などの事情により、失速を余儀なくされている時期に、明治大学に奉職したのが教員文学者が笹川臨風（一八七〇〜一九四九年）である。本書では、教員としての臨風と文学者としての臨風の全体像を描くことで、「明治大学校歌」作成に深く関わった詳細が明らかにできるのではないかと、特に笹川臨風の文化的業績と人物に多く紙幅を費やすことになった。

さらに戦後文壇において、文芸評論活動を展開し甚大な文学的影響を与えた中村光夫（一九一一〜一九八八年）と平野謙（一九〇七〜一九七八年）が明治大学の教員であったことから、二人の文芸批評の本質的な部分に言及してみたい。なかでも、平野謙は新人発掘の名人といわれ、大江健三郎や開高健を発掘した人であった。明治大学では、倉橋由美子の小説「パルタイ」を見出して彼女を文壇に送り出した。

明治四〇年前後の明治大学には夏目漱石、上田敏、内海月杖、登張竹風、佐々醒雪、平田禿木、笹

川臨風たちがいて、次の世代には山本有三、小林秀雄、今日出海、長与善郎、岸田國士、里見弴、横光利一、萩原朔太郎、船橋聖一、阿部知二、尾佐竹猛たちがおり、戦後には唐木順三、山本健吉、中村光夫、平野謙たちが続いた。

そうした文壇の息吹を直接教室で伝えた教員文学者たちの中から、中村、平野を論じる対象にしたのは、二人の文学的テリトリーが私の関心事であったことと、その教えに直接接したことを理由とするほかない。ただ、中村光夫と平野謙は、教員として彫琢するのではなく、文芸批評家中村光夫と文芸批評家平野謙を、ともに広津和郎を触媒としながら、その活動の本質にどこまで迫れるかは別として、描いてみる。そのことによって、おのずと教員としての二人の立ち位置が、ほのかに浮かび上がるかもしれないと考える。

福岡県出身の古賀政男も、兵庫県淡路島出身の阿久悠も、そしてまた本学出身以外の教員であった上田敏も夏目漱石も笹川臨風も佐々醒雪も内海月杖も、同じ「空気」つまり同じ学的人的環境の中で、確かに息をしたのである。上田敏が愛したのは、この空気である。中村光夫も平野謙も、教授職は身過ぎ世過ぎだとかこちながら、明治大学の環境の中で、研究・教育と文学活動を全うしたのである。「権利」「自由」「独立」「自治」という地域性と思想が囲繞する「空気」を吸って。

註

（1）渡辺隆喜「日本海地域の風土と人間―創立者の思想とかかわって」、明治大学大学史資料委員会編『一二〇年の学譜』大学史紀要第

六号二〇〇一（平成一三）年一一月学校法人明治大学刊所収。

（2）明治大学史資料センター編『私学の誕生―明治大学の三人の創立者―』二〇一五（平成二七）年三月創英社・三省堂書店刊。近年まとめられたコンパクトな明治大学創立史である。

（3）飯澤文夫「明大校歌歌詞の成立：西條八十の自筆原稿を追って」、『図書の譜』明治大学図書館紀要第一号一九九七（平成九）年三月明治大学図書館刊所収。また飯澤文夫「明大校歌歌詞の成立　補論―西條八十補作の裏付け資料―」、『図書の譜』明治大学図書館紀要第二号一九九八（平成一〇）年三月明治大学図書館刊所収。

第1部

創立者たち

第1章　創立者・「明法寮の五人組」

1　フランス留学まで

一　出身藩

一八八一（明治一四）年一月に明治法律学校は有楽町に設置された。創立者は鳥取藩出身の岸本辰雄、天童藩出身の宮城浩蔵、鯖江藩出身の矢代操、県単位なら現在の鳥取県、山形県、福井県の出身者たちである。いずれも日本海に面した立地条件を有する県である。

天童藩は今の山形県中央部東寄りに位置しているが、日本列島を縦断する背骨のような山地山脈によって形成された中央分水嶺の日本海側と太平洋側に分けるなら、天童藩は明確に日本海側にある。周知のように中央分水嶺によってその水流は日本海と太平洋に分かれ下るのである。その意味で天童藩を日本海側地域の文化圏内に含めることに無理はない。

列島の中央を走る山地山脈によって隔てられた向こう側に、東京も京都も大阪もある。向こう側が、中央分水嶺によって分かたれた太平洋側であり、インフラを含めた高度な都市文明が開花している地域である。とすれば、こちら側は、中央分水嶺によって分かたれた日本海側であり、高度な文化が堆積している地域である。そして、その文化は江戸・京・大阪という大都市から、険しい山地山脈により隔てられているという孤絶感と無縁ではあるまい。中央に対して地方を、官に対して民を、権力に対して大衆を、潜在的に意識しながら、育まれてきた営みの結実としての文化なのである。日本列島を大陸側から眺めた場合のこちらとあちらである。岸本も宮城も矢代も、その意味でこちら側である。

藤沢周平が『たそがれ清兵衛』『蝉しぐれ』などに描いている「海坂藩」は実在した「庄内藩」を

◉上——岸本辰雄
◉中——宮城浩蔵
◉下——矢代操

モデルにしており、そこに暮らす下級武士たちの生活と気候風土の厳しい現実は、鳥取藩、天童藩、鯖江藩に通底する大きな特色ではある。明治法律学校創立者であり初代校長の岸本辰雄は日本海側地域の文化を体現した人物の典型であるし、創立者の一人の矢代操もこの地域圏内に位置する鯖江藩出身である。天童藩出身の宮城浩蔵も蔵王連山のはるか向こうに江戸という都市を想望して育った。状況は同じである。ストーリー展開や人物の描き方は映画と原作では大きく異なっているが、原作『たそがれ清兵衛』の主人公、井口清兵衛や、原作『蟬しぐれ』の主人公、牧文四郎は、比喩的にいえば、岸本辰雄であり、矢代操であり、宮城浩蔵その人なのである。

『明治大学百年史』全四巻などを参看すれば、以下のようなそれぞれの出自を見渡すことができる。岸本は幼名辰三郎、一八五一（嘉永四）年一一月、二三俵四人扶持、御作事方下吟味役岸本平次郎の三男として、現鳥取市南本町に生まれている(1)。最下級武士の家柄である。宮城浩蔵は、一八五二（嘉永五）年四月一五人扶持徒士目付兼藩医武田玄々（直道）の次男として、現在の山形県天童市に生まれる。岸本や矢代に比べればやや格上だが、天童藩がいかんせん小藩の上、幕末期で他藩に比べても特に財政は窮乏していた。矢代操は、幼名松本美太（読み方は特定されていない）(2)、一八五三（嘉永六）年六月、七両三人扶持の中小姓格の松本伝吾の三男として、現在の福井県鯖江市に生まれている。家柄は士族三二八人中二一〇番目のランクであったという(3)。松本美太は一八六九（明治二）年一〇月、五石三人扶持の矢代家に入籍相続して矢代姓となる。松本家とほぼ同格の家柄で、やはり下級武士に属す。三人は嘉永四、五、六年生まれ。嘉永六年黒船来航後の怒濤の時代を生き抜いた同じ世代の青年たちであった。

二　共学社から貢進生へ

一八六九（明治二）年五月に箕作麟祥は神田区南神保町の自宅に家塾「共学社」を開いて洋学を講じ始めた。岸本辰雄（一九歳）、中江兆民、大井憲太郎や、少し遅れて宮城浩蔵（一八歳）らが学んだ。ここに集った人脈と学んだ教養や思想が十数年後に、明治法律学校に結実していく。共学社、貢進生、大学南校、司法省明法寮、フランス留学、帰国後大井憲太郎らとの講法学舎等における教師としての教育経験などを経て、明治法律学校設立へと繋がっていくのである。

箕作麟祥は明治法律学校設立時に名誉校員に推されている。渡辺隆喜(4)によれば、箕作は「岸本、宮城にとっては明治三年以来教えをうけた先生である。明治法律学校の名誉校員に選ばれるのも、単に共学社時代の教師としてではなく、司法省法学校時代を通じて創立者たちの法学上の師であったからであろう」と示唆している。共学社から明治法律学校設立までの三人の学びの系譜を眺めれば、渡辺の示唆は諾える。

さて、『明治大学百年史第3巻通史Ⅰ』によれば、維新政府は大学教育の充実を図るため、明治二年昌平学校を大学校とし、開成学校、医学校を分局とする。さらに同年一二月には開成学校を大学南校、医学校を大学東校と改称した。南校を政治経済法学の教育機関と位置づけたのである。三人の創立者にとってその出会いを決定する制度が発足する。それが一八七〇（明治三）年二月の大学規則に設けられた「貢法」である。藩という狭い地域性から抜け出て、日本国家のために尽くす有為の人材を「貢進生」として各地域から大学へ「貢進」させる制度である。維新政府は大学だけではなく、近代的法曹家育成のため司法省に明法寮という養成機関を設置した。一八七一（明治四）年のことで、翌一八七二年八月には初めての明法寮学生が二十人選ばれており、その中に旧鳥取藩から岸本辰雄、旧天童藩から宮城浩蔵が「貢進生」として選ばれて入学していたのである。岸本と宮城は、箕作麟祥の共学社から明法寮にスライド入学したことになる。旧鯖江藩の矢代操だけは入学時期が遅れている。矢代は貢進生として大学南校に入り、明法寮には一八七四（明治七）年四月、二人に遅れて入っている。ここで明法寮に岸本辰雄、宮城浩蔵、矢代操、三人の明治法律学校創立者が集結し、学問の研鑽を積みながら、友情を深めていくことになったのである。

三　司法省「明法寮の五人組」

渡辺隆喜によれば[5]、明法寮の五人組と呼ばれたグループが形成されたのがこの時期である。三人の創立者に加えて、富山藩下級士族出身の磯部四郎と、加賀藩下級士族出身の杉村虎一が、鯖江藩の江戸詰藩士中村某の家を「たまり場」のようにしていたという。渡辺が典拠した資料はわからないが、一つは明治大学史資料センター所蔵の『長直城氏遺稿写』であろう。これは明治大学名のある筆写用

◉上――磯部四郎
◉下――杉村虎一

箋に鉛筆で書き写された表紙を含めて五六枚の長直城『遺稿』である。『遺稿写』によれば、長直城は薩摩藩出身で、郷里において教員、養蚕会社経営、学務委員、村会議員などをし、さらに東京で桜田小学校教員や銀座に本店があった銀行（名称不詳）の取締役などの経歴を持つ人物である。その桜田小学校の教員をしていた時代に、渡辺のいう「鯖江藩の江戸詰藩士中村某」の娘二人を明治期になって教えた縁から、中村の営む「常平社」（炊き出し屋と下宿を兼ねていたものか）に下宿して、そこで磯部四郎や杉村虎一と知り合い、矢代操、岸本辰雄、宮城浩蔵たちとも知遇を得ることになる。長家と矢代家を調査した鈴木秀幸[6]によれば、「中村某」は「中村助九郎」であり、長直城が桜田小学校で教えた中村の子が長女・銈、次女・政子である。後に長直城は中村の長女・銈と結婚し、矢代操は次女・政子と結婚して、長と矢代は「縁戚」になるのである。渡辺と鈴木の発言を合わせると、「江戸詰鯖江藩士中村助九郎」という人物になる。また、司法省明法寮（岸本・宮城・矢代・磯部の在学時の名称）という法律を習熟する学校とその後身である司法省法学校（杉村の在学時の名称）に学んだ五人を長直城は、「明法寮学生時分より五人組と称されし程の連中」であったと記している。だから正しくは「司法省明法寮・法学校の五人組」、あるいは「常平社の五人組」という呼称になろう。本書では言いなじんでいる「明法寮の五人組」と、内実を改変した上で踏襲しておく。いずれにしても、旧鯖江藩士中村助九郎が営んでいた常平社に、山陰・東北西南部・北陸の日本海側地域出身の若者が、寄食を共にしていたことの意味は大きい。こちら側すなわち日本海側地域の人間が集う濃密な空間がそこにあった。

磯部四郎も杉村虎一もともに明治法律学校設立に深く関わった法学者であり講師であった。渡辺隆喜は「矢代操―人と学問―」と題した講演の中で、「明法寮の五人組と称される、日本海諸藩出身者の仲間が形成されるわけです」と話している。創立に関わった重要な人物である西園寺公望を除いて、日本海側地域諸藩出身者五人を、明治大学の存立基盤を形成した人たちと位置づけながら言及したもっとも早い発言と考えられる。[7]

磯部四郎は、「明治法律学校規則」[8]（一八八五〈明治一八〉年）によれば、民法草案という科目を担当しており、一九一〇（明治四三）年に起こった刑法第七三条事案、いわゆる大逆事件の被告の弁護人として知られており、管見によれば森鷗外の個人的な法律問題に携わってもいた。大逆事件の弁護人については後に「平出修」の項であらためて触れたい。

杉村虎一については、三人の兄弟を論じた渡辺隆喜の的確な分析発言がある。先に触れた「矢代操

―人と学問―」と題した講演の中で、長男の杉村寛正は地方のエリート官僚であり、民権結社を組織し地方自治を主張した次男の杉村虎一は明治法律学校創立に関わり、法典編纂事業から外交官に転じた人物、三男の杉村文一は島田一郎らと大久保利通を暗殺し一八歳で処刑された人物とそれぞれ紹介して、まとめに「兄が役人として北陸の自立化を願って地方自治を主張します。次兄の虎一が、法制官僚として、あるいは教育者として、自由自治の法律論を教え、末弟が、地方自治を省みないで薩長中心の中央集権国家を推進する大久保のテロ事件にかかわるわけであります」といい、さらに「近代国家における、北陸あるいは日本海地域の自立化の要請というものを、杉村三兄弟は、兄が政治運動を通じ、弟は法律論、末弟はテロ行動を通して代弁しているのであります」と総括している。[9] 適確な分析と総括である。本書が展開する上で特に「近代国家における、北陸あるいは日本海地域の自立化の要請」という視点は有効である。

渡辺の表現を拝借すれば、「近代国家における日本海側地域文化の自立化と波及」という主題が浮かび上がる。「自立」が意味する内実を、渡辺は自身の立場から「自治」とほぼ同義語として使用しており、私は精神文化史的視点から「個の屹立」という意味で使っている。「孤」を抱えながら徹底した先に、「自立」し「屹立」した「個」が成立し、さらにその先のところで「個」と「個」が連携する、その様態こそ典型としての日本海側地域の人たちが育んだ「独立」と「自治」の精神伝統である、と考える。

さて、明治法律学校創立時に関わりを持った西園寺公望を除いた「明法寮の五人組」は、くり返すが、旧鳥取藩の岸本辰雄、旧天童藩の宮城浩蔵、旧鯖江藩の矢代操、旧富山藩の磯部四郎、旧加賀藩の杉村虎一、すべて山陰・東北西南部・北陸つまり日本海側地域の出身者である。たしかに「正史」的記述は岸本・宮城・矢代三人が明治法律学校の創立者である。ただ、「稗史」的記述を加えるならば、磯部四郎と杉村虎一を含めた「明法寮の五人組」が明治法律学校の創立者であると私は考える。

序に書いたように、歴史というものは常に、正史と稗史の組み合わせから成立している。論者の思考や志向や立場によって、重心の置き方が違ってくるだけだ。森鷗外のいわゆる、「歴史其儘と歴史離れ」発言に通じていようか。鷗外は『山椒大夫』を書いていた時期に、歴史叙述において「正史」から「稗史」に重心を移動させたかった。そのことを「歴史其儘と歴史離れ」発言として、ふと漏らしたのである。

長直城が遺した『遺稿』はそのことを証している。長直城は無意識にこう書いたのである。「磯部四郎、岸本辰雄、宮城浩蔵、杉村虎一、矢代操は明法寮学生時分より五人組と称されし程の連中」であって、金遣いも荒く悪しき借金もあった。それを「懇請」により私が清算してやった。そのために明治法律学校での講義を受ける便宜を図ってもらったと。前段の記述が物語るように、長直城は明治法律学校創立者を三人とは意識していなかったのではないか。正史的記述「岸本辰雄・宮城浩蔵・矢代操三人の創立者」ではなく、稗史的記述「磯部四郎・岸本辰雄・宮城浩蔵・杉村虎一・矢代操五人の創立者」という意識があって、彼ら五人の名をそう記した。山陰・東北西南部・北陸という日本海側地域の精神文化を体現した人物たちが、明治法律学校を創ったと、現場のリアリティから発言したのではないか。長にとって正史と稗史は常平社という現場で逆転していた。

名前を記述する順序も、私どもが常日頃から「正史」的に「岸本辰雄・宮城浩蔵・矢代操」と列記するのとは違っていた。長直城には、現場のリアリティに従って、それは潜在意識に近いかもしれないが、五人を列記することに意味があって、「磯部四郎・岸本辰雄・宮城浩蔵・杉村虎一・矢代操」と思い浮かんだとおりに書き付けたのである。つまり、長の稗史的理解は、山陰・東北西南部・北陸という列島を貫く背骨のような、山地山脈につまり中央分水嶺で分けられた地域、日本海側地域出身の常平社に集った「五人組」こそが明治法律学校創立者であるという意識があったのではないかと考える。彼は「明法寮の五人組」とは『遺稿』には書いていない。正確には、「明法寮学生時分より五人組と称され」た、と書いているのである。長直城の文章が力点を置いて語っているのは、「明法寮学生時分より」ではなく、明らかに「五人組」についてである。日本海側地域出身の「五人組」という結束力の強いグループに力点を置いている。

いまひとつ興味深い事件を長は記録している。常平社に同宿していた杉村虎一を弟の杉村文一が、明治一一年五月一三日に訪ねてきたことを記録している点である。その翌日の五月一四日、石川県士族島田一郎・長連豪・杉村文一・杉本乙菊・脇田巧一、島根県士族浅井寿篤の六人が、東京の紀尾井坂において内務卿大久保利通を暗殺する事件が起こった。常平社に下宿している兄の杉村虎一に、竹の皮で包んだ牛肉を持参して杯を傾けようとした弟の行為に、明日の大久保惨殺を予定した者として兄との別れを告げようという決意の表われを読み取ることができる。北陸出身の士族の末裔は、大久保を中心とする明治政府が進めようとしている近代化の方向性に不平を募らせながら「孤」を抱えて集い結ばれて「個」を連類させて事を謀ったのである。国家的権力的道筋に対する地方の鬱屈した日本海側地域の精神文化の、ここでは暴発、それが紀尾井坂の変であった。その事態の本質を痛切に理解したのは杉村虎一を含むいわゆる「明法寮の五人組」ではなかったか。

長もまた西郷隆盛を畏敬する薩摩藩の出身である。明治一〇年の西南戦争で大久保は盟友の西郷を抹殺した。この戦いで敗残兵としてとらわれ獄に繫がれた者たちを、政府は東京監獄、甲斐監獄、越後監獄、上野監獄、仙台監獄に幽閉した。長の父長連四郎もその一人であった。長直城は、父は無論であるが、仙台まで出向いて獄にいる他の不平士族たちを慰問しているのである。近代国家建設への参加を拒まれたものたち、中央から隔てられて地方で屈折を強いられた者たち、その者たちの悲嘆は薩摩も山陰も北陸もない。そうした精神の全体を私は、日本海側地域の精神文化と総称するだけである。明治大学中央図書館に所蔵されている、大久保利通暗殺のときに彼らが持っていた斬奸状の写し(9)は、まさにその事を明らかにする物証である。それは屈折し鬱屈した日本海側地域の精神文化が暴発した負の現象であり、例えば明治法律学校設立という、建設的で前向きな正の現象ではなかった。

2　フランスへ

一　フランスへ

岸本たちの足跡を、出身地域、共学社、貢進生、大学南校、司法省明法寮（法学校）とたどってきたが、次にフランスへの留学事情に触れておく。岸本辰雄や宮城浩蔵と西園寺公望らとの人間的学問的交渉は、明治初年のフランス遊学時代に培われ深まっていった。一八七〇（明治三）年二月に西園寺公望はフランスに渡り、パリ大学に入学する[10]。一八八〇（明治一三）年一〇月まで滞在した。中江兆民は西園寺から遅れて、同年一一月に日本を発っている[11]。岩倉具視全権使節団に司法省出仕となって随行した。アメリカで使節団と分かれ、サンフランシスコからフランスに向かい一八七二（明治五）年一月にパリに入った。この後二年四ヶ月フランスに滞在。一八七四（明治七）年四月帰国の途についている。後に明治法律学校講師となる光妙寺三郎は一八六九（明治二）年一一月にヨーロッパに渡り、ベルギー等を経て一八七四（明治七）年一月パリ大学に入学している[12]。

「明法寮の五人組」は司法省御雇法律顧問ボアソナードやジョルジュ・ブスケらからフランス法について教育を受け、ボアソナードの推薦でフランス留学が決定する。ただ五人組のうち、杉村虎一と矢代操は許可されなかった。磯部四郎は一八七五（明治八）年に留学していて、岸本辰雄と宮城浩蔵は一八七六（明治九）年の、少なくとも一一月にはパリに着いて、パリ大学に入学している。[13]西園寺公望が一八七〇（明治三）年二月から一八八〇（明治一三）年一〇月、中江兆民が一八七二（明治五）年一月から一八七四（明治七）年四月、光妙寺三郎が一八七四（明治七）年一月から早くても一八七八（明治一一）年三月、[14]岸本辰雄が一八七六（明治九）年一一月から一八八〇（明治一三）年二月、宮城浩蔵が一八七六（明治九）年一一月から一八八〇（明治一三）年六月。この期間はフランスにいたことになる。明治法律学校創立に関わりを直接あるいは間接に持つこれらの人たちで、西園寺、光妙寺、岸本、宮城は一八七六（明治九）年一一月から一八七八（明治一一）年三月までの一年四ヶ月ほどの間は、パリにいて共に行き来するか、同じ宿舎にいた。兆民だけは岸本たちが渡仏する以前に帰国していたため、パリで会うことはなかった。

このとき、岸本辰雄と宮城浩蔵はフランスで中江兆民という秀逸な思想家と袖すり合うことがなかったとはいえ、箕作麟祥の家塾「共学社」で相見《まみ》えている。中江兆民、岸本辰雄、宮城浩蔵がともに共学社で学んだのは、三人の中では一番遅れてここに入塾した宮城浩蔵が一八七〇（明治三）年一〇月からであり、三人が立場の違いはあれ大学南校にスライドするのが同年一二月であるから、二ヶ月は共学社において同じ釜の飯を食ったことになる。どの程度の付き合いや刻苦研鑽の刺激を与えあったかはわからない。ただ、箕作麟祥の共学社に従学したのは周布公平、井上正一、岸本辰三郎（辰雄）、今村和郎、中江篤介、大井憲太郎ら一四〇か一五〇人程度であった。のちに宮城浩蔵も入塾している。だから、「明治法律学校の講師たちが、この時期より仲間を形成し出すのである」と渡辺隆喜がまとめた表現はそのまま諾えるのである。

二　箕作麟祥・中江兆民・西園寺公望たち

伊藤整[15]は、この時期を含めた明治期における人間と文学と思想の重層的かつ流動的イメージを明治文壇史として『日本文壇史』全一八巻に定着させ、上梓して逝った。一九五二（昭和二七）年一月、雑誌『群像』に連載が開始され、一九六九（昭和四四）年六月まで連載され、没後一九七三（昭和四八）年一月に第一八巻刊行により全巻刊行が完了している。

伊藤整は『日本文壇史1　開化期の人々』[16]の「第二章」にこう書いている。

中江（兆民・吉田記）は当時の洋学者の最も大きな一門であった箕作家一の秀才麟祥の門に入って学び、その推薦で大学南校の助教授になったが、ここも間もなくやめた。明治二年、中江は、幕末の新進の英学者として知られた桜痴福地源一郎が本郷湯島に開いた塾に入って塾頭となり、フランス語を教えた。明治四年、彼は司法省出仕となり、フランス留学を命ぜられ、欧米視察に出かける岩倉具視の一行に、福地源一郎と共に随行し、そのままフランスにあって学び、この明治七年に帰朝したのである。彼は在仏中にルソオ以来のフランス革命思想を研究し、また社会主義思想を体得した。彼がフランスに行った時、その一年前から日本の公卿貴族の名家の子弟である西園寺公望が留学していた。西園寺は社会民主主義の学者であるエミール・アコラスについて学んでいた。中江は西園寺と親しく交わった。中江が帰った時、西園寺はまだフランスに残っていた。

さらに、伊藤整は「第二章」に次いで「第七章」に次のように書く。

十九歳の時彼（西園寺公望・吉田記）は、木戸、大久保、西郷と並んで、参与であり、政府の大官であった。明治三年二十一歳の彼は政府留学生となってフランスに行った。彼がパリに着いた日は、最初の人民政権であったパリ・コンミュンの結成式の翌日であった。明治十三年まで十年間滞在し、ソルボンヌ大学に学んで卒業した。またルソオの弟子エミール・アコラスについて新しい社会主義思想を体得した。彼は政治青年だったクレマンソオや小説家ゴンクール兄弟と往復した。中江兆民、松田正久、光妙寺三郎の三人は、その頃同じくパリにいた友人で、同じような自由主義政治の空気をすった仲間である。中江兆民とは在仏中に同室に住んだこともあって、特に親密であった。中江は東京外語の校長をやめてから松田正久と共に自由党の代表的理論家となり、薩長閥を倒して、真の人民政府を作ることを理想としていた。滞仏中も帰朝してからも、西園寺公望は、放蕩飽くなき生活をした。しかしヨーロッパ文明と自由思想についての信念は強く、帰朝後は教育によってその理想を実現しようとし、知人の岸本辰雄、宮城浩蔵が学校創立を企てていたのに参加して、有楽町の旧島原藩邸内に明治法律学校を設立した。そこで彼はフランス流の法律の講義をした。この学校は後に明治大学になった。

岸本辰雄と宮城浩蔵がパリに入ったとき、兆民はすでにいなかったが、西園寺や光妙寺や兆民が醸し出していた彼らを囲繞する人間と思想の空気が、岸本や宮城をも囲繞して彼らの学問を支えるベースになったはずである。伊藤が言う「自由主義政治の空気をすった」のである。

ところで、一八八六（明治一九）年一二月に明治法律学校は南甲賀町の神田駿河台に移転した。そのときに挙行された記念式典の様子が、『明法雑誌』（第二六号明治一九年一二月刊）に記録されている。帝国大学総長渡辺洪基、桜痴福地源一郎、箕作麟祥、大木喬任、東久世通禧、名村泰造、福澤諭吉、中江兆民らが来賓であった。『明法雑誌』記者は、伊藤博文総理大臣、山田顕義司法大臣、西園寺公望公使らは九州地方巡回のため、残念ながら欠席した旨を叙している。箕作麟祥、大木喬任、名村泰造、山田顕義は明治法律学校の「名誉校員」である。この時期西園寺公望は教員名簿の筆頭であった。[17]

この移転開校式典の後、引き続き立食パーティが講堂で開かれており、五〇〇人ほどの学生が来賓を接待した。記者が報告する立食パーティの模様で面白いのは、この場にいた来賓の中で唯一中江篤介即ち兆民の名前を挙げている点である。そして、「如何にして残り居られけん中江篤介先生にも此頃まで生徒の中に加はり居て色々面白き話し共なし居られたり」と記している。この記事からは、中江篤介側からの明治法律学校並びに学生たちへの愛情や親しみが鮮やかに浮び上がる。記者が教員なのか職員なのか専属記者なのか、それとも学生なのかはっきりしない。いずれにせよこの記事には、明治法律学校側からの、中江篤介に対する畏敬の念も同時に浮かび上がる。箕作麟祥の家塾「共学社」以来、蓄積してここに到った質量ある人間と思想の歴史が、中江篤介の様子を伝えることで、浮かび上がるのである。「明法寮の五人組」の人的ネットワークによって明治法律学校として結実していく過程に中江兆民が寄り添っている様相が、この記事から読み取ることができるのである。

自由主義と民主主義とが彼らの法学を学ぶ知識の根幹になっていく。伊藤整は「フランス革命思想」「社会主義思想」「社会民主主義」「自由主義政治」という多様な語彙を使用して、コンテンポラリーな容量や質量を有する空気もしくは雰囲気を、ここに描いてみせたのである。繰り返せば、日本海側地域の小さな藩の下級武士出身の青年たちが、貢進生から、共学社、大学南校、司法省明法寮、司法省法学校と辿り、いまフランス・パリの自由主義と民主主義の空気を体感し骨肉として、そこに新たにフランス法学の知識を吸収していった。

後に、岸本辰雄は一八九八（明治三一）年九月、学生に向けて「法学ノ必要」(18)と題した演説をしている。その中で岸本は明治維新以後の我が国における法律上の沿革を四期に分けて説明した。第一期は明治二年から一三年の間として、この時期を「仏法飜訳書時代」と呼ぶことができると説く。明敏闊達の資質を持った司法卿・江藤新平の命で箕作麟祥先生が取り組まれた仏蘭西六法翻訳時代が、この第一期であると。箕作先生は法律学の専門家ではなかったが、この翻訳書の出現で当局者たちは民法や刑法の何たるかを知り、これを模範として様々な布告布達等を制定し公布することができた。

薩長土肥連合政権下の明治国家の行く末と、岸本たち「明法寮の五人組」の人間と思想の有り様と、彼らによる明治法律学校設立とその後が、「江藤新平」評価の言辞に窺える点も、この岸本演説の肝心なところであるが、ここでは措く。ただ、この時期、国家はドイツ法学受容に舵を切っていたが、岸本たちはフランス法学を学んでいた。明治法律学校の行く末に大きな壁となって立ちふさがることになる民商法典論争への助走が始まっていた、とだけは言っておかなければならない。

繰り返すが、箕作麟祥の「共学社」に中江兆民と大井憲太郎とが籍を置き、明治一〇年代には全国を席巻する自由民権運動の、その理論と実践を担う人間に育っていく。そこに岸本辰雄がおり宮城浩蔵がおり、共に学んだ質量のある学的空気が彼らの青春時代を囲繞していた事態が重要なのである。延長線上に、貢進生、大学南校、明法寮（法学校）があり、ボアソナードやブスケにフランス法を学び、ボアソナードの推薦で、自由主義と民主主義をベースにした法学をフランスで体得したのである。堆積する知の環境が、明治法律学校発足に向けて整いつつあった。

三　矢代操の思想

岸本辰雄は一八八〇（明治一三）年二月に、宮城浩蔵は同年六月に、西園寺公望は同年一〇月にそれぞれ帰国した。中江兆民は、一八七四（明治七）年四月にはフランスを発っていた。光妙寺三郎は一一年三月に帰国している。待ち受けていたのは矢代操である。「明法寮の五人組」の一人であり、岸本や宮城は、矢代が明法寮に入った明治七年四月以来の知己であり学友であった。中村助九郎が営む「常平社」に集った仲間であった。

矢代操は生来の病弱で、一八九一（明治二四）年四月二日、腸チフスにより三八歳の若さで亡くなっている。明治法律学校発足後一〇年を閲していた。明法寮時代から、岸本や宮城に学問的に後れを取りがちだったのはそのためであった。

矢代が亡くなった直後、四月一五日に明治法律学校校長・岸本辰雄が行った追悼演説[19]を、村上一博が録存している。岸本の「故矢代操君追悼演説」がそれである。おおむね以下の内容であった。

明治二年貢進生となり矢代君を知り、引き続いて共に大学南校に入り、「初メテ君ト相親近シ乃チ莫逆ノ交ヲ締セリ」、そして「明治五年司法省明法寮ニ於テ二十名ノ法学生徒ヲ募集スルヤ君即チ余輩ト相携ヘテ之ニ転シ仏人ボアソナード及ヒブスケ二博士ニ就テ仏国法律学ヲ修ム」「明治九年同窓ノ友数十人共ニ法律全科ヲ卒業シ余輩数人ハ命ヲ受ケテ仏国ニ留学シ他ノ数十名ハ各々官ニ司法省ニ就キシカ其奉仕ヲ肯セスシテ野ニ閑散ノ地ニ留マリシハ独リ君一人トス」と話して、矢代君は、「余、修養未ダ至ラス以テ自ラ足レリトスル能ハス焉ソ研精一番セサルヲ得ンヤ況ンヤ近時我邦ニ於テハ民権自由ノ論稍々行ハルヽニ至リシモ人々空疎、徒ニ流潮ヲ趁フニ過キスシテ真ニ権利ノ何タリ自由ノ何タルヲ知ル者ハ殆ト落々晨星モ啻ナラス今這般ノ智識ヲ国民ニ与ヘンニハ法律学ノ普及ヲ謀ルヨリ善キハ莫シ」と言っていたと、岸本はその言説を伝えている。

ここにある「与ヘン」は決して高圧的上意下達の教育観ではない。続けて岸本は矢代操の言葉を紹介して、「教ユルハ学フノ半ナリ」というのである。「書生ヲ養ナヒ且教ヘ且学ヒ」という教育観なのである。教えることは即ち学ぶことであるという矢代操の教育観は、一八九〇（明治二三）年のいわゆる「教育勅語」の指し示す国民教育の道筋と大きな懸隔がある。教育勅語への違和を持って、アンチテーゼを投げかけた西園寺公望の道筋に沿う考え方がそこに浮き彫りになる。

一八七八（明治一一）年一二月和歌山藩出身の僧侶・北畠道龍を中心に、大井憲太郎、矢代操らにより「講法学社」という法律学校が設立される。そのときの「講法学社開業願書」[20]が残っている。北畠道龍の「教員履歴」に続いて、「駿河台東紅梅町九番地寄留　和歌山県士族　大井憲太郎」の「教員履歴」が掲げられている。中に、「慶應二丙寅年ヨリ開成所ニテ仏蘭西学修業明治元年ヨリ同三年迄箕作麟祥方ニ入塾シ同年春ヨリ同四年迄東京大学南校ニ入舎シテ仏蘭西学修業」とある。この「講法学社開業願書」に矢代の名はないが、岸本辰雄の「故矢代操君追悼演説」に依拠すれば、設置のスタート時から同社に参画していたことになる。

一八七六（明治九）年司法省明法寮を卒業した者たちの大半は留学するか「官」や司法省の職に就いていった。そのような中にあって、矢代操は「其奉仕ヲ肯セスシテ野ニ閑散ノ地ニ留マリシ」というのである。「独リ君一人トス」なのである。ほとんどの者たちが「官」に「司法省」に職を求めた中で、矢代操はそのような人生は断じて選ばなかったと、岸本辰雄は声高に語った。「官」に依ることを潔しとしない精神文化を、矢代操はその心身に醸成していたのである。それは、直後の明治一〇年に起こる西南戦争における西郷隆盛や西郷を慕う私学校の青年たち、さらには明治一一年五月一四日東京紀尾井坂で起こった大久保利通を襲った、杉村虎一の弟・杉村文一たち、北陸山陰の悲憤にかられた青年たちの心に通じる精神文化であった。それこそが、日本海側地域の精神文化であり、国家や中央や権力の「官」から距離を置く「独立・自治」の精神に他なるまい。

矢代は「野」にあって、さらに修業を積む覚悟をしていたという。しかも「民権自由ノ論」の「真ノ権利」「真ノ自由」が何であるのかを考究し、国民とともに、教え学ぶ環境を「講法学社」設置により構築し実現しようとしたのである。一八七四(明治七)年にはすでに民撰議院設立建白書が出されており、中江兆民によるルソー紹介も始まっていた。講法学社の校是が「民権自由」思想を中核に据えたものであることは、たとえば、『朝野新聞』一八七七(明治一〇)年七月二一日に「講法学社移転広告」[21]が掲げられていて、本科と予科の現在実施中の授業科目を紹介している中に、「民撰議院生起論」という科目があることから、その脈絡と関係は明白である。

先の岸本辰雄の「故矢代操君追悼演説」に戻るなら、さらに矢代を讃えて、「日本人ニシテ日本人ニ向テ法律学ヲ教授セシハ実ニ君ヲ以テ鼻祖ト為ス是レ豈我邦法学史上ニ特筆大書サル可キ君ガ一大名誉ニ非スヤ」と。そして「既ニシテ明治十三年余及ヒ宮城二人相継テ仏国ヨリ帰朝スルヤ君直チニ来リテ余輩カ一臂該学舎ニ添ヘンコトヲ求ム余輩深ク君ノ志ニ感シ乃チ余輩ノ微力ヲ致セリ然レトモ時運未タ到ラス学舎萎靡盛況ニ達シ難シ於是乎遂ニ該学舎ヲ閉チ三人相謀テ新タニ一大学校ヲ開キタリ是レ即チ我明治法律学校ニシテ時明治十四年ナリキ」と語る。

矢代操が生来の病弱ゆえ、渡仏せず、官に赴かず、一人「野」にあって自由民権思想を核とした法律学を、我国では初めて日本人が日本人に向かって教授した栄光を忘れてはならぬと、岸本校長は学生に熱く語った。大井憲太郎たちと立ち上げた講法学社に、帰朝間もない岸本辰雄と宮城浩蔵を熱心に誘った。二人はその志に共鳴して講法学社の教壇に立った。その瞬間に、矢代操が醸成していた「自由・民権」と「独立・自治」の精神に、フランス留学を経て岸本や宮城たちが体得したフランス民主主義・自由主義の「権利・自由」と「独立・自治」の精神が、共鳴しながら結びついたのである。明治大学の校是とされる「権利・自由」「独立・自治」の精神史的誕生は、その意味から明治一三年二月に岸本辰雄、六月に宮城浩蔵が帰朝して間もない時期であった、と考える。それは言葉を変えるなら、思想がブラッシュアップされたと言えよう。さらに言えば、それは明治法律学校誕生前史のことであったと。

時運到らず講法学社を閉じ一歩後退しながら再起を図った。その新たな展開が明治法律学校創立であったと、岸本辰雄は矢代操の思想がいかに深く明治法律学校存立に関わっているかを学生に向けて演説したのである。

第2章　明治法律学校の創設

鳥取藩・天童藩・鯖江藩さらには富山藩・加賀藩という厳しい自然環境と気候風土の中に生まれ育った日本海側地域出身者たちが、幕末維新期の江戸東京に結集した。岸本辰雄、宮城浩蔵、矢代操、磯部四郎、杉村虎一たちであった。おおむね下級士族出身者であった。箕作麟祥の「共学社」で、中江兆民、大井憲太郎、岸本辰雄、宮城浩蔵は出会った。貢進生になり、大学南校で矢代操が合流した。司法省明法寮にスライド入学して、磯部四郎、杉村虎一（法学校）と知り合い、「明法寮の五人組」と言われるほどの固い絆を作る。フランスで西園寺公望、光妙寺三郎と交わる。矢代操は大井憲太郎らと、「講法学社」を作りフランス法の教育を開始した。帰国した岸本、宮城を誘い、矢代はともに講法学社の教壇に立った。そして、名誉校員「大木喬任、山田顕義、箕作麟祥、鶴田浩、名村泰蔵、ボアソナード」を擁し、教員に「西園寺公望、岸本辰雄、宮城浩蔵、矢代操、杉村虎一、磯部四郎、光妙寺三郎」を擁することになる明治法律学校が、一八八一（明治一四）年一月に創設されたのである。

「明治法律学校設立ノ趣旨[22]」冒頭には、

其レ法律ノ管スル所ハ其区域広漠ニシテ其目《（ママ）》枚挙ニ遑マアラス蓋シ之ヲ大ニシテハ社会ノ構成ナリ政府ノ組織ナリ之ヲ小ニシテハ人々各自ノ権利自由ナリ凡ソ邦国栄誉人類ノ命脈皆此学ニ係ラサルナシ嗚呼人文ノ開明国運ノ進歩ヲ図ル者此ヲ舎テ其焉クニカ求メンヤ

とある。「目」が「区域」と対になるとすれば、一字は少し違和感がないわけではないが、「請問其目」（論語）というような使い方がないわけではないし、グループとか題目とか分野という意味もある。素直に読むなら「目的」が適当で「的」の脱落かと思われる。「法律が扱う領域は広く、法律の目的もあまりにも多い」くらいに解しておく。浅学ゆえの無知かもしれぬ。お教えを乞いたい。

法律の扱う領域は広く、法律の目的もあまりにも多い。大きくは人間の集団的営みや組織的営みの総称が社会とすれば、それを形作る縦横に張り巡らされた構成要素を法律は扱うし、また立法、司法、行政三権による統治の機構が「政府」であるとすれば、そこに張り巡らされている組織全般を、法律は扱う。さらにミクロ的には人間一人一人が有している天賦的な権利（人権）や自由をも、法律は扱うのである。国家や人間の生命活動はひとえにこの法律の学に関わっている。桜痴福地源一郎が「society」の訳語に「社会」を当てたことや、「政府」の概念をフランス学やフランス法学から岸本たちが学んだことを総合すると、以上のような訳解は成り立ちうると考える。以上が「明治法律学校設立ノ趣旨」の第一パラグラフである。

同文書第二パラグラフの枢要は、「公衆共同シテ大ニ法理[23]ヲ講究シ其真諦[24]ヲ拡張セントス名ケテ明治法律学校ト曰フ」というこの二つのセンテンスである。日本国民は相携えて積極的に法律の根源的原理を深く調べ、本質を究明して、その絶対的真理を日本全体に広めていこう。この目的を遂行するための教育機関が、名づけて明治法律学校という。この「明治法律学校設立ノ趣旨」一文には、日本海側地域の精神伝統「独立・自治」の精神とフランス民主主義・自由主義の核心「権利・自由」の精神をしっかりと結びつけながら、ここまで歩んできた若い法学徒たちの質量豊かな人間関係と思想の総体が凝縮している。

ところで、備忘録的に付け加えておきたい点がある。それは私たち明治大学関係者が常日頃から成語もしくは四字熟語のように使用している「権利自由」と「独立自治」という言葉についてである。この二つの「四字熟語」は、「明治法律学校設立ノ趣旨」には、「権利自由」という表現は確かめることができるが、「独立自治」は確認できない。文献上この二つの「四字熟語」が揃って確かめられるのは、一九二〇（大正九）年一一月の明治大学校歌公示に際してではないか。校歌の第二連に「権利自由の揺籃の」とあり、「独立自治の旗翳し」とある。学生や教職員が歌い継ぐ中で、メロディの抑揚に従って自然に二つの「四字熟語」的な成語となっていったのではないか。もともとは、四つの単語、つまり「権利」と「自由」と「独立」と「自治」とではないか。組織と人間の、権利と自由と独立と自治の確立を表現した明治大学の校是ではなかったか。

そう考えると、「大ニシテハ社会ノ構成ナリ政府ノ組織ナリ之ヲ小ニシテハ人々各自ノ権利自由ナリ」と設立の趣旨にある部分が、「大ニシテハ社会ノ構成ナリ政府ノ組織ナリ」は組織を意味し、「之ヲ小ニシテハ人々各自ノ」は人間を意味することになる。人間は個人と言い換えてもよい。そう解釈することで、人間の自由や人間の権利という意識や思想が鮮明に見えてくるように思う。「独立」「自治」も同じく、組織と人間のあり方を表している。だから岸本辰雄は、矢代操を追悼する演説の中で、学生に向かい「真ニ権利ノ何タリ自由ノ何タルヲ知ル」とはっきり「権利」と「自由」を分けて語ったのではないか。組織にとっても人間個人にとっても、「権利」「自由」「独立」「自治」は民主主義思想の根幹にあるものという考えである。日頃から「権利自由」と「独立自治」という成語に多少の不自然さを感じてきた者の、備忘録的なつぶやきである。

第3章　岸本辰雄と鳥取

渡辺隆喜が提出した「近代国家における、北陸あるいは日本海地域の自立化の要請」という視座を借用して、私は、山陰・東北西南部・北陸を中心とした日本海側地域の精神文化の特色を抽出したいと考えた。渡辺は「自立」を「自治」とほぼ同義語として使用しており、私は、堆積する層としての精神伝統の視点から、この地域の大衆が、それぞれの「孤」を徹底した先に「屹立」する「個」を確立し、その「個」が他の「個」と多様に連携する様態こそ日本海側地域の精神文化であると考えた。つまるところ、それは日本海側地域という地域限定の大衆の特色ではなく、人間の営み全般に当てはまるかもしれぬ。にもかかわらず、それは日本海側地域の人々の精神的営みに間違いなく色濃く突出している特色なのである。西園寺公望を除いた「明法寮の五人組」（正確には「明法寮・法学校の五人組」もしくは「常平社の五人組」）は、鳥取藩の岸本辰雄、天童藩の宮城浩蔵、鯖江藩の矢代操、富山藩の磯部四郎、加賀藩の杉村虎一、繰り返すが、すべて日本海側地域出身者である。そのところをもう少し具体的に岸本辰雄という個性と鳥取という地理風土と精神風土の関係を一例として書き留めておきたい。

島崎藤村に『山陰土産』[25]という傑出した紀行文がある。藤村は、鳥取の特色は隠れて見えないところにあると書く。市内を流れる千代川は、一五四四（天文一三）年から三八〇年の間に四八回も氾濫した。この惨憺たる自然と戦い続けてきたここの人たちだから身につけた、「じみな根強さ」という精神風土を藤村は見定めた。

司馬遼太郎は、一九四三（昭和一八）年の鳥取大震災が、この土地の人々がそれまで積み重ねてきたあらゆる営みを灰燼に帰したことにふれた。その地を歩きながら、だからこの城下町の秩序は「心で感ずるしか仕方のない」ものであると、『因幡・伯耆の道　檮原街道　街道をゆく27』[26]に記している。直後にいかにも司馬遼太郎らしい叙述を挟んでいる。市内の交差点で出会った三〇代の婦人を、その挙措動作から鳥取人の典型として活写しているのである。氾濫と地震、豪雪や風雨。そうした惨憺たる自然との格闘から、知的で規律があり折り目がある精神が育まれてきた様相を、司馬はその婦人の立ち姿に見ている。藤村と司馬とが見定めたところを総合すれば、「知的で規律がある、じみな根強い」精神が伝統と化して今そこにあるということになる。そして島崎藤村も司馬遼太郎もともに、「鳥取」というトポスは、心眼で読み解くほかないと断じたのである。惨憺たる自然との格闘は、あくまでも冷静でなくてはならない「孤独」な戦いである。孤独な独居老人の営々とした「孤」に徹した雪下ろしを想像すればよい。いい加減な連帯より「孤」に徹した先に成立する「個」が、同じ軌跡をたどった「個」に遭遇したとき、人間の本当の連帯意識に基づく創造的感動が生まれる。

「孤」という言葉は使っていないけれども、藤村も司馬も見据えていたのは心眼でしか見えぬ「孤独な魂と肉体」に他ならない。その歴史が堆積して鳥取を含む日本海側地域の精神伝統となる。渡辺の言説を借りれば、「自立化」とは「孤」が「個」に昇華する様である。「独立」と「自治」の精神である。「波及」とは昇華した「個」が創造的感動を生み広げる様である。たとえば、宮大工と刀鍛冶が職種は違っていながら、「孤」に徹した作業という労苦の果てに生む、その素晴らしい技量と作品にお互いが共鳴し感動する精神文化とでもいおうか。

明治法律学校初代校長・岸本辰雄は一八五一（嘉永四）年鳥取藩の下級武士・岸本平次郎の三男として生まれた。奇しくも父・岸本平次郎が作成した「安政五年鳥取城下絵図」[27]によって近年岸本辰雄生誕の地が特定された。共学社、貢進生、大学南校、明法寮、パリ留学、講法学舎を経て、一八八一（明治一四）年明治法律学校設立の中心的役割を担ったのが岸本辰雄であった。法律を自由や権利や独立や自治のために追求し、広く国民大衆のために定着させようとした。「官」ではなく「野」の思想を重んじた。明治法律学校学生・平出修が出版した『法律上の結婚』[28]に「序」を寄せたのは、国民生活においてもっとも重要でありながら軽視されている「婚姻法」を、「野」において根づかせようとした学生に、岸本校長は感銘して、自分たちが追い求める法理の一端が具体化されたとして、「序」を刻んだ。

司馬遼太郎が同じ『街道をゆく27』に紹介している挿話がある。亀井茲矩が因幡国鹿野城主のときに、豊臣秀吉の命令で朝鮮に出兵した際に、筑前の漁師を水先案内人として雇い、その後技量を見込んで領内に召し抱えた。その漁師が素潜り漁法の漁場として拓いたのが、今もある夏泊の漁港である。

素潜り漁法は済州島から筑前に伝えられ、そして夏泊へとベルトラインのように繋がる。今もこの港で「海女」たちがこの漁法を守っている。司馬のこの挿話から、藤村や司馬がみごとに捉えた鳥取というトポスを心眼で見通すとき、「知的で規律がある、じみな根強さ」が自ずと見えてくる。二〇一五年に出版された、エッセイスト酒井順子の『裏が、幸せ。』[29]というエッセイがある。その中に「民藝　鳥取と新潟の名プロデューサー」という章があって、鳥取の民藝運動の主催者・吉田璋也にふれながら、酒井は鳥取の特色を「慎み深く漂わせる文化的な香り」と表現している。藤村も、司馬も、酒井も、同じものを心眼で見定めたのである。

その先に「鳥取の精神風土」を超えて、惨憺たる自然との格闘を繰り返しながら、「孤」から「屹立」した「個」へ昇華した岸本辰雄に象徴される日本海側地域の精神伝統や文化が堆積して、連携した「明法寮の五人組」によって明治大学にその精神文化が注入された、というのがささやかな私見である。

註

（1）鳥取県立博物館所蔵「安政五年鳥取城下絵図」により、明治大学大学史資料センターの阿部裕樹が、岸本辰雄の生家を特定した。なお、この「絵図」は父・岸本平次郎が制作に関わった。

（2）『明治大学創始者　矢代操』二〇〇三（平成一五）年一一月矢代操先生胸像建設実行委員会刊。

（3）明治大学百年史編纂委員会編『明治大学百年史第3巻通史Ⅰ』一九九二（平成四）年一〇月明治大学刊。

（4）（3）に同じ。

（5）明治大学広報部編『自由への学譜―明治大学を創った三人―』（一九九五〈平成七〉年五月明治大学刊）中、渡辺隆喜講演記録「矢代操の人と学問」参看。

（6）鈴木秀幸「明治大学創始者　矢代操を求めて」（二〇〇三〈平成一五〉年九月講演）は、鯖江市教育委員会竹内信夫・鈴木秀幸著「矢代操伝」とともに、『明治大学創始者　矢代操』二〇〇三（平成一五）年一一月矢代操先生胸像建設実行委員会刊に収録されていて、これを参看した。また、鈴木秀幸「長直四郎関係等資料調査報告」（「歴史編纂事務室報告第二十四集」所収）二〇〇三（平成一五）年三月明治大学歴史編纂事務室刊を参看した。

（7）村上一博編『日本近代法学の巨擘・磯部四郎論文選集』二〇〇五（平成一七）年一一月信山社刊。平井一雄・村上一博編『磯部四郎研究―日本近代法学の巨擘』二〇〇七（平成一九）年三月信山社刊。

（8）（3）に同じ。

（9）斬奸状の起草者・陸義猶が一九一二（大正元）年に原本を書写したものを、杉村虎一の縁で明治大学中央図書館が所蔵している。

（10）明治大学史資料センター編『明治大学小史―人物編』二〇一一（平成二三）年一一月学文社刊。

（11）幸徳秋水「兆民先生」、『幸徳秋水全集第8巻』一九六九（昭和四四）年一二月明治文献刊所収。

（12）（10）に同じ。村上一博「光明寺三郎」に依る。「光妙寺」とも記す。筆者はこれを採る。

（13）（3）に同じ。

（14）（7）の村上一博は、光妙寺三郎について「パリ大学の学籍記録によると、第一回受講登録は、一八七五年一月二六日である（略）。パリ大学に正式に入学した日本人としては黒川誠一郎（略）に次いで二番目になるが、同校を卒業し仏国法律学士の学位を取得したのは光明寺が最初である（一八七八年三月）」と記している。つまり光妙寺三郎の滞仏期間はパリ大学記録文書から確実な期間を割り出すほかない。他に、村上一博「光明寺三郎のパリ大学学籍カード」明治大学史資料センター編『大学史紀要』第一二号二〇〇八（平成二〇）年一月明治大学刊所収がある。

（15）伊藤整が逝去した日は一九六九（昭和四四）年一一月一五日であった。私の恩師である平野謙は明治大学駿河台校舎五か六号館の教室で「伊藤整が死んだ」と悲痛な叫びとも思えるアナウンスをし、教壇を降りた。伊藤整の死と平野謙の肉声が、奇しくも私どもに昭和文壇史の鮮烈な一コマを脳裏に刻んでくれた。ただ、一五日は土曜日であったらしいから、一九日の伊藤整の葬儀当日平野謙は教室で半ば叫んだのであろう。同時に葬式に行く旨を告げて、教室を去ったのである。雑誌『新日本文学』（一九九六〈平成八〉年三月号）に「平野謙―おもいでの黄色い風呂敷―」というエッセイを私は書いたことがあり、この間の経緯を記しておいた。ちなみに、この年平野謙の講義科目は「近代日本文学」であって、当時の私の手帳によれば「近代日本文学（平野謙）／「わが戦後文学史」630円／感想文10枚以内提出」と記している。備忘録として書いておく。

(16) 伊藤整『日本文壇史1　開化期の人々』二〇〇二（平成一四）年九月（文芸文庫）講談社刊。

(17) 明治大学百年史編纂委員会編『明治大学百年史第1巻史料編Ⅰ』一九八六（昭和六一）年三月明治大学刊所収「帝国大学特別監督私立明治法律学校規則」に「名誉校員」「教員」名簿が記載されている。

(18) 村上一博編『日本近代法学の先達　岸本辰雄論文集』二〇〇八（平成二〇）年一〇月日本経済評論社刊所収。

(19) (18)に同じ。

(20) 明治大学百年史編纂委員会編『明治大学百年史第1巻史料編Ⅰ』一九八六年（昭六一）年三月明治大学刊所収。

(21) (20)と同じ。

(22) (20)と同じ。(18)にも収録。

(23) (24)「法理」「真諦（しんだい）」はともに仏教用語。二〇〇三（平成一五）年五月二六日明治大学リバティタワー二三階で開催された「明治大学史資料センター開設記念」（明治大学歴史編纂室の改組転換）の「記念講演」を井上ひさし氏にお願いした。題目は「作家と資料」であった。その講演の中で井上ひさし氏は「権利」も「自由」も、ともに西周が訳出した言葉で、元は仏教用語であり、ネガティブな「してはならない」という戒めの言葉であったと解説し、長年使われているうちにポジティブな言語に変容していったと解説した。この講演は、明治大学史資料センター編「駿台学の樹立」（『大学史紀要』第八号二〇〇三〈平成一五〉年二月学校法人明治大学刊）に全文掲載されている。

(25) 島崎藤村『山陰土産』、『島崎藤村全集第十五巻』一九五〇（昭和二五）年一二月新潮社刊所収。

(26) 司馬遼太郎『因幡・伯耆の道　檮原街道　街道をゆく27』朝日文庫一九九〇（平成二）年七月朝日新聞社刊。

(27) (1)に同じ。

(28) 平出修「法律上の結婚」、『定本　平出修集〈続〉』一九六九（昭和四四）年六月春秋社刊所収。

(29) 酒井順子『裏が、幸せ。』二〇一五(平成二七)年三月小学館刊。

第2部

明治文学会と笹川臨風

第1章　明治文学会

1　明治文学会の発足

一九〇七（明治四〇）年一月八日発刊の『明治学報』(1)に、「明治文学会小規」が全文載せられている。冒頭から煩瑣の誹りは免れないが、ここに紹介しておきたい。本章の歩を進めるためには欠かすわけにはいかないからである。

一、新なる、まことなる、文学の研究にす、まんがために、設立せるわれらの会団は明治文学会と名づく。

一、本会の主旨は、先達の士と、新なるまことなる文学の研究に進まんとする後進の士との親交を密ならしめ。（ママ）各会員の固人（ママ）力を増進せしむるにあり。

一、本会は明治大学文科（ママ）に席を置けるもの、及其の関係者を以て組織す。

明治大学文科（ママ）に席を置けるものは、当然本会々員たる事。

一、われらは毎月一回相会して、以て会員相互の親密をはかり時にわれらの作物につきて批評を交換し、われらがこの研究をすゝめんことをはからんとす、また時に本会賛助員たる先達の士を招じて、その指導を乞ふことあるべし。

一、本会に幹事三名を置く。当分の内、会員はいろは順にその任に当り会務の凡てを行ふ。

一、幹事は一月一回会員の文章を集め、一冊として各会員順にまわし、以て其の批評を交換せしむべし。本会の事務所を神田錦町三丁目に於く。

一、なほこの外規定については、毎月の例会に於て会員十名以上集合したる節之を定む。

一、本会の主旨を賛し、はやく本会賛助員たらんことを諾せられたる先達諸士は左の如し。

原　秀四郎先生　　服部　躬治先生
登張信一郎先生　　夏目金之助先生
上田　敏先生　　内海　弘蔵先生
桑原　隲蔵先生　　福来　友吉先生
深田　康算先生　　佐々　政一先生
平田　喜一先生　　鈴木　虎雄先生

（十二月十二日記）

この「明治文学会小規」を定める数日前の一九〇六（明治三九）年一二月八日、発会式が行われた。

そのときの模様は、学生の藤澤衛彦がおなじ『明治学報』第一一〇号に報告している(2)。場所は鶯谷、伊香保楼上。文明論あり、日本人論あり、口角泡を飛ばす勢いの喧噪から、やがて囲碁の勝負をする者、蓄音機からは新内が流れ、まねいていた三遊亭小遊三の落語、さらに酒まわりて都々逸、追分節、剣舞、合唱と「その面白さは実に最後までつきなかつた」という。ちなみにこの発会式の模様を報告している藤澤という学生は、賛助員に名を連ねている登張信一郎（竹風）の教え子である。登張竹風は「高師在職時代に、明大予科に出講したお蔭で、此処でもおもしろい御弟子が出来てゐる。日本伝説研究家の随一人藤澤衛彦君がその一人」と回想している(3)。

ただ問題は、登張竹風の優秀な教え子である藤澤衛彦が報告した「明治文学会発会式」の中身である。彼らを取りまく時代思潮や文芸思潮に対する意見や見解が、驚くほど欠落していて、ただ漠然とした文明論や日本人論に口角泡を飛ばし、後は歌え踊れと酒の勢い、という内容につきている。なお藤澤によれば、この日発会式に参集したメンバーは、服部、上田、内海、桑原、深田、佐々が教員、一七人が学生であったという。教員賛助員の主要な人々はほぼ参加している。

この日出席した教員では、上田敏が上田柳村、内海弘蔵が内海月杖（子母澤寛のところで、その関係について触れる）、佐々政一が佐々醒雪。夏目金之助は欠席しているが、もちろん漱石。錚々たる教員賛助員である。桑原が京都帝国大学に転職して、その後上田敏の計らいで明治大学に栃木県立宇都宮中学校から赴任するのが、臨風笹川種郎(4)である。さらに後のことになるが、上田敏も京都帝国大学に赴任することになる。いずれにせよ、学生たちが中心になって、明治大学における新しい文学的機運の創出に向けて、こうした教員文学者の指導を受けながら創作活動を展開し、明治大学「文学」の確立を目指した事態と熱意だけは疑えまい。

では「明治文学会」が発足した一九〇七（明治四〇）年前後の時代思潮や文芸の動向はどのような状況であったのか、ごく簡単に俯瞰しておきたい。

漱石は明治大学講師を務めていた時期と半ば重なる一九〇五（明治三八）年一月から翌〇六（明治三九）年八月にかけて、正岡子規の遺志を継いだ高浜虚子が主宰していた雑誌『ホトトギス』に、「吾輩は猫である」を精力的に発表していた。漱石が明治大学で教壇に立ったのは一九〇四（明治三七）年四月頃から一九〇六（明治三九）年一〇月頃までである。一九〇五（明治三八）年九月には平

◉上——笹川臨風

民社に集った若き社会主義者白柳秀湖たちは機関誌『火鞭』を創刊。上田敏は詩壇に衝撃を与えた歴史的訳詩集『海潮音』を一〇月に発刊している。一九〇六（明治三九）年三月には島崎藤村は『破戒』を自費出版して、詩歌から散文の世界に移行している。島村抱月が「囚はれたる文芸」を『早稲田文学』に発表したのも、同年一月のことであった。雑誌『明星』を牙城に与謝野晶子たちの活動も続いていた。『明星』が第一〇〇号をもって廃刊になるのは一九〇八（明治四一）年一〇月である。一九〇七（明治四〇）年九月には田山花袋が「蒲団」を発表し、その影響を受けて、翌〇八年四月から八月まで島崎藤村が「春」を『朝日新聞』に連載している。明治社会主義運動は、同年六月の赤旗事件を通過することで、徐々に尖鋭化していく。この年一挙に文壇は自然主義文学運動が隆盛を迎えることとなる。長谷川天渓、岩野泡鳴らの自然主義論が盛んに書かれ文芸誌上を賑わすのもこの年であった。(5)

明治四〇年前後の文壇文学の動向や、時代の思潮は、つまるところ自然主義と浪漫主義（反自然主義）、さらには社会主義の大きなうねりのただ中にあったことになるのである。

「明治文学会」が、明治大学の学生を中心に先に挙げた教員をも巻き込んでスタートしたのは、こうした時代思潮の中であった。大学を視座に据えて眺めれば、東京帝国大学つまり赤門派は早く、一八九五（明治二八）年一月に『帝国文学』を創刊しており、稲門派の第一次『早稲田文学』はもっと早く、坪内逍遥らが一八九一（明治二四）年一〇月に創刊している。ただし島村抱月が自然主義論を展開する第二次『早稲田文学』の発刊は一九〇六（明治三九）年一月のことである。慶應義塾大学の

『三田文学』は一九一〇（明治四三）年五月創刊である。『三田文学』創刊には前段がある。同年一月二九日上田敏宛て森鷗外からの書簡がそのことをつまびらかにしている。慶應義塾大学文学部の改革と人事刷新について、鷗外は漱石を推したが漱石はすでに朝日新聞社と契約が成立していて断られ、上田敏にあなたはどうかと打診し、仮にあなたが応じられないならば永井荷風ではどうか、と手紙を書いて問うているのである。上田敏は京都帝国大学に義理があり無理だから、荷風なら自分も推服する人物であると答えており、そのような経緯から永井荷風が慶應義塾大学に着任することに決定した(6)。『三田文学』が荷風によって編集発兌されたのはその直後のこと。ちなみに上田敏が明治大学に教鞭を執った時期は、一九〇三（明治三六）年九月頃から一九〇八（明治四一）年一〇月頃までと、私は推測している。

上田敏がおり、登張竹風がおり、佐々醒雪がおり、内海月杖がおり、夏目漱石がおり、平田禿木がおり、さらに笹川臨風を加え、樋口竜峡も、大町桂月もいた。かような文壇文士を揃えていながら、明治大学の学生と教員は、「明治文学会」から雑誌『明治文学』創刊を実現させることができず、その目論見は未完に終わった。明治大学が学内文学活動における、その初発の段階から、文壇に小説家や詩人という実作者を送り出し輩出させる手段や方法を持つことができなかったのは歴史的事実である。

2　教員文学者たちの位置

一　漱石の位置

漱石は、一九〇四（明治三七）年四月頃から一九〇六（明治三九）年一〇月頃まで明治大学に教員として在籍していた。明治法律学校が明治大学と改称し高等予科を設けた一九〇三（明治三六）年九月に上田敏が教員となって、その後、上田敏に漱石が呼ばれたとすれば、一九〇四年四月に文学部が発足する際の人事であったと考えられる。藤澤衛彦たち学生の懇請に応えて、「明治文学会」の賛助員に名を連ねてはいる。ただ漱石が能動的に積極的にこの会に関わりを持ったとは考えにくい。

明治法律学校が明治大学と改称したのは、一九〇三（明治三六）年九月である。同時に高等予科を設置した。翌〇四年四月から文学部など四学科制（法学部本科、政学部本科、文学部本科、商業学部本科）を採った。形は整ったが実体が伴わなかった。予科から文科に進級する学生が僅か三人に過ぎず、一年間文学研究会（学年を問わない変則的カリキュラム）を設けて授業を行い、次年度に文科（文学部）を設置することにしたのである。漱石はここで英文学史の講義を担当している。上田敏、登張竹風、内海月杖も担当した。授業や学内講演など漱石は積極的にこなしている。一九〇五（明治三八）年三月一一日には神田区駿河台甲賀町の明治大学校舎内において「倫敦のアミューズメント」(7)

と題した講演をしてもいる。また同年二月に予科学友会に文芸部が設置された際、「文学芸術ノ趣味ヲ増成セン為メ一定ノ課題ノ下ニ投稿ヲ募リ其秀逸佳作ヲ明治学報ニ依テ発表スルコト、セリ選者左ノ如シ」と。[8]その選者にも、大町桂月や内海月杖や上田敏や黒田清輝らとともに漱石は名を連ねているのである。表面的には授業や学内講演などをきわめて熱心にこなしていた漱石の姿がそこに窺える。

しかし、登張竹風の弟子であり、漱石にも師事していた藤澤衛彦[9]は、明治大学での漱石と上田敏の講義風景を、漱石の授業の受講生は私一人になって、上田敏に学生の人気が集まった、と書いているのである。漱石は明治大学という学校と学生に、意に沿わないものを感じていたのかもしれない。つまり、その頃の漱石の心境は、そうした学生たちの熱意や情熱と裏腹に、明治大学や学生に対して冷めたところがあったというのが真相ではなかったか。一九〇六（明治三九）年二月一五日の姉崎正治（嘲風）に宛てた書簡[10]に次のように書き付けているのである。「次に僕は講師である。講師といふのはどんなものか知らないが僕はまあ御客分と認定する。（略）従つて担任させた仕事以外には可成面倒をかけぬのが礼である」と。漱石の腹の底の本音がここに滲み出ている。漱石が積極的能動的に「明治文学会」へ関わらなかったのは、むしろ自然であった。

そしてこの一九〇六（明治三九）年一〇月二〇付の皆川正禧に宛てた書簡[11]には、「僕明治大学をやめようと思ふ」と漏らし始めており、この直後に辞表を提出しているのである。もちろん明治大学と学生への違和感だけが辞職の理由ではない。『吾輩は猫である』での作家としての成功が、より自由に執筆活動が行える環境を求めて背中を押したというのが、より正確な辞職の真相であったと思われる。

余録になるが、この後一九一四（大正三）年六月二八日付の手紙[12]で、明治大学を去った夏目漱石が、そのときの明治大学学長・木下友三郎を厳しく叱責する事態[13]が出来する。文学博士号辞退事件のあおりで、木下学長は漱石の逆鱗に触れたのである。卒業式への招待状には「文学博士」夏目金之助と書いてあったのである。どうも明治大学と夏目漱石は馬が合わない関係にあったといえそうである。ただ、個人的には教え子の藤澤衛彦[14]などは、漱石の自宅を訪問して、親しく交わっていたような側面もあったことも事実である。

二　上田敏の位置

柳村上田敏が明治大学に籍を置いた時期は、一九〇三（明治三六）年九月から一九〇八（明治四一）年一〇月までと、私は推定[15]している。登張竹風と同様、東京高等師範学校に本籍を置いて明治大学には兼任講師として教鞭を執っていた。高名な訳詩集『海潮音』を上梓したのは、一九〇五（明治三八）年一〇月のこと。明治大学にいたときのことである。瀬沼茂樹は逝去した上田敏を評して、『文学界』以来、明治文学に鑑賞主義、享楽主義《ディレッタンティズム》の潮流を養い、森鷗外とむすんで、日本自然主義に反措定して、新浪漫主義または耽美主義の花を咲かせたプレアデス中の巨星の一つが堕ちた[16]」と記している。

その上田敏は少なくとも漱石よりははるかに、明治大学での仕事に熱心であった。同時に明治大学と学生に愛着を持っていたと思われる。登張竹風はその著『人間修行』[17]の中でこう書いている。「フランスから帰朝した頃には、私は浪人となつて、明治大学だけに出てゐたが、柳村は京都から上京するごとに、必ず明大の教官室に私を訪ねて来られた。（略）二週に一度は必ず上京した。会ふごとに、臨風・内海月杖・深田康算達と、一緒に飲むのであつた」と。上田も臨風も月杖も康算もそしてこの著者竹風も、ともに明治大学で同じ釜の飯を食った仲間である。この竹風が紹介した上田敏の姿に、彼の明治大学への愛着が鮮やかに捉えられていて爽快な文章である。

明治四〇年前後の『明治学報』を繙読すれば、この時期の上田敏が、どう明治大学と意欲的に関わりを持ったかがおおよそ理解できよう。『明治学報』によれば、三七年の「露国杏林の一大家」「レオナルドオ、ダ、キンチ」、三八年には「シルレル伝記」、三九年には「マアテルリング」、四一年には「予の観たる欧米各国」等、論文・講演原稿の発表を精力的に行っている様子が窺える。先に触れておいたように、「明治文学会」の賛助員にもなり、漱石がほとんど参加しなかった発会式や「明治文学会例会」にも可能な限り出席している。『明治学報』一九〇七（明治四〇）年三月刊の第一一二号に「明治文学会例会」という記事[18]が載っている。同年一月二六日に開催された第二回例会の様子である。「此日原、上田両先生の御来車下されしは生等の感謝して止まざるところ外諸先生の御来会なかりしは遺憾此上無きところなりき」とある。上田は学生の求めに応じてちゃんと出席しているのである。

学友会文芸部の設立（明治三八年二月）に伴う学生応募原稿の選者にも無論、名を連ねている。三九年一月二八日の予科学友会に出席して、「今世劇」と題した講話も引き受けているのである。このときは樋口竜峡と一緒であった。[19] 同年二月四日の「文学研究会」の科外講演でも「マアテルリング」と題する講演をした。上田とともに講演したのは登張竹風であった。竹風の演題は「虚無主義を排す」[20] であった。このときは予科主事の内海月杖が開会の辞を述べた。

明治大学にこうした愛着を持ち、講義も研究も、さらには学生との交わりにも熱心であった上田敏が、一九〇八（明治四一）年一一月京都帝国大学に去ったのは、明治大学さらには「明治文学会」にとって大きな痛手であったのはいうまでもあるまい。

三　登張竹風の位置

登張信一郎の筆名は竹風である。勝海舟・山岡鉄舟・高橋泥舟を幕末の三舟と称するように、姉崎嘲風・笹川臨風・登張竹風を並べて明治の三風と称した時期があった。その一人、登張竹風は『登張竹風遺稿追想集』に収録されている『竹風随筆』中「ドイツ語懺悔」[21] に次のように回想している。

「殆んど高師就職と同時期に、明治大学予科の講師となつてゐた。明大予科は神田錦町に在つた。講師は、多く官学の知名（著名なだけ芳ばしいのであるから、成るべく有名）な教授連であつた。高師からは、上田敏、桑原隲蔵、村上直次郎、林鶴一、かういふ一騎当千の、鉄中の錚々たるものが出講してゐた。予科長は、吾等と同時に東大を出た国文の秀才内海弘蔵（月杖）であつた」と書いている。さらに「この明大予科は極めてのんびりした自由開放の学園であつた」とも記しており、竹風のみならず、ここに集った講師たちが、学園の自由でのどかな環境に満足した感情を共有していたことが理解できよう。竹風は続けて、和田垣謙三、大町桂月のほほえましい講師ぶりに言及しているが、ここでは割愛する。

「竹風年譜」[22]を参看すると、竹風が東京高等師範学校教授に任ぜられて、山口高等学校（ここに、佐々醒雪もいて教鞭を執っていた）から上京赴任したのは、一八九九（明治三二）年九月一五日であった。竹風が回顧している高師就職とほぼ同時に明治大学予科に出講したというのは、竹風の記憶違いによるものと考えられる。文学部に予科が置かれる前年、一九〇三（明治三六）年九月に本科（法学・政治学）の下に高等予科が設けられている。『明治大学百年史第一巻　史料編Ⅰ』によれば、この高等予科に招聘された教員名に登張と上田の名前が見られ、明治三六年九月一七日より授業を開始している。この明治法律学校が明治大学と名称を変えるまでの数年間は、学部、本科、予科など制度改変がはなはだしく、きわめてわかりにくい。誤りもあると思う。お教え乞う。いずれにせよ登張竹風は、高等師範の教員になると同時に明治大学に就職したのではないのである。

明治大学教員として、登張竹風は上田敏同様きわめて真摯な教育者であった。無論「明治文学会」の賛助員の一人であった。また暫定的措置として開講された「文学研究会」では、漱石、月杖、敏等と共に授業に加わり、「文学概論」を担当している。専門はニーチェの翻訳で知られ、ドイツ語の教員であった。前述のとおり、「文学研究会」の科外講演では、上田敏が「マアテルリング」を、竹風が「虚無主義を排す」を演題とした講演活動を行っている。一九〇八（明治四一）年三月一一日には、学友会の「学芸部大会」に出席して、「成り上り者」と題した講演をしており、その軽妙な語り口は、『明治学報』[23]で報ぜられている。竹風の前に「反魂香」の演題で講演をした笹川臨風に続いて、竹風は、「前弁士笹川臨風君は江戸っ子のチヤキチヤキでございまして（笑声起る）所謂『江戸っ子は皐月の鯉の吹流し口先ばかりで腹はなし』と云ふ（笑声起る）笹川君がさうであるかどうかは分らぬ（笑声起る）」等その場の情景が、目に浮かぶ如き話術の冴えである。学生たちが竹風を慕った一斑が伝わる。

明治大学高等予科で竹風に師事した、後の明大教授・道部順は、竹風がゲーテの「ウェールテルの煩悶」という講義をすると知って、何の躊躇もなく入学したという。明治三八年のことであったと道部は記している。さらに「先生の活気に満ちた、やや扇情的な所のある講義に私はすっかり酔わされてしまった」と述懐[24]しているのである。『竹風酔筆』の中で竹風は、明大予科での修学旅行のことを懐かしんでいる。「藤澤は大島への修学旅行で、大島で僕と一緒に芝居を打った学生の一人である」。一九〇六年（明治三九）年一月に挙行された総勢一三三人による予科修学旅行は、竹風にはよほど印象深くその脳裡に焼き付けられたものとみえて、『竹風酔筆』だけではなく、その著『遊戯三昧』[25]にも、相当の紙幅を割いて、この旅行の楽しかった思い出を回想しているのである。なお、このとき、内海月杖、樋口竜峡も同行しているが、彼らの様子はここでは割愛する。

高等師範と明治予科で教鞭を執っていた一九〇六（明治三九）年九月、竹風は高師の校長・嘉納治五郎に呼び出されて、ニーチェの超人思想を説くのは不敬にあたるという抗議があった、と告げられる。結果、竹風は潔く高師を去った[26]。その後竹風は、明大の講師、『やまと新聞』記者、『新小説』同人という「三種三様の多様多趣の身過ぎとなつた[27]」。その後、一九〇九（明治四二）年に明治大学文学部の入学者が少なく文科を廃止することになり、登張竹風はそのときに明治大学を去ったはずである。

竹風が不敬の意志を抱いていなかったのはいうまでもあるまいが、ニーチェの紹介者として、この時代を席巻していた自然主義にも、社会主義にも与せず、反自然主義的立場に位置取りをしていたのである。「自然派なるもの、見地の頗る浅薄膚浅なることである[28]」という発言でその立場は充分納得できる。泉鏡花との親交と、鏡花文学への理解と共鳴という点も竹風の立場を鮮明にするために、あえて付記しておかねばならない。鏡花の『婦系図』執筆は竹風から得た話題からであり、竹風自身がモデル[29]としてこの小説に登場する。

登張竹風が、泉鏡花の『婦系図』登場人物のモデルであることに触れた文章は意外に少ない。後に佐伯孝夫によって作詞された「湯島通れば　想い出す／お蔦主税の　心意気／知るや白梅　玉垣に／残る二人の　影法師」で高名な「湯島の白梅」の原作『婦系図』の隠れたモデルが登張竹風なのである。

大雑把に言えば、『婦系図』は主人公早瀬主税《ちから》と芸者お蔦の悲恋哀話である。早瀬主税は気鋭のドイツ語学者であり、その師が酒井俊蔵。主人公の早瀬主税が作者泉鏡花を色濃く反映する人物として登場し、お蔦が後鏡花の妻となる神楽坂芸者の伊藤すずその人であることも、あまねく知られている。主税とお蔦が恩師酒井の厳しい忠告を入れて泣き別れになる事態から、酒井を泉鏡花の文学の師尾崎紅葉であるとする説は、流布され周知されている。ただし厳密には、その説は違っているのである。わが明治大学教員・登張竹風先生の名誉のためにもあえてここに叙しておきたいと思う。

厳密には、酒井俊蔵は登張竹風であるとともに尾崎紅葉なのである。「切れるの別れるのツて、そんな事は、芸者の時に云ふものよ……私にや死ねと云つて下さい」という湯島天神別れの名台詞は、明治四〇年の原作にはないが、後に脚色される。ただこの湯島天神別れの名シーンが、酒井＝尾崎紅葉を連結して取り沙汰されるのは正しい。ただ、酒井俊蔵は正しくは、登張竹風と尾崎紅葉を合わせた人物なのである。

登張竹風の先に紹介した「ドイツ語懺悔」をまとめるとおおむね以下のようになる。

『婦系図』は竹風が鏡花に話した、実在の人物・岩政憲三という友人のエピソードに着想を得て書き始められた。『婦系図』着想の栄光はすべて竹風にあるのである。ちなみに「岩政」は作中「稲坂」で立ち現れる。明治四〇年のことである。登張竹風は、この年明治大学で講師をしながら、『やまと新聞』の記者を兼ね、泉鏡花の勧めで『新小説』同人となっている。この『やまと新聞』連載小説を泉鏡花に依頼するため逗子を訪れる。そのとき鏡花に話した内容が『婦系図』に取り入れられたのである。

さらに、登張竹風は「ドイツ語懺悔」に次のように書く。これが、名作『婦系図』のモデル・酒井俊蔵についての真相である。「小説の舞台では、早瀬はもはや一廉のドイツ学者に成り上がつて、昔の面影は微塵もない。この辺までは、酒井先生は、私竹風がモデルであるが、早瀬が柳橋で遊び出して、生命までもと惚れ込んだ芸者お蔦《つた》と新世帯を営むやうになつて、師匠の大喝を食ふ条々に至つては、もはや私がモデルではない、真のモデルは鏡花の恩師尾崎紅葉先生である」と竹風は書いた。

登張竹風は泉鏡花と人間的にも文学的にも深い関わりがあった。このことは本章の展開上きわめて重要な事柄なのである。

四　樋口竜峡の位置

樋口秀雄の筆名は、樋口竜峡である。一八〇七（明治三〇）年九月東京帝国大学文科大学哲学科に入学。社会学を専攻した。一九〇〇（明治三三）年二五歳、大学院進学。研究題目は「社会学一般殊に国家及び国法の社会的研究」であったという[30]。このときの研究課題が、後に文芸批評に筆を執りながら、とどのつまりは社会学の方向に転じていく竜峡を決定づけたのである。『近代研究文学叢書第三十巻』に拠れば、竜峡は一九〇四（明治三七）年頃から明治大学の教壇に立ち、三七年九月、大学内に清国留学生の教育機関・経緯学堂が設けられると、翌三八年にはこの機関の主事となり教育活動に専念した。

『明治大学文学部五十年史』に分担執筆した宮川康[31]の文章にこうある。文壇は自然主義論がかまびすしく、明治大学文科生（文学部学生）もそうした動向と無縁ではなかった。「藤澤ノート」（衛彦・吉田記）によれば、「当時の進歩的雑誌田岡嶺雲の『黒白』（藤澤編集）を通して明治大学文科生が文芸革新運動に参画（中略）それは早稲田の後藤宙外と、明治の樋口竜峡が矢面に立って活躍した文学運動で、明治の文科からは佐々、笹川、得能、紀平の諸先生が論陣を張ったので、随って、明治文学会もこれがお手伝いをしたまでで、自然主義思想が小説研究の学生間に風靡していた」という状況であったと宮川は記している。私は「藤澤ノート」に書かれている、早稲田の後藤、明治の竜峡という当時の具体的な事態を確認していない。ただ、この時期樋口竜峡が緩やかながら反自然主義の立場から、自然主義批判を展開したことは、樋口竜峡著『時代と文芸[32]』に収められた幾多の自然主義に触れた評論文を瞥するだけで明らかになる。

竜峡は後年、文芸から戦線離脱し社会学に専念し、さらに政治家になっていった。

3　明治文学会と文芸革新会

明治文学会は一九〇六（明治三九）年一二月八日に発足し、文科学生を中心としながら、明治大学教員文学者たちをも巻き込んだ文学運動の一形態であった。登張竹風、上田敏、内海月杖、佐々醒雪。関わり方の深浅は別としても夏目漱石もその賛助員として名を連ねた。加えて笹川臨風、樋口竜峡、大町桂月が直接間接の繋がりを持っていたのである。「明治文学会」の裾野の拡がりを想起すれば、さらにおしなべて、これら明治大学教員文学者の文学的立場が反自然主義文学圏内に属した気鋭によって構成されていたことを想起するならば、赤門に『帝国文学』、稲門に『早稲田文学』、慶應義塾に『三田文学』がそれぞれの時期に呱々の声を上げたのとほぼ軌を一にして、神田駿河台に「明治文学会」を基点に『明治文学』あるいは『駿河台文学』という文芸誌が発刊された可能性があったはずだ。そういう可能性が頓挫したのは何故か。いくつかの複合的な理由が考えられる。

なによりも直接的事由は、早くも一九〇九（明治四二）年に第一回卒業生三人を出して、文学部そのものが事実上廃部となったことである。「明治文学会」がその基盤を失ったのである。また、「明治文学会」が実作上なにほどの成果も挙げられなかったこともある。優秀作を『明治学報』に賛助員が推薦して掲載する「規約」に記された実が挙げられなかったのは、『明治学報』を閲覧すればすぐに肯けることである。しかも、学生間の内部対立もあったと、私は考える。『明治学報』第一一三号[33]掲載の「独酔窟放語（二）」を書いている清水時雨という学生は、今に到っても『明治学報』に何らの作物もない、とその憤りを「文科の諸子眠れりや」と書きつけた。それに対して、文科学生の藤澤文雪（衛彦と思われる・吉田記）が「包中我観」[34]を書いて、何を焦るのか、まだスタートしたばかりだ、と。さらにこの応酬は続く。こうした学生間の対立が文芸以前の場で争われ、実質的で生産的な文学論争に発展していないで終わっているところにも、「明治文学会」終焉の一つの理由があった。

そして、「明治文学会」のそのような事情だけではなく、明治大学教員文学者たちのメンバー構成そのものにも発展昇華を阻害する要因がなかったかどうか。伊藤整の『日本文壇史15』や後藤宙外著『明治文壇回顧録[35]』を閲覧しながら、「文芸革新会」のことについて書きとめておきたい。一九〇九（明治四二）年四月二四日「自然主義に毒された文芸思潮の改革」を旗印に「文芸革新会」が発会式を挙行した。早稲田大学出身の中島孤島が中心になって動いた。笹川臨風が宇都宮から居を東京に移し、明治大学で教えながら、三省堂の『日本百科大辞典』の編纂を手伝っており、そこで孤島と知り合って、孤島が「文芸革新会」の趣意書を臨風に依頼することになった。一九〇九（明治四二）年五月にこの会の第一回講演会が開催されており、講師は次の如き人々であった。小山東助、高瀬火海、笹川臨風、後藤宙外、樋口竜峡、登張竹風、佐々醒雪、姉崎嘲風、三宅雪嶺、井上哲次郎たちである。

臨風、竜峡、竹風、醒雪らは明治大学の教員（在職か退職かは別として）であったから、「明治文学会」が、そのまま「文芸革新会」に水平移動した観がある。とすれば、「文芸革新会」の可能性と限界が、「明治文学会」の可能性と限界を明らかにすることになるのではないか。伊藤整は直言する[36]。「文芸革新会」の構成メンバーは、「要するに評論家とジャーナリストの集まりであって、作家らしい作家としては泉鏡花一人が参加しているだけであった」。さらに伊藤は畳みかけて、「『文芸革新会』の結成は文壇に一応の衝撃を与えたが、現実にそこに加わったものは、時代に遅れた評論家たちと志を得ぬジャーナリストたちであり、現役の作家は殆どこれに参加しなかった」という。酷評とも思える伊藤整の表現は、正鵠を射ている。

「明治文学会」の可能性と限界は、明治大学内部外部の諸事情と、そこに集った教員文学者たちの構成メンバーと彼らの文壇上での立場、そしてなにより重要な事態は、漱石が去って以後実作者がいなくなってしまったことである。やはり「文芸革新会」の可能性と限界と同一線上に「明治文学会」はあったのである。明治大学の教員に泉鏡花を配していたならば、事態はよほど変わっていたように思う。

註

（1）『明治学報』第一一〇号、一九〇七（明治四〇）年一月明治学会刊。「明治文学会小規」は、『明治大学百年史第一巻史料編Ⅰ』昭和六一年三月明治大学刊所収から引用した。

（2）この一文も同じく、『明治大学百年史第一巻史料編Ⅰ』に採録されている。

（3）登張竹風『竹風酔筆』（一九三六〈昭和一一〉年八月南光社刊）所収「私のお弟子達」より。他にあと一人明治大学の教え子として臥牛・道部順に触れている。

（4）本書第2章二「笹川臨風の閲歴」で触れる。初出「笹川臨風の位置」明治大学刊『大学史紀要』第七号、二〇〇一（平成一三）年一二月二五日刊所収。

（5）時代思潮及び文壇動向については、講談社版『日本現代文学全集』別巻（一九七九〈昭和五四〉年六月刊）を参看した。

（6）（4）に同じ。

（7）この講演内容は『明治学報』第八六号一九〇五（明治三八）年五月刊と翌六月刊の第八七号に掲載されている。なお『漱石全集第三十一巻』一九五七（昭和三二）年九月岩波書店刊所収。

（8）「文芸部設置」、一九〇五（明治三八）年三月発行『明治学報』第八四号所収。

（9）藤澤衛彦「夏目漱石先生―初期文科先生の思い出」、『季刊明治』一九五九（昭和三四）年一〇月明治大学刊所収。

（10）（1）に同じ。

(11)『漱石全集第二十八巻』一九五七（昭和三二）年七月岩波書店刊。

(12)『漱石全集第三十一巻』一九五七（昭和三二）年九月岩波書店刊。

(13)吉田悦志「漱石明大を叱る」、『明治大学学園だより』二〇〇一（平成一三）年一月明治大学刊。

(14)吉田悦志「夏目漱石と明治大学生・藤澤衛彦」、『M-Style』vol. 58二〇一三（平成二五）年五月明治大学刊。

(15)（4）を参看願いたい。

(16)瀬沼茂樹『日本文壇史24』一九九八（平成一〇）年一〇月講談社刊。

(17)登張竹風『人間修行』一九三四（昭和九）年七月中央公論社刊。

(18)『明治学報』第一一二号一九〇七（明治四〇）年三月明治学会刊。

(19)『明治学報』第九九号一九〇六（明治三九）年二月明治学会刊。

(20)（19）に同じ。

(21)『登張竹風遺稿追想集』登張竹風遺稿・追想集刊行会編、一九六五（昭和四〇）年一月郁文堂出版刊。

(22)「登張竹風」年譜、『明治文学全集40』一九七〇（昭和四五）年七月筑摩書房刊所収。

(23)『明治学報』第一二四号一九〇八（明治四一）年四月明治学会刊。

(24)（21）の『登張竹風遺稿追想集』所収、道部順「若かりし日の登張竹風先生を偲びて」より引用。道部はこの中で、『竹風酔筆』で竹風が教え子として、自分と藤澤衛彦を挙げていることに触れて、藤澤は、「民族学の明大教授」と記している。『竹風酔筆』では藤澤を「日本伝説研究家の随一人」と、竹風は記している。

(25)登張竹風『遊戯三昧』一九三六（昭和一一）年五月山本書店刊。

(26)（17）の『人間修行』や昭和女子大学近代文学研究室著『近代文学研究叢書第七十五巻』所収「登張竹風」一九九九（平成一一）年一一月近代文化研究所刊や（21）の道部順による追想文にもこの超人思想問題は触れられている。

(27)（17）に同じ。

(28)登張竹風『我観録』所収「思ふがまゝ」、初出一九〇七（明治四〇）年九月『新小説』。ここでは、『明治文学全集40』筑摩書房刊から引用した。

（29）（21）を参看。なお吉田悦志「登張竹風先生―泉鏡花『婦系図』の隠れたモデル―」、『M-Style』No. 39二〇一〇（平成二二）年一一月明治大学刊がある。

（30）昭和女子大学近代文学研究室著『近代文学研究叢書第三十巻』所収「樋口竜峡」一九六九（昭和四四）年三月近代文化研究所刊を参看した。

（31）『明治大学文学部五十年史』一九八四（昭和五九）年三月明治大学文学部刊所収の宮川康の文を参看した。なお夏目漱石を叙した箇所でもこの宮川文を参看したことを付記しておく。

（32）樋口竜峡『時代と文芸』一九〇九（明治四二）年三月博文館刊。なおこの著の抄録は『明治文学全集41』一九七一（昭和四六）年三月三〇日筑摩書房刊に所収。

（33）『明治学報』第一一三号一九〇七（明治四〇）年四月明治学会刊参看。

（34）『明治学報』第一一五号一九〇七（明治四〇）年六月明治学会刊参看。

（35）後藤宙外『明治文壇回顧録』一九三六（昭和一一）年五月岡倉書房刊。ここでは、『明治文学全集99』一九八〇（昭和五五）年八月筑摩書房刊所収を参看した。

（36）伊藤整『日本文壇史14』一九九七（平成九）年二月講談社刊。

第2章　笹川臨風

1　はじめに

笹川臨風は「自筆年譜」[1]に、「明治大学が昇格するとともに、法政、専修の出講をやめて、同校の専任教授となり、高等予科長兼商学部教授として勤務する。三省堂の方は、同堂が一時経済上頓挫したのでやめる。偶々同大学に騒動勃発し、其の飛沫で、同校と縁切りをする」と書き留めている。臨風笹川種郎がどのような経緯で明治大学に勤務することになり、いかなる事情から去ることになったかは、改めて論ずるとして、ここでは明治大学に教員として籍を置き、その間学生の求めに応じて校歌の作詞者として、与謝野鉄幹と児玉花外を推薦し紹介状を書いた事実だけを確認しておけば足りる。

与謝野鉄幹と児玉花外を臨風が紹介した頃の思い出を回想した、牛尾哲造の「校歌の生れるまで」[2]という一文がある。

其歳（大正九年・吉田記）の春、新緑もえ出でんとする五月の初旬、学友武田君（現明大助教授）は笹川臨風先生（当時母校教授）の紹介状を私に示して当時全学生の熱望止まざる校歌作成の議を図られた。私は放課後すぐに与謝野鉄幹氏を訪れて見たが不在だつたのでその足で、麴町六番町高橋某方に児玉花外先生を訪問した。

道々少年時代に読んだ詩と、そして先生の風貌とを胸に描きながら……たしかにあまり大きくない二階屋だつたが、戸を開けた三畳ばかりの玄関に古着屋の親爺然（敢ていふ）たる老爺が、今や昼寝を為さんとする処だつた。まさかこれが詩人先生と知るよしもないので先生はお出ででせうかと尋ねるとその老爺は児玉は私ですとの返事に二度びつくりしたが、意外といふ感じの裡にこの人の詩あればこそといつた表現し難い親しみを直感したものである。

来意を告げると先生は如何にも満足気に喜ばれ自分の晩年を明大校歌によつて飾りたいとて感激に富む先生は、直ちに戸棚から一升瓶を出して来られ、すすめられるままにヒヤのままで乾杯し、共に前途を祝福して別れて来た。

武田孟が預かった笹川臨風の紹介状を牛尾が持って、与謝野鉄幹をまず訪ねた。不在だったため児玉花外を訪問し、快諾を得た。牛尾哲造の「校歌の生まれるまで」の肝心な骨格はこうである。牛尾のこの一文が、明治大学校歌誕生秘話の瞬間を捉えた貴重な証言であることは贅言を要しない。

ただ、私一個の関心は、次のような諸点にある。なぜ笹川臨風であったのか、臨風一人の考えから出たものか、あるいはほかの人物の助言あってのことか、臨風に相談者がいたのかどうか、さらには、なぜ与謝野鉄幹であり児玉花外であったのか。こうした私の関心事に直ちに応える原資料を、残念ながらつまびらかにしない。ここでは、状況証拠を積み重ねることで、これらの疑問に推定ではあれ、ある程度を明らかにできたら、と考えている。原資料一編の出現で私の推論がもろくも瓦解する恐れをはらんでいることは覚悟の上である。その意味で『明治大学文人物語』は「覚え書」であり、「推理小説」的謎解きでもある。

2　笹川臨風の閲歴

まず、次のような先行文献を参酌することで、笹川臨風が明治大学を去るまでの閲歴を俯瞰しておきたい。先に触れた「自筆年譜」、これは改造社版『現代日本文学全集第十三編』の巻末に添付されているものである。笹川臨風著『明治還魂紙』(3)も適宜参看する。筑摩書房刊『明治文学全集』第四一巻(4)末の臨風に関する年譜（伊原昭編）。昭和女子大学近代文化研究所刊『近代文学研究叢書』第六六巻(5)所収「一　生涯」（平野晶子筆）などである。

一　幼少年時代

笹川種郎は一八七〇（明治三）年八月七日東京神田末広町三〇番地に生まれる。父は旧幕臣笹川義潔、母はてい。戸籍上は次男となっているが、上に四人の男女があった。いずれも夭折しており、今度は成育するようにと、種郎と名づけられた。父・義潔は内務省土木局に勤める官吏であった。一八七六（明治九）年頃、下谷和泉橋通りの松前小学校に通う。臨風によれば、ここにはだいたい同じ頃内田魯庵や三田村鳶魚も通学していたという。後年の親交ぶりを思って、不思議な因縁に驚いている。明治一〇年頃、父・義潔の転勤に伴って、大阪の玉水小学校に移っている。さらに一年後、同じ事情から名古屋に移転し、「愛知県立尋常中学校付属小学校」（平野の文による）へ転校している。

一八八一（明治一四）年一一歳。愛知県立中学校に入学する。この学校の教科書は、すべて舶来の洋書ばかりで、代数、幾何、地理、歴史、何でも洋書ばかりであった。いま考えると随分無謀だったと、後年笹川臨風は回想している。漢学は家で四書五経の素読を祖母や母から教えられた。また漢学の私塾に通う。この頃古書店で、会沢正志斎の『新論』、藤田東湖の『回天詩史』『弘道館記述義』また金井之恭《かないゆきやす》の『高山操志』の類いを買ってきて盛んに耽読し、日本歴史を漢文で書いて、尊王論で気を吐いた。臨風は、

此少年時代に不思議に水戸学の思想が入つて来たので、後年水戸学論を書いた其そもそもが此時代に胚胎したのである。或人が水戸学と云ふ名称をつけたのは君が始めだらうと云つたが、或はさうかも知れない。

と『明治還魂紙』に書いている。

　同時に、西園寺公望や光妙寺三郎などが帰朝して盛んにフランス思想を鼓吹していた時代であったため、そうした思想にもかぶれ、ルソーの『民約論』（中江兆民訳、正しくは『民約訳解』・吉田記）や宮崎夢柳意訳デュマの『仏蘭西革命記　自由乃凱歌』などを愛読し、学校で熱心会という演説の会を創り自由民権の受け売り演説をして謳歌する。この時期、少年笹川種郎が西園寺公望や光妙寺三郎の名前を挙げて、パリ帰りの「フランス思想」と呼び共鳴し、さらに中江兆民訳ルソーの『民約論』にも感化され、自由民権思想にかぶれた様子を書き記していることは実に興味深い発言である。この笹川種郎が経験した思想受容の流れは、明治法律学校設立に到る動向と見事に一致している。明治法律学校の設立趣旨が笹川体験の中に凝縮していると言ってよい。

　フランス思想や自由民権思想を鼓吹した人物、西園寺公望も光妙寺三郎も中江兆民も、直接的か間接的かは別として、明治法律学校と深い関わりを持った人たちであった。「明法寮の五人組」の岸本辰雄・宮城浩蔵・矢代操・磯部四郎・杉村虎一たちとも、彼らを囲繞していた時代の濃い空気を吸って「個」を確立していった人たちであった。笹川種郎が、ずっと後の明治四〇年に宇都宮中学校から明治大学に赴任することや、笹川教授として明治大学と学生に愛情を注ぎ続けたことを併せて考えると、因縁めいた宿縁すら感じる。笹川種郎が名古屋にいて、西園寺や光妙寺や兆民の影響を受けた一一歳、明治一四年は奇しくも、東京有楽町で明治法律学校が産声を上げた年である。宿縁と言ったのはあながち故なしとしない。

この時期、貸本店で『南総里見八犬伝』『椿説弓張月』『仮名文章娘節用《かなまじり》』などを借り、江戸時代の読本草双紙を読み耽りもした。

一八八五（明治一八）年一五歳。岐阜県の大垣に転居。七月、満一五歳以下で中学校を卒業し、舎監の先生に褒められる。この年の暮れ、父・義潔に跡を継いで土木学をやれと言われ、工部大学校に入学するために東京に出る。義潔と同役・山崎潔水の麹町区四番町の留守宅に世話になる。東京英語学校高等科に入学。島文次郎（後文学博士）、横山大観（この頃は、酒井秀麿）らも同校に入り懇意になる。目指していた工部大学校が東京大学予備門と合併したため入学募集を停止した。そのため、明治一九年、第一高等中学校（平野の文によれば帝国大学予備門を改称したもの）を受験したが不合格となる。

二　学生時代

一八八八（明治二一）年、一八歳。夏に大阪に行き第三高等中学校予科三級に合格。同期には山崎直方（臨風の父・義潔の同役山崎潔水の息子・吉田記）、姉崎嘲風、佐々醒雪らがおり、一級上には幣原喜重郎、藤井紫影、藤田剣峯らがいた。同校は一八九〇（明治二三）年（平野の文では一八八九〈明治二二〉年、伊原の文、臨風の文は二三年となっていて、ここでは確定する資料がないため二三年としておく）、同校が京都に移転したのに伴い臨風も京都に移る。

一八九三（明治二六）年、二三歳。七月、第三高等中学文科を卒業する。次いで帝国大学文科大学国史科に入学。同期には黒板勝美、内田銀蔵、中野礼四郎、伊東尾四郎、喜田貞吉らがいる。在学中、第三高等中学時代から懇意にしていた先輩の藤井や藤田を通して、藤岡東圃、田岡嶺雲、小柳司気太《おやなぎしげた》とも親しくなる。ちなみに田岡嶺雲は、一八九一（明治二四）年帝国大学文科大学漢文学科選科に入学していた。この年、臨風は駿河台南甲賀町にあった政教社に通い、正岡子規を知る。

臨風は本郷六丁目に下宿していたが、後に大学の寄宿舎に入る。高山樗牛、姉崎嘲風、畔柳芥舟の三人同室であったが、樗牛はすぐ裏の弥生町の下宿に移り、その後に臨風が入ったのである。隣の部屋に吉田賢龍がおり、同じ金沢出身の泉鏡花がよく来た。ついでに臨風の部屋にも来るので泉鏡花と昵懇の間柄になったのである。また、佐々醒雪や嶺雲らと斎藤緑雨（明治大学中退）を訪ねてもいる。「第1章　明治文学会」に書いたように、一九〇六（明治三九）年末に明治大学学生たちによって発足した「明治文学会」の教員賛助員に、笹川臨風、佐々醒雪、登張竹風などの人的ネットワークを使えば、その中に明治大学と学生に比較的冷ややかであった夏目漱石ではなく、泉鏡花を配することができたのではないか。この頃の明治大学教員文学者にそうした考え方はなかった。平野の文によれば、明治二八年頃のことである。

その後また本郷東片町の下宿に転じている。前年の二七年には藤岡、田岡、小柳らが東亜学院を設け『東亜説林』や『東亜学院講義録』を発刊しており、その仲間となってこれらの雑誌に執筆することになった。また、入学直後に開かれた文科新入生の懇親会で高山樗牛と上田敏を知る。臨風は「一見旧知の如き」とそのときの様子を記している。

一八九六（明治二九）年、二六歳。七月に帝国大学を卒業する。一一月、『東亜説林』の後継誌『江湖文学』を創刊。藤田、田岡、小柳らと編集に従事する。臨風は自著の年譜で、『江湖文学』発刊を一八九八（明治三一）年としているが、平野の文が確定している一八九六（明治二九）年が信じるに足る。臨風の記憶違いであろう。

三　本格的執筆時代

一八九七（明治三〇）年春に両親が東京に帰り本郷西方町に居を構える。両親の希望を入れてとよという人を妻に迎える。同年六月、『支那小説戯曲小史』を東華堂より出版し、これが第一作となる。八月、嶺雲、大町桂月らと『支那文学大綱』を大日本図書株式会社より発行。全一五冊中、『孟子』『曹子建』『杜甫』『元遺山』『湯臨川』『李笠翁』の六冊を執筆している。

一八九八（明治三一）年、二八歳。三月、『日本地気論』を普及舎から上梓し、七月には『支那文学史』（帝國百科全書第九編）を博文館から刊行している。この頃泉鏡花や斎藤緑雨と、より親しく付き合う。また、嶺雲、大野洒竹、醒雪、国府犀東らと俳句結社筑波会を起こし俳句を作る。後年、沼波瓊音、中内蝶二、唐沢濱郎、宮島五丈原らも参画する。

この年、白河鯉洋の世話で公爵毛利家編輯所に入り、『防長回天史』の編纂に携わる。総裁は末松謙澄。編輯員仲間は、山路愛山、斎藤清太郎、堺利彦、黒田甲子郎、中原邦平らであった。

一八九九（明治三二）年、二九歳。博文館より『岳飛』（世界歴史読本第九輯）を発刊。明治三三年、七月、『間宮倫宗』（少年読本第二五輯）を博文館より刊行する。同年九月、博文館より『雨絲風片』（これまで発表した論文や美文を纏めたもの）を出版する。

一九〇一（明治三四）年、四月、長女倭文子《しずこ》生まれる。同月、博文館より『元禄時勢粧』刊行。六月、沢柳政太郎の薦めで、栃木県立宇都宮中学校長として赴任する。九月、文武堂より『遊俠伝』、一〇月博文館より『奈良朝』を刊行。

一九〇二（明治三五）年、三二歳。一一月七日、父・義潔没す。一二月、高山樗牛逝く。東京から西洋美術に関する洋書を盛んに仕入れて耽読する。

一九〇三（明治三六）年二月、次女雪子生まれる。

四　明治大学時代

一九〇七（明治四〇）年、三七歳。春頃から三省堂の『日本百科大辞典』編集に従事するよう打診された。上田敏より明治大学文科出講の話がある。九月に宇都宮中学校長の辞職を申し出たが、なかなか許可してくれず、この年の一二月やっと辞令が下りて、一二月二〇日に宇都宮を引き払った。この月、明治大学教員となる。

一九〇八（明治四一）年、三八歳。三省堂の勤務の傍ら、明治大学、法政大学、専修大学の講師を務める。七月、春陽堂より『時代と人物』刊行。

一九〇九（明治四二）年、一〇月、『評論文の作法』を修文館より発刊。

一九一〇（明治四三）年、一一月、内田老鶴圃より『日本帝國史』を出す。この年南北正閏論起こる。南朝正統を唱えて新聞、雑誌に五回起草し講演を三回する。これらを纏めて明治四四年六月、『南朝正統論』を春陽堂から、『南朝五十七年史』を新潮社から刊行。一九一二（明治四五）年、八月、『葉柳』を春陽堂から出版する。

一九一三（大正二）年、四三歳。三月、『男性美』を敬文館から出版。四月、長男義郎生まれる。九月、中央書院より『画趣と詩味』を刊行。一一月、中央書院より『山中鹿之助』を刊行。これは「万朝報」に連載した歴史物語を単行本にしたものである。ほかにも『九郎判官』『日蓮上人』『新田左中将』『織田右府』『淀君』など逐次刊行した。大正三年四月、敬文館より『三国時代と諸葛孔明』出版。七月、『伊達模様』を中央書院から出す。

一九一六（大正五）年、四月、次男俊夫生まれる。この頃夏目漱石と懇意になる。大学令により明治大学が改組するとともに、法政、専修の出講をやめ、明治大学の専任教授となり、高等予科長兼商学部教授として勤務する。

一九二一（大正一〇）年、五一歳。明治大学に騒動が勃発し、同校を退任する。

3　笹川臨風の文化的位相

前節では、臨風笹川種郎が生誕した一八七一（明治三）年から、明治大学退任に到る一九二一（大正一〇）年五一歳までの履歴を、おおまかではあるが俯瞰しておいた。そこからおのずと浮かび上がってくる臨風という人間の魅力、臨風が構築してきた刮目すべき人的ネットワーク、さらには、臨風が成し遂げた文化的営み、そうした笹川臨風の人と仕事の全体をこうした閲歴から読み解く必要が将来的にはある。ただ、臨風の仕事は一九四九（昭和二四）年七九歳で没するまで続いているわけで、生涯にわたる人としての営みと文化的営みを全体として分析し総合し解明する作業も欠かせないことは承知しているが、ここでは本章の目論見である、明治大学校歌成立のプロセスに臨風がいかなる関わりを持ったかという主眼目とそれに関わる臨風の文化的な営みの位相にしぼって筆を進めたいと考える。

一　臨風の読書遍歴

幼少年時代から学生時代までの年譜から、笹川臨風が渉猟した書の拡がりにまず驚かされる。臨風を、近代日本の文化的位相の中にどう位置づけるか、未だに十分な研究がなされていない事情の一端には、こうした知的領域の拡がりがあるといってよかろう。臨風は文学者なのか、漢学者なのか、評論家なのか、歴史家なのか、教育者なのか。その茫洋とした捉えどころのなさの中にこそ、笹川臨風はいる。

一八七一（明治三）年に生まれたとき、臨風笹川種郎を取り巻く環境は、あらゆる領域で新と旧が交代を求めてせめぎ合い、交差し錯綜し混乱し、めまぐるしい変化を遂げていた。彰義隊が上野に散ってまだ三年目であり、榎本武揚が降伏して二年目であり、薩長藩閥政府による上からの近代化路線は、広範なフィールドで残滓として現存していた江戸なるものとの闘いにまさに悪戦苦闘していた。江戸なるものは、人々のすぐ右隣にあったのである。臨風の家には、幕臣であった父・義潔がおり、武家の教育だけを受けた祖母と母がいたのである。

臨風ひとりの特殊性ではなかった。ただ、臨風がその渦中にいたのも事実である。先の「自筆年譜」に、「漢学は家で四書五経の素読を祖母や母から教へて貰つて、それから漢学の私塾へ通つたので、中学へ入つた頃は、相当に読めたと記憶する。文章は多く漢文で作る。鷹洲奇観だの、子供のときに見た芝居の光景だのを漢文で綴つて、喜んでゐたものだ」と、幼年から少年期にかけての家庭における学的環境を回顧している。

ここに見られる臨風の学的環境と学統は、江戸期の武士階級を典型とするインテリゲンチャたちのものであり、いわゆる漢文脈学統環境にほかならない。生涯を貫いた臨風の漢学への愛着と傾倒は、江戸なるもののすぐ右隣にいたことの証左でもある。同じ頃、「古本屋で、會澤憩斎の『新論』、藤田東湖の『回天詩史』、『弘道館記述義』や『高山操志』の類を買つて来て盛んに耽読し、日本歴史を漢文で書いて、尊王論で気を吐いた」（同「自筆年譜」）のも、尊皇と佐幕の差こそあれ、彼を取り巻いていたものは間違いなく漢文脈学統環境そのものであった。彼が身につけた学問的系統の一つはそうした環境から育ってきた。

一方、年譜に記載したように、臨風は土木局の官吏である父親の転勤に伴って、東京の松前小学校、大阪の玉水小学校、名古屋の愛知県立尋常中学校付属小学校と転々とするうちに愛知県立中学校に入学することになる。この中学時代を臨風は次のように回想している。「教科書は学校から貸してくれるが、皆舶来の洋書ばかり。代数でも幾何でも、地理でも、歴史でも何でも外国もの。フオーセットの小経済書までも読ませられた。マコーレーのミルトンをやらせられたのは、今考へてみると、随分無謀だと思ふ」と。中学校で使用するテキストがすべて洋書だった事実を、驚きを持って振り返っているのである。

一八八一（明治一四）年、一一歳のときである。この時期は、先に述べた漢文脈学統環境の上にかぶさるように欧文脈学統環境が日本の教育現場のみならず、あらゆる分野を覆う状況が出現していたと言えよう。

加えて、臨風は回想する。尊王論で気を吐いた時期と重なるように、「然し仏蘭西思想の盛んであつた時代のこととて、仏国思想にもかぶれ、ルウソウの『民約論』の翻訳（中江篤介氏の訳書）や『仏国革命史』を愛読する。中学で熱心会と云ふ会を作つて、生意気に自由民権論の演説などをやらかす」（同「自筆年譜」）少年でもあった。臨風少年の脳髄にテキストとしてあった洋書洋学という欧文脈学統環境に、新たに自らの精神や思考を高揚させる思想という形而上学的要素が加わったのである。

ただ、漢文脈学統環境に下記の如き和文脈学統環境が合流することで、臨風少年の精神のバランスは大きく和漢環境の方向に傾斜していったのではないかと思われる。同じ時期、「又、貸本屋のお得意となり、里見八犬伝、弓張月、娘節用を初め、江戸時代の読本草双紙等を盛んに耽読し、十冊づつ借りて来ては、二三日で読み畢り、夜になると、祖母や母に其の梗概を話す。其の話し振りが旨いと云つて、近所のお婆さんに賞められる」と、同じく「自筆年譜」に記しているからである。

この部分で細心の注意を払わなくてはならないのは、臨風少年の精神のバランスにだけではない。細心の注意は、臨風少年が『南総里見八犬伝』や『椿説弓張月』の梗概を聴かせる相手、つまり祖母の存在であり母の存在である。一見、幼少の頃から、厳しい漢文の素読を課す旧幕臣の祖母と母が、笹川家という家もろとも明治維新後の疾風怒濤の時代の前で、精神のバランスを無自覚のうちに崩しつつある事態こそ、見落としてはならない肝心の事柄なのである。そして、そのことが、笹川臨風の人と仕事を貶めることにはならないことはいうまでもない。ただ、事態の事実が確定できればいい。

そうした笹川臨風の読書遍歴から、その後の臨風がどのような文化的営みに赴いていくのか、ほのかに見えてくる。

二　臨風の文化的位相

人は、笹川臨風を称して「江戸趣味の人」という。本人は納得していない。「自筆年譜」の最後にこう感想を付け加えている。あえて付け加えられた感が強い部分である。

「人は私を称して、江戸趣味と云ふが、当人は決して、江戸趣味なるものを好かない。そんならお前の趣味はと云ふと、曰く東山趣味。其の恬淡にして、静潤の気あるを喜ぶのです」と。改造社版『現代日本文学全集第十三篇』の巻末に載せるために書かれた「自筆年譜」だから、一九二八（昭和三）年のある時期に書いたものだろう。誰かに「江戸趣味の人」と軽く揶揄されたことに、この際是非とも、云わざるは腹膨るる思いで臨風は敢えてこの部分を付け加えた。ここに「東山趣味」が私の趣味だと言っているのは、一九二四（大正一三）年九月に臨風が、「東山時代の文化」と題した論文で文学博士の学位を取得していることと関連していよう。単行本として発刊されたのは、昭和三年七月、博文館からである。この博士の学位を受けた論文が単行本として出版された時期と、「東山趣味」だ、と言いきった時期はほぼ同じと考えてよかろう。笹川臨風なりの思い入れがあったのである。この『東山時代の文化』は、久松潜一が「史料を豊富に用い、茶道、絵画、庭園、五山文学その他各方面にわたる文化の特性を明らかにしている点が多い[6]」と総括している。その久松は笹川臨風を、「多彩な文人」と評している。

一九二九（昭和四）年三月の「漱石全集月報」(7)に臨風は「追憶」と題した漱石との思い出を記している。「自筆年譜」巻末の「東山趣味」発言の翌年である。臨風は、

一体東京者は維新の際に政権と離れたので、役人とならずに民間の士となつたものが多い。江戸文学の系統を受けたせいか、割合に文筆の方に走つた。成島柳北然り、福地桜痴然りである。東京者に於ける此血は争はれないもので、政治や実業には縁の薄い東京者も文学では頗る成功した。尾崎紅葉君にしても、幸田露伴君にしても、内田魯庵君にしても、いづれも東京生れで此通有性を持つていて、いづれも文壇の雄なるものである。執着心の薄い、閥嫌ひの東京者は政治家となれず、実業家となれずに、文学の方面に於て多大の寄与をしてゐる。夏目さんの如きも一方に其の代表者である。

明るい性格の持主である東京者の文学は明快で、暗い影がない。夏目さんの作品のどれを取つても明るい感じがして、薄暗いところが少しもない。濃厚でなくして、淡泊で、さらさらとしている。

と、漱石を東京者文学者の系譜の中に位置づけ、その作品の特徴を「淡泊で、さらさらと」したものであると言っている。

漱石文学の理解が的外れかどうかは、今は問わない。また、成島柳北、福地桜痴、幸田露伴、内田

魯庵などと同じ特質を抱えた文学者であったかも、今は問わない。笹川臨風が、ただここでは、東京者の文人文学者の系列の中に、同じ東京生まれの自分を位置づけ、その延長線上に漱石文学を「濃厚でなくして、淡泊で、さらさらとしている」と評価し親近感を吐露している点だけを確認しておけばよい。

笹川臨風の「自筆年譜」、久松潜一の発言、さらに臨風の「追憶」と、私が梗概を叙した「臨風の読書遍歴」を総合するなら、笹川臨風という人物の文化的位相はかなりの程度鮮明にできると思う。「江戸趣味の人」を否定しながら、「東山趣味の人」であるといい、「東山趣味」は「恬淡にして、清潤の気ある」を私は喜ぶ、ともいう。しかも漱石文学に触れて、「東京者」の通有性を摘出して「淡泊で、さらさらとしている」ところに、だから「我々東京者に取りては」、漱石の作品に「大に共鳴を感ぜざるを得ない」と語るのである。文脈上からすれば、「江戸趣味」も、「東山趣味」も、「東京者」の「通有性」も、臨風一人の精神構造に限るならそれほど大きな懸隔はない。つまり、欧文脈学統と和漢文脈学統のバランスの崩壊と前者の放棄を経て、ついには和と漢文脈学統を臨風内部に合わせ持つことで、「多彩な文人」としての文化的位相を確立していったのである。笹川家の祖母も母も、時代の波に洗われながら、漢文脈学統を放棄して和文脈学統へと身を委ねていった。笹川臨風の場合は、東京者という通有性を問題にするだけではなく、幕臣としての「笹川家」が、幕末維新をどう文化的に乗り越えていかなければならなかったかという視点で捉える必要もある。

具体的な臨風の文化的営み、すなわち仕事については、平野晶子が分類と分析を周到に行っている。

平野は、先の笹川臨風の「一　生涯」に加えて、「三　業績」に筆を執っている。『支那小説戯曲小史』『支那文学大綱』『支那文学史』などの著述を「中国文学紹介」の項に分類し、『雨糸風片』『趣味の旅　古跡めぐり』『自然美と芸術美』『自然と文化との諧調』などの著述を「随筆（美文）」の項に分類し、『俳人伝』『俳句講座』などの著述を「俳句・俳論」の項に分類し、『時代と人物』『遊侠伝』『奈良朝』『渡辺崋山』『南朝正統論』などの著述を「詩論・史伝・歴史小説」の項に分類し、『元禄時勢粧』『江戸むらさき』『江戸と上方』『東山時代の文化』などの著述を「江戸・室町文化・文学研究」の項に分類し、『画趣と詩味』『現代美術』『日本の名画』などの著述を「美術評論」の項に分類し、さらに「その他」として『明治還魂紙』や編著ではあるが『防長回天史』『日本百科大辞典』を累加し、実に委細をつくして分類し、総合的に検証している。

この平野晶子の研究なくしては、笹川臨風研究はこの先一歩も進まないと考えられる。そのことを前提にして、なお、平野の分類し総合した成果を、さらに私の提起した臨風の文人としての位相、和漢文脈学統の文人という位置づけから見据えるなら、その仕事の全体像が僅かに見えてくるように思われる。

三　臨風の人的ネットワーク

臨風の閲歴を先に紹介しておいたが、総覧すれば臨風が築き上げた刮目すべきその人的ネットワークに驚かされるはずだ。漱石や鷗外の人脈など、明治大正文壇を形成した重要な人と人の重なり合う関係、そこから醸成された作品。そうした様々に絡み合う人と作品の関係に伊藤整は着眼し『日本文壇史』(8)を書いた。

二〇〇一(平成一三)年に山口昌男が出した『内田魯庵山脈(9)「失われた日本人」発掘』も、そうした試みの一つであり、この著作に書かれた魯庵人脈は、臨風の人脈ともかなりの程度重なり合う。一八七六(明治九)年頃通っていた松前小学校には、「近頃話し合つて見ると、内田魯庵君も、三田村鳶魚君もこの学校へ通学してゐたとのこと、大概同じ頃であつたらうと、不思議な因縁に驚く」と臨風は、その「自筆年譜」に記録している。

作品が生まれるもっともベースになる人間関係。そうした文士と文士の親炙や刺激が、新たな作品を生む。そのような近代日本文学の全体的な風土を鮮やかに伊藤整や山口昌男は描いてみせたのである。臨風人脈と呼べるものがあるとすれば、臨風の人物を解明する糸口にもなるし、そうした人脈の親炙と刺激の中から、作品つまり「明治大学校歌」が誕生した直接的ではなくとも、間接的な因果があるかもしれない。

横山大観たち

笹川臨風の人脈が形成され始めるのは、彼の履歴からわかるように明治一八年一五歳の頃からであろう。東京英語学校高等科入学の頃からである。この学校には、後の横山大観がいて、臨風は懇意になっている。ここからは、臨風の『明治還魂紙』に大部分依拠しながら、適宜ほかの文献を参看しながら本稿を進めることをあらかじめ断っておきたい。

その横山大観と一九〇七（明治四〇）年再会する。林田春潮に誘われて、岡倉天心が組織した「国画玉成会」の発会式に出席したときのこと。そして、天心の挨拶の次に、来賓代表で臨風がスピーチをさせられる羽目になる。臨風は「松下村塾の話」でお茶を濁したという。吉田松陰の私塾の話を即興でした臨風。このことは記憶しておいていい話である。どうも、臨風は人の心を鼓舞する演説がうまかったのではないか。明治大学教授として、学生を教育するにふさわしい教育者としての能力を持っていた、というのが私の密かな推測であり、そのことと校歌作成過程における作詞部分に関わりを持つこととは無縁ではなかったのではないか、と。だから、「松下村塾の話」は記憶しておいていいと考えたのである。

脇道に逸れることになるが、忘れぬうちに書き留めておきたい。先の山口昌男の『内田魯庵山脈』に、魯庵の葬儀の模様が記されている。[10] ちなみに魯庵が逝去したのは、一九二九（昭和四）年六月二九日である。山口は、高島米峰の文章を引用して葬儀の式次予定を伝えている。「君（魯庵・吉田記）の友人、関如来君の令嬢、関鑑子君に、独唱を手向けて貰ふこととし、あとは、笹川臨風君の履歴朗読、柳田国男君長谷川如是閑君の追悼の辞、親戚総代宮田脩君の謝辞があって、最後に焼香退出といふ式次が出来て、僕（米峰・吉田記）がこれを司会することになつた」と。臨風が、魯庵の履歴を朗読したのであろう。玉成会での来賓代表挨拶といい、魯庵葬儀での履歴朗読といい、笹川臨風という人物は、人の心に訴える話術あるいは話芸のような能力を持っていたと考えて差し支えあるまい。

ところで、大観とのことに話を戻そう。玉成会の「発会式宴会の時に画家諸君に紹今《ママ》されて初対面の挨拶をしたが、どうも見覚えのある顔だと思つたのは、横山大観君であつた。其後山崎直方君に其話をすると東京英語学校で一所にゐて、時々四番町の山崎氏の処を尋ねる酒井秀麿氏であることを知つて、それならば、善く知つてゐる筈だと思つた。（略）此う云ふ関係から横山君とは次第に懇意となり、日夕逢ふ機会が多くなつた」と、『明治還魂紙』にある。

そこから、小杉未醒、辰沢延次郎、斉藤隆三、下村観山、菱田春草、川端玉章などとの親交を深めていく。また泉鏡花の関係から、鏑木清方を知る。ほかには、かつて『風俗画報』などに積極的に挿絵を描いた寺崎広業などもいる。枚挙にいとまがないからこのくらいで割愛するが、こうした美術家との関係が、臨風の美術評論家としての「多彩な文人」ぶりを発揮させる刺激になったことは疑いない。

田岡嶺雲たち

なんといっても、臨風の人的ネットワークが飛躍的に拡大し遠心力を発揮し始めるのは、一八九三（明治二六）年、二三歳、帝国大学文科大学国史科入学直後からである。その前に、一八八八（明治二一）年に入学した第三高等中学校時代も、後々の臨風人脈を想起すると看過できない時期ではある。そこには、先の山崎直方、姉崎嘲風、佐々醒雪は同期生、一級上に幣原喜重郎、藤井紫影、藤田剣峯らがいた。他に、明治大学と笹川臨風の関係を知る上で欠かせぬ人物が、この三高時代の仲間、桑原隲蔵である。後で触れるが、桑原は明治大学の教員で、同大学を退いた後に笹川臨風が後任として着任する。

帝国大学では、同期生に黒板勝美、内田銀蔵、中野礼四郎、伊東尾四郎、喜田貞吉らがおり、三高時代から親交を深めていた藤井紫影や藤田剣峯を介して、帝大の先輩、藤岡東圃、小柳司気太らを知り、そしてその中に田岡嶺雲がいた。嶺雲は一八九一（明治二四）年に同大学漢文科にすでに入学していた。他には、臨風は学生時代に、高山樗牛、畔柳芥舟、泉鏡花らとも親交を深める機会を得ている。多少前後するが、大学入学直後に開催された文科新入生の懇親会で、樗牛の他に、上田敏を知り、「一見旧知の如き」親しみを感じている。上田敏については、明治大学と臨風との関わりを考える上で、大変重要な鍵を握る人物であるから、項を起こして書く。

田岡嶺雲は、一八九一（明治二四）年に帝国大学に入り、二七年二四歳のとき卒業している。臨風と嶺雲との友情は、嶺雲が一九一二（明治四五）年九月七日、日光で他界するまで変わらず続いている。田岡嶺雲の文学的、文明批評的発言に横溢する反骨精神に支えられた鋭さを想起するとき、片方に臨風を据えてみると、どこか不思議な友情の様相を彷彿せざるを得ない。『明治還魂紙』には「嶺雪（雲・吉田記）の文は才鋒鋭利、火斉しく発せんとするが如き熱烈のものであつた」と臨風は書いている。性格も随分違っていたろう。にもかかわらず二人の友情が永続した理由の一つには、その頃、ともに漢文脈学統環境のただ中に身を置いていたからだとも考えられる。ましてや、嶺雲は漢文科に籍を置き、臨風は国史科に籍を置いていたのである。「嶺雲の下宿は弥生町から逢初橋へ出る坂の上の左側で、其の六畳を『夜鬼窟』と称して、梁山泊の諸豪が日夕集まる集義庁である」とも書いている。

「奇才田岡嶺雲を初めて知つたのは、文科大学生の金沢鎌倉一泊旅行の折、金沢の千代本で風呂に入ると、浴場で眼鏡を失くしたと云つて騒いでゐる紅顔秀眉の美少年がゐたが、私は其眼鏡を探して之を手渡した。之が嶺雲其の人であつた」。「我々は親類同様」で、「此関係は実にいつまでもつづい た、とも臨風は振り返っている。嶺雲の死後、一九一三（大正二）年『嶺雲文集』[11]編集出版に尽力したのは、笹川臨風と白河鯉洋とであった。巻頭に二人連名の「序」がある。

この『嶺雲文集』に「金蘭記」と題した嶺雲の文章があり、中に人物評「笹川臨風」がある。この文章は嶺雲がまだ岡山の津山にいた頃に書かれたものである。一八九六（明治二九）年二六歳の六月に津山中学校に赴任し、三〇年一〇月に津山を去って上京するまでの間に書かれたもの。嶺雲を知る上でも、臨風を知る上でも大変貴重な雄文である。

純乎たる江戸ツ児、意気を喜び、情に醇し、平日薩長等の田舎侍、跋扈して、江戸ツ児任俠の気風を壊りたるを慨し、嘗て日本人に『江戸ツ児を弔す』の文を草し、頃日また『混世魔語』の一篇に、都門南北の気風を論じて、大に南方の非江戸的なるを罵る、（略）彼が風采は即ち瀟洒たる一箇の風流才子、閑雅整飭、又多能にして、謡をよくし、清元をよくし、茶を点し、花を挿くる等、宛然たる往日旗下の貴公子、其文も又絢爛錦麗才人の調あり、これ蓋し彼が其最も嗜む所の支那の小説戯曲に得来れるもの乎。

知己であるがゆえに、洞察鋭きがゆえに嶺雲はここに、笹川臨風の人物と仕事の本質を見事に看破し尽くしている。和と漢文脈学統の折衷融合した臨風の精神の構造とその文化的営みを、これほど簡にして要を得た表現で捉えた田岡嶺雲の炯眼と文才に感服するほかあるまい。笹川臨風という人は、風流であり優雅であり、謡をし清元をし茶を点じ花を生ける「和」の人である。また江戸の風情を壊す薩長の田舎侍の跋扈に対しては、悲憤慷慨の弁を「日本人」に書く「漢」の人でもあった。田岡嶺雲が評した見事な笹川臨風の人物と仕事評である。

さて、嶺雲がこの世を去る直前、一九一二（明治四五）年の五月に出版された『数奇伝』[12]は、嶺雲の数奇な半生を追憶した「是れ予が生きながら屍の上に建てたる自撰の墓誌（嶺雲自序）」であるとその思いを記している。この書に序文を寄せた人たちの名前を列挙しておこう。三宅雪嶺、登張竹風、藤井紫影、大町桂月、河東碧梧桐、堺枯川、国府犀東、笹川臨風、泉鏡花、徳田秋声、藤田剣峯、千葉秀甫、白河鯉洋、佐々醒雪、鹿島桜巷、正岡芸陽であった。明治大学校歌作成前史を考えると、臨風―竹風―枯川―醒雪、加えて嶺雲、このあたりの繋がりは臨風と与謝野鉄幹、臨風と児玉花外の関係を暗示しているようにも考えられる。

たとえば、枯川堺利彦と臨風の関係を証す確かな資料は、『明治還魂紙』の本文の中にある。臨風の閲歴でも触れたところである。一八九八（明治三一）年、白河鯉洋の世話で公爵毛利家編輯所に入り、『防長回天史』の編纂に携わる。総裁は末松謙澄。編輯員仲間は、山路愛山、斎藤清太郎、堺利彦、黒田甲子郎、中原邦平らであった。「堺君は我々を呼んで愛妻居士と云つていた」などと記しているから、この時期には臨風と枯川の交わりは相当深まっていたことがわかる。すると、臨風―枯川―児玉花外という線も浮かばないわけではない。この線上に、嶺雲、幸徳秋水なども連なる可能性もあるのである。

秋水を中心とした明治社会主義運動の拠点「平民社」の人脈が考えられなくもない。児玉花外はその『社会主義詩集』（一九〇三〈明治三六〉年）が発売禁止になったけれども、それは署名だけで過激だと判断されたためである。「社会」とつけば「昆虫社会」という本までが、発売禁止になるという笑えない時代が迫っていた。児玉花外の詩は、悲憤慷慨の詩が特徴である。意気高らかな詩が多い。島崎藤村のような「和」に拠る繊細な叙情詩ではない。魂や精神は「漢」文脈学統である。与謝野鉄幹もまた同系列の詩人である。だから、明治大学校歌は意気軒昂な若者が高らかに歌う「詩」でなければならないと深謀遠慮した笹川臨風は承知の上で、「漢文脈学統」の文化人として、与謝野鉄幹と児玉花外という同じ系列に属する詩人を、明治大学学生武田孟と牛尾哲造に紹介したのに違いない。

ところが、臨風と花外は一応結びつけたとしても、鉄幹へのネットワークが資料的な裏づけがないので繋がらない。臨風という人間に鉄幹も花外も同時に関係性を構築できなくては、明治大学校歌の作詞者推奨の条件が整わないのである。ここにもう一人あるいは複数かもしれない。臨風の人的ネットワーク上から抽出しなくてはならない重要人物がいるように思う。

4 笹川臨風と明治大学

一 明治大学奉職前後

笹川臨風は一九〇四（明治三四）年六月一八日に、澤柳政太郎の勧めで栃木県立宇都宮中学校校長として赴任した。ここに一九〇七（明治四〇）年師走までの、正味六年半、足かけ七年在職した。『明治還魂紙』によれば、この七年間の教師生活は臨風にとって居心地の悪いものではなかったらしい。

むしろ、大校長とか名校長だとか呼ばれて、大いに信任を得ていたようである。大町桂月が「臨風、宇都宮へ行つても二年と続くまい」と揶揄した言葉通りにはならなかったのである。宇都宮時代には幾多の挿話があるが、臨風の「自画自賛」になるから一つだけ書いておく。それは、知事の息子が受験するから、是非入学させてくれ、という話があった。結果は合格点に達していない。「若気の至りで私は知事の次男を不合格とした」。それを『下野新聞』が大々的に報道した。その後知事もかえって私に好感を持ってくれ、視学官も私のすることを決して拘束せず自由に任せてくれた。四〇年六月に辞表を提出したが、なかなか許可が下りず、一二月無理やり宇都宮を退去することにした。「官民盛大なる見送りのうちに出発した」という。官も民もあげて笹川種郎校長を信任していた様子がよくわかる。臨風は教育者としてかなり有能であったのだ。「横山大観たち」でもすでに指摘しておいたが、玉成会発会式での挨拶、内田魯庵葬儀のときの履歴朗読、宇都宮中学校校長時代の挿話などを総合すると、やはり臨風は「教育者としての能力を持っていた」と判断して良かろう。生徒や父母やそして官僚すら含めて、彼らの心を鼓舞する教育者としての能力に長けていたのである。さて、その間に臨風の身の振り方が大きく変わる出来事が起こる。同じく『明治還魂紙』にこうある。

四十年の春、金沢庄三郎君（三高の仲間）から三省堂で日本百科大辞典を出版するから其の編輯所へ入つてはどうかとの相談があり、三省堂のお聟さんで編修所長をしてゐる英語字典の権威であつた斎藤精軽《ママ》（輔・吉田記）さんが宇都宮へ尋ねて来られ、其後東京の自宅へも訪問されたが、いづれも即答はしなかつた。本屋の仕事に就いては、危険を感じてゐたから、上田敏君に、「何か私立大学か何かの口を見付けてもらひたいさうすれば辞職して帰京する」と依頼すると、折返して「今度桑原隲蔵君（三高の仲間）が新設の京都帝大へ赴任するから、明治大学文学部の同君担任の学科全体を君に譲るといふことだから、すぐさま辞職してお帰んなさい」とのことであつたから、斎藤君との三回目の会合を東京宇都宮の中央なる栗橋の稲荷屋で開くことにし、此にいよいよ三省堂入りを承諾した。

笹川臨風という、和漢文脈学統の「瀟洒たる一箇の風流才子」が、どのようなきっかけから、明治大学の職に就いたのか、その経緯を知る上で貴重な回想録になっている。そして、ここでも注目すべきは臨風がここまで築き上げてきた人的ネットワークが、有効に機能している事実である。三省堂の誘いも、明治大学へのコンタクトも、三高、帝国大学時代から交わりを結んだ人物からのものである。悪意に取れば、あるいはこれを学閥という者もいるかもしれない。

「明治大学職員調（大正二年一〇月一日調）」[13]によると臨風笹川種郎が明治大学に就職したのは、一九〇七（明治四〇）年一二月となっている。宇都宮の中学校を辞職し東京に戻ったその月からということになる。その頃の明治大学で、臨風に関係する人物だけ列記すれば、桑原隲蔵、登張竹風（信一郎）、夏目漱石（金之助）、上田敏、佐々醒雪（政一）がいた。桑原と上田敏が相談をして臨風の招聘を決めたと考えるのがまずは自然であろう。中でも上田敏の人事に関する強い力量が働いている。先の回想文中で、臨風が、上田敏君に私立大学か何かの口を見つけてもらいたい旨を依頼すると、上田敏は折り返し、明治大学の人事を決めて臨風に伝えている。臨風とは帝国大学文科新入生の懇親会で知り合い、その瞬間に「一見旧知の如き」親愛感をお互いに共有した間柄である。無論、桑原の京都帝国大学赴任という偶然があったことは事実である。けれども、親愛感だけで公的な人事を動かすこともまたできないのも事実である。

とすれば、笹川臨風と明治大学、さらには明治大学校歌作成の一件に、直接にか間接にかは別として、間に上田敏という臨風の人的ネットワーク線上の人物を付置して考えてみる誘惑にかられるが、ただし、校歌成立以前に上田敏は逝去している点は、如何ともしがたい。

二　上田敏と森鷗外のこと

『海潮音』で周知の上田敏には、ある誤解が喧伝されていると、与謝野鉄幹は言う。「三田文学」の上田敏追悼特集に、与謝野鉄幹は「故上田敏博士」と題した渾身の文章を寄せている。その中に次のような部分がある。(14)

　また上田君は余りに聡明であつたので、自分の実力の及ばない以外の人の世話をされなかつた。其れがために熱情の乏しい人のやうに誤解した人達もあつたが、君の力で尽くされる範囲のことは随分人の世話をされた。現に自分達夫婦などが陽に陰に君のお世話を受けたことは一朝一夕に述べられない。

　与謝野鉄幹は、上田敏が人の世話をしないというのは誤解だ、と自分達夫婦の例を挙げて上田敏に対する風聞を否定している。鉄幹のこの上田敏擁護の発言は的を射ている。笹川臨風の一件でもそれは明白である。ただ上田敏にとって無視できぬ巨大な存在があって、その人物の陰に隠れて目立たなかったのであり、それでよしとしたところがあった。上田敏にとって無視できぬ巨大な存在とは、森鷗外である。鉄幹にも関連する慶應義塾大学の人事を巡る鷗外と敏の遣り取りを取り上げておく。

一九一〇（明治四三）年一月二九日の鷗外から上田敏に宛てた書簡[15]がある。

「拝啓頃日慶應義塾文学部大刷新之議有之候ソレニ付十分ノ重ミアル人物ヲ入レテ中心ヲ作ルヲ先トセント云コトニ相成候」。先にも述べたとおり、鷗外は夏目漱石に交渉したが駄目で、そこで貴兄つまり上田敏あなたはどうか、と鷗外は打診しているのである。さらに劇の分野は小山内薫を、叙情詩の分野は与謝野鉄幹を入れたい。中心になるあなた（敏・吉田記）が応じないならば、永井荷風ではどうか。そのときはあなたから荷風に申し入れてほしいと、慶應側は言っているから意向を至急返事下されたい。

鷗外への返事の手紙を明治四三年二月一日に上田敏はしたためている[16]。抄出と概略を記す。「扨今度義塾文学部大刷新の義は、我邦文学界にとりて実に快心の挙に有之」としながらも、自分が赴任することは種々の事情があってできない。京都帝国大学に教授となっているが、「当時高等師範にて教鞭を執り明治大学も兼ね且つ東京大学に講師として」多少は尽力した。長々と打ち明け話を書いたのは、先生のことゆえなれば。さて、「小山内氏与謝野氏の事御名案と存候、永井荷風氏は小生の推服する処」。

この二人の書簡での遣り取りから、読み解ける鷗外と敏の関係は贅言を要しまい。他にも、話題を具体的には確認していないが、鷗外の問題提起に対してであろうか。敏が電報を鷗外に打った中に、

「ヲセツニシタガイマス」などという内容の電文もある。一九一一（明治四四）年五月一三日に打ったものである。この上田敏の鷗外に対する態度を卑屈と取るか、敬愛と取るか。私は総合的に考えて敬愛と取るものである。このとき、京都帝国大学教授の上田敏がたとえ相手が森鷗外であろうとも、卑屈になる理由が見当たらないからである。先の追悼文に、与謝野鉄幹はこう書いている。「上田君の最も親しくされた師友は森鷗外先生であつた」と。上田敏にとって森鷗外は言葉通り「師友」であった。

三　臨風と上田敏

なぜ私が、鷗外と敏の往復書簡を持ち出したか。ある仮説を立てていたからである。慶應義塾大学の文学部人事を巡る鷗外と敏の遣り取りから、明治大学人事、即ち笹川臨風の一件を、上田敏は森鷗外に相談していたのではないか。とすれば、臨風を明治大学に就職させたのは、他ならぬ森鷗外ということにならないか。しかしこの仮説は、今のところ実証する根拠がないのである。鷗外日記にも書簡にも、上田敏が臨風のことで相談を持ちかけた形跡がないし、敏の方にもない。

今の段階では、臨風に明治大学就職を勧めたのは、ほぼ上田敏一人の思慮によるものといわざるを得ない。退任していく本人である桑原隲蔵には、臨風を後任に、という話はしたであろうし、一八歳のときから付き合いのある三高からの友人佐々醒雪にも、声くらいはかけた可能性はある。ただ、この人事に対する敏の即応を配慮するならば、鷗外にも相談せず、ほぼ独自の判断で動いたと考えるのが自然だ。

ところで、上田敏が明治大学の職に就いたのは、一九〇五（明治三八）年と『定本上田敏全集第十巻』「年譜」には記載してあるが、一九〇四（明治三七）年九月二二日発行の『中央新聞』[17]に「明治大学商学部学生募集広告」が掲載されており、そこには、本商学部は「本月十二日開講セリ」と書かれていて、講師紹介に英語担当として上田敏の名前が印刷されている。この記事が正しいとすれば、上田敏は一九〇五（明治三八）年ではなくて、一九〇四（明治三七）年九月一二日から教壇に立っていたことになる。いずれにせよ、一九〇四（明治三七）年から一九〇八（明治四一）年まで、上田敏は明治大学に籍を置いていた。一九〇八年は推定である。敏が正式に京都帝国大学教授を命じられるのは『全集』の「年譜」によれば、一九〇九（明治四二）年五月のことだが、前年一一月に同大学講師を嘱託され単身京都に赴いているからである。この時は明治大学との兼任であったかもしれない。

笹川臨風が明治大学に漢文学の教師として籍を置いたのは、一九〇七（明治四〇）年一二月である。上田敏と笹川臨風との明治大学在職が重なるのは、一〇ヶ月ほどであった。この間に二人がどのような会話をしていたかわかるはずもないが、少なくとも旧交を温めながら、文壇の趨勢や現状を語り合ったことは間違いない。一九〇〇（明治三三）年四月に発刊された雑誌『明星』が、敏が京都に向かう四一年の一一月に通算一〇〇号をもって廃刊になる。誌上に積極的に参画していた上田敏が、このことに無関心であるはずがない。与謝野鉄幹・晶子の話題も出たであろう。この頃から、すでに文壇における鉄幹と晶子の立場が逆転しつつあることも、上田敏ならば、知悉していた。また『明星』廃刊前から、石川啄木や北原白秋や吉井勇たち次世代の若い詩歌人たちと、与謝野晶子・鉄幹たちとの間に世代的文学的齟齬が生まれていた。与謝野鉄幹の時代は、さらに早く終焉を迎えていたのである。実は、児玉花外の時代もほぼ終わっていたのである。夕闇の中に消え入ろうとする鉄幹と花外を、笹川臨風は、なぜ明治大学の学生に薦めたのか。しかもともに、和文脈詩人ではなく漢文脈詩人である。

臨風と与謝野鉄幹の関係がよくわからない。面識はあったであろう。臨風も一九〇二（明治三五）年から一九〇四（明治三七）年にかけて、数編であるが『明星』に寄稿している。ただ不思議なことだが、あれほどの人的ネットワークの拡がりを持つ臨風が、本稿を書き進める上で最良の資料としてしばしば利用してきた『明治還魂紙』には、私の読み落としがなければ、鉄幹も晶子も一度も登場させていないはずである。加えて、臨風と児玉花外の関係もここまで筆を進めてきたが、まだよくわかっていない。

与謝野鉄幹と児玉花外の繋がりの方がまだ、臨風より鮮明で強い。明治三五年八月に花外は、与謝野鉄幹らと韻文朗読会を起こし、同月、花外は、『明星』に「不滅の火」を掲載している。また、一九〇三（明治三六）年八月に花外の『社会主義詩集』が発行後すぐに発売禁止になった。そうした官憲の措置に『明星』は反応を示している。林田春潮（『中央公論』記者）が「文芸の奇禍」を、同年一〇月の『明星』に寄稿して、官権力の横暴を批判した。

実は、この林田春潮こそ、私が探し求めていた、拙稿の主眼目を明快にする鍵を握る人物であったのだ。

5　笹川臨風と明治大学校歌

私は、本章の「はじめに」で、この項を叙す関心を三点に集約しておいた。まず、明治大学校歌の作詞者の紹介を、学生たちはなぜ笹川臨風に依頼したのか。次に、臨風一人の考えから、鉄幹と花外に白羽の矢を立てたのか、それとも、相談者がいたのか。最後に、なぜ与謝野鉄幹であり児玉花外であったのか。展開させたこれまでの叙述を可能な限り収斂させながら、この三点の主眼目に「覚え書」あるいは「推理小説」的謎解きとしての一応の纏めを試みておきたい。

一　臨風と学生

栃木県立宇都宮中学校校長としての臨風が、知事という権力に屈することなく、決然とした態度を貫き、教育者のあるべき姿勢を示したことは前述の通りである。同時に知事の長男を預かり更正させもした。官も民もジャーナリズムも、ともに臨風の発言や行動を支持した挿話が、臨風の和と漢文脈学統の精神に支えられたものであることを証している。田岡嶺雲が臨風を評して、「任侠の気風」と言い、一方で「瀟洒たる一箇の風流才子」と言ったのも内実は同じ精神構造を示唆しているのである。

また、玉成会での挨拶や魯庵葬儀の履歴朗読も、人の心を鼓舞する教育者の資質を、臨風が備えていたことを明かしている。

明治大学ではどうであったか。一九一二(明治四五)年一月一日刊の『明治学報』[18]に、「雄弁会地方講演」の記事が載っている。高崎、前橋、宇都宮を廻っている。臨風は土地土地で順に「同化力」「人」「革命と英雄」と題して講演を行っている。『明治学報』の記者は、「笹川先生は曽て七年間此地中学校長たりし縁故あり、学生の崇拝者頗る多く、東西英雄の区別を説き、英雄となるべき秘訣を示して支那革命志士の論評に及び、満場の学生をして恍惚たらしめたり」と礼賛している。武田孟や牛尾哲造たち学生が、笹川臨風を何故選んだかは、これらの記述から浮かぶ臨風先生の風姿からだけでも十分説明できよう。教員として人間として、学生たちの尊敬と信頼を笹川臨風は得ていたからである。

二　笹川臨風と林田春潮

笹川臨風は自分一人の直観的なひらめきで、与謝野鉄幹と児玉花外という時代の寵児というにはすでに落日の中にいた詩歌人を選んだのか。先にこう書いた。「児玉花外の詩は、悲憤慷慨の詩が特徴である。意気高らかな詩が多い。島崎藤村のような『和』に拠る繊細な叙情詩ではない。魂や精神は『漢』文脈学統である。与謝野鉄幹もまた同系列の詩人である。だから、明治大学校歌は意気軒昂な若者が高らかに歌う『詩』でなければならないと笹川臨風は承知の上で、ここでは『漢文脈学統』の文化人として、与謝野鉄幹と児玉花外という同じ系列に属する詩人を、学生武田孟と牛尾哲造に紹介した」と。明治大学で笹川臨風は「漢文学」を講義した教員である。

にもかかわらず、臨風一個の思いではあるまい。刮目すべき笹川臨風の人的ネットワークなくしては、二人の詩歌人を選抜することは不可能であった。二人と臨風だけを連結する条件が少なすぎるし弱すぎるからである。前章で失念していたのでここで改めて書いておく。上田敏なら与謝野鉄幹と児玉花外と繋がり、事態を一人で引き受ける条件が整っている。安田保雄は、『上田敏研究―その生涯と業績―』[19]に、一九〇〇（明治三三）年頃から、敏は「与謝野寛と相知るやうになつた。寛の主宰した雑誌『明星』は後年の上田敏と最も重要な関係にある雑誌である」と書いており、敏と鉄幹との関係の強固な様子を簡潔にまとめている。さらに、安田保雄は、「明治三九年にはまた、野口米次郎の主唱になる『あやめ会』」に、上田敏は「岩野泡鳴、平木白星、蒲原有明、前田林外、児玉花外、薄田泣菫、小山内薫、高安月郊、山本露葉、河井酔茗」やシモンズら外国人とともに参加した、と記している。

ここで、笹川臨風―上田敏―与謝野鉄幹―児玉花外が人的ネットワーク上で一線上に並び、繋がったことになる。武田や牛尾が校歌のために奔走したのは、一九二〇（大正九）年のことである。ところが、先にいったとおり、上田敏は、一九一六（大正五）年七月にすでに他界している。臨風に校歌作詞者は、鉄幹か花外がいいよ、とは言えぬ。ただ、明治大学で、臨風と過ごした一〇ヶ月の間の上田敏在職中の一九〇七（明治四〇）年三月に、最初の明治大学校歌懸賞募集の試みが行われたことがあり、そのときに上田敏が笹川臨風に、明治大学の校歌作成を頼むのなら作詞者は与謝野鉄幹か児玉花外だ、と事のついでに語った可能性がないとはいえぬ。だが、根拠は弱い。

資料をひっくり返しながらたどり着いたもう一人の人物がいる。岡倉天心が組織した玉成会に臨風は出席し、横山大観と再会する。一九〇七（明治四〇）年のことだという。その会に出席するよう誘ってくれた人物が林田春潮である。一九〇二（明治三五）年、児玉花外は、与謝野鉄幹らとともに「韻文朗読会」を作り、『明星』にも詩を掲載している。児玉花外と与謝野鉄幹の二人が既知の間柄であることはそこからも明らかである。

その児玉花外が、一九〇三（明治三六）年八月に出版した『社会主義詩集』は、製本段階で発禁処分になった。日露戦争の機運を背景に言論弾圧は厳しさを増しつつあった。世論を非戦論から主戦論に誘動していった黒岩涙香が主宰する『萬朝報』が、非戦論の立場から主戦論の立場へ転換していくのを批判して、内村鑑三・幸徳秋水・堺枯川が袂を分かち、幸徳・堺が「平民社」を結成する直前の時期でもあった。

そうした官憲による言論弾圧の横暴に怒り、抗議する文章「文芸の奇禍」を、『明星』同年一〇月号に寄稿したのが、この林田春潮である。林田春潮を配することで、笹川臨風の人的ネットワークが、与謝野鉄幹、児玉花外たちと完全に結ばれたことになるのである。岡倉天心が組織した「玉成会」に林田春潮は笹川臨風を誘った。その林田春潮は、与謝野鉄幹主宰の『明星』に強いコネクションを持つ人物であった。笹川臨風─林田春潮─児玉花外─与謝野鉄幹と繋がったのである。つまり、臨風が明治大学校歌作詞者選抜の話をある機会に林田にした。そうした校風なら、鉄幹か花外だ、と林田は話した。笹川臨風自身も、「漢文学」を担当する教師として、明治大学の学的環境や教職員・学生の気風や精神的風土に親近感を抱きつついたところに、武田孟と牛尾哲造たち学生から校歌作詞者の相談を受けた。

その瞬間に笹川臨風の脳裏を、与謝野鉄幹と児玉花外が掠めたかどうかはわからない。林田春潮との会話の中で、与謝野と児玉へより近い親近感を抱いたであろうことは、推測に難くない。武田・牛尾─臨風─林田─花外─鉄幹へと、無理なく人的連鎖が成立したことになる。ちなみに林田春潮は、一九二二（大正一一）年に死去している。一九二〇（大正九）年一一月の明治大学校歌公示の日からほど近い年月がそこにある。本書の「横山大観たち」を書いていた時点では、林田春潮がキーマンであることに、私は気づいていなかったのだ。

三　明治大学校歌

明治法律学校あるいは明治大学建学の理念というと、私はいつも平出修が学生時代に出版した『法律上の結婚』[20]の巻頭に筆を執った岸本辰雄校長の序文を想起する。

然レドモ法律ハ之ヲ知ルニアラザレバ、之ヲ遵由スル能ハズ、而シテ之ヲ知ラシムルハ、実ニ法学者ノ責任ナリ、我邦方今ノ法学界、高遠ナル法理ヲ説クハ、寧ロ其人ニ乏カラザルモ平易ナル解釈ヲ施シ、市井閭巷ノ間ニ向ツテ法律ヲ説クハ、其人頗ル稀ナリ

平出子ノ此著、専ラ意ヲ此点ニ致シタルモノ、予ハ予ノ希望ノ一部ガ、本書ニヨリテ充タサレタルヲ喜ビ乃チ之ニ序ス／明治法律学校長／岸本辰雄

岸本校長が平出修著『法律上の結婚』の序文に書いた、「予の希望」こそ、明治法律学校、明治大学のきわめてわかりやすい建学の理念の一端である。法律は何のために、誰のためにあるのか。「市井閭巷」とは、民間の意である。権力や権勢や強者のためではなく、ごく普通の民衆民間のためにある。大衆のためにある。だから、誰にでも理解できる平易な法律解釈を説くのが、法律家の務めである。そんな考えを岸本校長はここで披瀝している。

笹川臨風は、欧文脈学統と和漢文脈学統のバランスの崩壊と前者の放棄を経て、ついには和と漢文脈学統を自己の内部に合わせ持つことで、「多彩な文人」としての文化的位相を確立していった。その意味からすれば、法学は欧文脈学統環境そのものである。しかし、民衆民間の立場に立脚し、強者や権力に立ち向かう、あるいはそうしたものから一定の距離を置く精神は、実は、和漢文脈学統環境にいる者の方が、根底の部分に剛き精神を抱えているがゆえに、単純明快に怒りや悲しみの表現方法を知っている場合が多いのである。だから、「恬淡」な境地にもすぐさまなれるのである。

むしろ、近代化という疾風怒濤の前に、ただただ佇立する近代精神なるものの脆弱さにこそ気づかねばならぬ、そんな立場から創作活動を展開した与謝野鉄幹と、児玉花外の文学は意外なほど近いのである。たとえ、バイロンやハイネに心酔していようとも、彼らの精神に確実に固着して動かぬものは、和漢文脈学統の埒外にあるのではない。その意味で、笹川臨風は、林田春潮の教示もあって、与謝野鉄幹にも児玉花外にも自分と同じものを共有していると理解したのである。

牛尾哲造はこう書いていたはずだ。

学友武田君（現明大助教授）は笹川臨風先生の（当時母校教授）の紹介状を私に示して当時全学生の熱望止まざる校歌作成の議を図られた。私は放課後すぐに与謝野鉄幹氏を訪れて見たが不在だつたのでその足で、麴町六番高橋某方に児玉花外先生を訪問した。

彼ら学生も、笹川臨風や与謝野鉄幹や児玉花外、そして、林田春潮と同じ文化の立ち位置にいたはずである。そして、それは一八八一（明治一四）年一月、長直城の『遺稿』記述に従えば、「磯部四郎、岸本辰雄、宮城浩蔵、杉村虎一、矢代操」といういわゆる「明法寮の五人組」が創設した明治法律学校が出立時からその基底部にしっかりと据えた、山陰・東北西南部・北陸の精神文化、つまり日本海側地域の精神文化が、これらすべての人たちに共有され共鳴を呼び、感動的な明治大学校歌を誕生させたといえよう。和漢文脈学統の笹川臨風が精神的漢文脈学統の大学であるとの認識のもと作詞者二人を選び、精神的漢文脈学統に連なる児玉花外が作詞をし、欧文脈学統の作曲家・山田耕筰はそれに敬意を払いながらも、詩が曲に乗らない違和感を抱いて欧文脈学統の西條八十に補作を依頼し、さらに意に沿わぬところを和文脈学統の三木露風に補作させ、ついに完成したのが明治大学校歌である(21)。

現在歌われている「明治大学校歌第二連」の二行は、「権利自由の揺籃の　歴史はふるく今もなお強き光にかがやけり」である。「権利自由の揺籃の」という連文節では、「権利自由の」という文節が「欧」的内実を持ち、「揺籃の」という文節が「漢」的内実を持っている。次の「歴史はふるく今もなお」という連文節では、全体が「和」的内実を持っている。第三連文節「強き光にかがやけり」は「漢」と「和」とが融合している。そして、この三つの連文節全体に「欧」の荘厳なメロディが乗っているのである。

「漢」と「和」の心と言葉、そして「欧」のメロディが見事に三位一体となった類例無き大学校歌がここに姿を現したのである。

註

(1)『現代日本文学全集第十三編　高山樗牛・姉崎嘲風・笹川臨風集』一九二八（昭和三）年一二月改造社刊所収。
(2)『駿台文学』第二巻第一一号（明治大学五〇周年記念号）一九三一（昭和六）年一一月駿台文学社刊所収。
(3) 笹川臨風『明治還魂紙』一九四六（昭和二一）年六月亜細亜社刊。なおこの書は『明治文学全集99　明治文学回顧録集』一九八〇（昭和五五）年八月筑摩書房刊所収。ただしここには、原本に挿入されている書簡や挿絵などの写真は載せられていない。

（4）『明治文学全集41　塩井雨江・武島羽衣・大町桂月・久保天随・笹川臨風・樋口龍峡集』一九七一（昭和四六）年三月筑摩書房刊所収。
（5）昭和女子大学近代文学研究室『近代文学研究叢書第六六巻』一九九二（平成四）年一〇月近代文化研究所刊所収。主に、「笹川臨風」に関する平野晶子の論文引用・参看。
（6）久松潜一「解題」、（4）所収。
（7）「漱石全集月報第一三号」一九二九（昭和四）年三月岩波書店刊所収。
（8）伊藤整『日本文壇史』第一巻から第一八巻一九九四（平成六）年一二月から一九九七（平成九）年一〇月講談社刊。
（9）山口昌男『内田魯庵山脈』二〇〇一（平成一三）年一月晶文社刊。
（10）山口昌男『内田魯庵山脈』が引用している高島米峰「友人葬を司会して」（『古本屋』一九一五〈大正四〉年八月荒木伊兵衛書店刊）より。
（11）笹川臨風・白河鯉洋編『嶺雲文集』一九一三（大正二）年六月玄黄社刊。
（12）田岡嶺雲『数奇伝』一九一二（明治四五）年五月玄黄社刊。
（13）明治大学百年史編纂委員会編『明治大学百年史第一巻史料編Ⅰ』一九八六（昭和六一）年三月明治大学刊所収。
（14）『近代作家追悼文集成』一九九二（平成四）年一二月ゆまに書房刊所収。初出は『三田文学』第七巻第九号一九一六（大正五）年九月一日三田文学編集部刊。
（15）『定本上田敏全集』第一〇巻一九八一（昭和五六）年一〇月教育出版センター刊所収。
（16）『鷗外全集第三十六巻』一九七五（昭和五〇）年三月岩波書店刊所収。
（17）（13）に同じ。
（18）（13）に同じ。
（19）安田保雄『上田敏研究―その生涯と業績―』一九五八（昭和三三）年一二月矢島書房刊。
（20）『定本　平出修集〈続〉』一九六九（昭和四四）年六月春秋社刊所収（『法律上の結婚』一九〇二〈明治三五〉年一一月新声社刊）
（21）中村雄二郎「明大校歌誕生の周辺」二〇一五（平成二七）年現在明治大学公式ホームページ掲載参看。校歌成立過程の詳細は明治大学歴史編纂事務室の波辺俊子が調査したと中村雄二郎は注記している。『明治大学百年史第三巻通史編Ⅰ』所収の「学友会と校歌制定」を指す。

第3部

卒業生たち

第1章　平出修

1　平出修の大逆事件弁論まで

一　平出修の生い立ち

一八七八（明治一一）年四月三日、新潟県中蒲原郡石山村猿ヶ馬場一〇番地（現在の新潟市）に、父児玉郡三、母イテの八男、一〇番目の末子として修は生まれる。一八九二（明治二五）年三月、亀田町高等小学校を卒業。記憶力に優れた少年で、卒業生総代で答辞を暗唱朗読した。児玉修の将来を嘱望した新潟市古町通五六二番地の質商桜井吉蔵が、修を養子にしたい旨申し出る。中学校から最高学府までの進学を保証する条件であった。児玉家は代々名主を継承した家柄であったが、明治維新以降、経済的に衰微していた事情もあって、修は一八九四（明治二七）年一月児玉から桜井に入籍する。しかし、桜井吉蔵は、養子入籍の条件であった進学の保証を履行しなかったため、翌九五年一〇月には、実家児玉に復籍している。

その後は、小学校代用教員、小学訓導、尋常高等小学校訓導の職に就きながらの生活が続いている。一八九八（明治三一）年十一月には、古志郡十日町（現在の長岡市）村立十日町尋常高等小学校訓導となり、若林門吉校長の知遇を得る。その若林校長の仲介によって、平出家との養子縁組の話が進み、明治三三年九月一〇日修二二歳のとき、中頸城郡高城村大字馬出一三番地（現在の上越市）の平出家に入籍、平出ライと結婚し、平出修となる。ライは二三歳。この平出家入籍が、修と明治法律学校を結びつける契機となったのである。

平出ライの兄善吉は、すでに明治法律学校を卒業し弁護士になっていた。また、ライの弟辰一は、

◉上――平出修

同校に在学中であった。善吉と辰一のはからいで、修は一九〇一（明治三四）年一月ライを伴い上京、と同時に、中途入学ではあったが、明治法律学校に入学する。その意味で、平出修は、同校の校風や設置趣旨、カリキュラムや講師陣の顔ぶれ、さらには創立者たちの学問的思想的傾向、人柄までも知悉した上で門をくぐったことになるのである。

そのことと、明治法律学校の学生平出修の学内における勉学努力とは無縁ではなかった。九月始業、七月終業の学年歴が行われていた当時、一月入学の修は人並み以上の決意と勉学を強いられることになるが、結果として見事に高水準の学問的レベルに達した事実の背後に、善吉や辰一によって推奨された同校に対する信頼感があったのである。山根正次邸内、麴町区富士見町一丁目二番地（九段坂と靖国神社との中間あたり）の借家に、義弟辰一と修とライは、共同生活を営みながら、辰一と修は刺激し合って同窓として法学の修得に研鑽した。

入学半年後の第一学年、七月学年試験成績は、法通、法令民総、親族、物件、刑法、刑訴、経済、羅馬の点数が、順に、一〇〇、九五、九五、九五、八六、一〇〇、九〇、九八、合点七五九点で、全校九番につけている。第二学年では、刑法、行政、債権、民訴、物権、破産、商法、憲法の点数が、順に、八〇、九〇、七八、八〇、七五、八五、七〇、九五、合点六五三点で順位は三番になっている。一九〇三（明治三六）年七月の卒業試験では、規律、財政、商法、私法、公法、債権、相続、擬律、民訴、口述の点数が、順に、一二・四、六五、一〇〇、八五、九五、八〇、七五、九〇、八三、七〇、合点七五五・四で、二番で卒業している。ちなみに卒業試験で一番であった森田幸太郎との合点差はわずかに三・六である。『明治法学』（明治三六年九月六一号）[1]には、「卒業証書授与式」の様子が報告されており、第三学年優等生の項に平出修の名が記されている。

平出辰一は、一九〇二（明治三五）年に判検事登用試験に合格している。『明治法学』によれば、このときの合格者総数は八一人であった。うち明治法律学校出身者は、四一人、半数を占めていたのである。判事・検事、弁護士試験ともに、この頃の明治法律学校出身者の合格者数は、全国レベルでトップの最優秀校であった。[2]義兄・平出辰一に続いて翌明治三六年卒業年次に、平出修は弁護士試験に合格して、やがて弁護士として自立していく。

修が優秀な成績で卒業できたのは、学問への情熱があったからであることはいうまでもない。さらにいえば、その情熱が、明治法律学校の教育方針、あるいは、教育理念と共鳴しながら持続していったからで、同校への愛情が修の学問的努力の支えになった。稗史的私見では、「明法寮の五人組」を明治法律学校の創立者とすると繰り返してきた。出身藩はそれぞれ、岸本辰雄は鳥取藩、宮城浩蔵は天童藩、矢代操は鯖江藩、磯部四郎は富山藩、杉村虎一は加賀藩である。山陰・東北西南部・北陸の日本海側地域の精神文化が、国家や権力や中央への志向だけではない、それらの営みから距離を置いた立ち位置を確定した。法というものが、民衆民間の営みを扶助する立場にあるものでなくてはならないという確信が、彼ら創立者の共通意識であり思想であった。

平出修自らも、越後国新潟の出身である。山陰・東北西南部・北陸の「個」たちと越後の「個」たちが東京駿河台で遭遇し共鳴した。だから、明治法律学校の教育や校風が、少なからず平出修の人間性や思想の成長に影響を与えたのである。

二 人権派弁護士・平出修

初代校長の岸本辰雄は、いち早く平出修の文才や学問的才能、そして法学生としての能力を理解し評価した。直接岸本校長と平出修を結びつけたのは大阪で発刊された、長谷川濤涯主宰の雑誌『小柴舟』である。一九〇二(明治三五)年一月に平出修の同郷の知友長谷川濤涯が発行したこの雑誌に、修は「法律上の婚姻」という文章を書いている。四、五月号である。どういう経緯かは、諸説があってわからないが、まずは越後出身の『小柴舟』主催者の濤涯が平出修に原稿依頼をしたと考えるのが自然であろう(3)。いずれにしても、『小柴舟』所収の、平出修の「法律上の婚姻」が、岸本校長の目にとまったことは事実である。そして平出修という一学生の書いた文章を高く評価し、加筆して出版するように勧めたのである。加筆しタイトルも『法律上の結婚』(4)と改めて、新声社から出版されたのは、明治三五年一一月のことで、平出露花の筆名によってである。岸本校長は序文を巻頭に寄せている。婚姻は人倫の大事であり、社会の基本である。その人間の基本的な営みを、世の人たちも法律家も、わかりやすく法的に理解したり説明したりする必要を認めていない。もっとも身近な生活の誰もが知っておかねばならない婚姻法を、閑却しているのは法律家の責任である、と岸本校長はこの著作の有用性を説く。さらに、「我邦方今ノ法学界、高遠ナル法理ヲ説クハ、寧ロ其人ニ乏カラザルモ平易ナル解釈ヲ施シ、市井閭巷ノ間ニ向ツテ法律ヲ説クハ、其人頗ル稀ナリ／平出子ノ此著、専ラ意ヲ此点ニ致シタルモノ、予ハ予ノ希望ノ一部ガ、本書ニヨリテ充タサレタルヲ喜ビ乃チ之ニ序ス」と書いているのである。

岸本序文は、岸本校長の明治法律学校における教育理念や自身の法理念を知る上で貴重な一文であると同時に、それが平出修という一学生にどのように受容されていったかを理解する上でも役立つものである。国民の生活に密着した婚姻法を取り上げた点、難解とされる法文を口語体で民衆民間にわかりやすく解釈を施した点。これらは、岸本辰雄の教育理念や法理念を実践する「希望ノ一部」であった。その理念実践への「希望ノ一部」を、さらに深め、平出修自らの法理念確立へ向けて一歩を踏み出した書である。

『法律上の結婚』の「第五章　離婚」の中で、平出修は次のように書いている。

我国古来男子の貞操を責むる甚だ寛、有夫の婦姦通すれば刑法三百五十三条の罪となり、民法上裁判上離婚の原因となるに反し、有婦の夫姦通するも刑法措いてその罪を問はず、民法上亦直接離婚の因をなさず、是に於てか、我国には有婦の夫が他の婦人と相通ずるも、之を黙認する慣習ありとの説起こる。

さらに、これは法律問題にとどまらず、この悪風の浸潤が、日本の家庭を破壊し汚し冷却している、とも説く。ために日本の妻は、「空閨独を守りて暁の涙に咽びつつあるに非ずや。之実に大なる社会問題なり、大なる教育問題なり、而して大なる人道問題なり」と、男女差別の実態を、法律論の領域から説きはじめて、社会、教育、人道の問題領域まで踏み込んでいる。日本の有夫の婦たちが、悲劇的な立場に置かれている最大の原因は、「刑法第三百五十三条」の存在にあるという。この指摘には、法解釈の領域から、つきつめて法そのものを批判する法改正へ向けての、視点の移動と深化がある。

『法律上の結婚』という、明治法律学校に在籍する二五歳の越後出身の法学生が著した書は、第一に国民に向けたものであったこと、第二に中でも女性に向けたものであったこと、第三に平明な文体で書かれたこと、第四に法解釈にとどまらず法改正に向かう視点があったこと、第五に人道つまり人権を中心にした男尊女卑という日本の伝統的女性差別の陥穽に踏み込んだことなど、その特色をあげることができる。

平出修は、すでに社会的強者よりも社会的弱者の側に、富者よりも貧者の側に、権力者よりも民衆民間の側に、その身を据える立場の確立に赴いており、その延長線上に、真実を見定めた上での一九一〇（明治四三）年の大逆事件裁判弁護活動が連結しているのである。

ただ、こうした傾向の明治法律学校卒業の弁護士は、一人平出修に限られるものではないことも、付け加えておかなければならない。たとえば、一八八四（明治一七）年、自由民権運動末期に起こった秩父事件で捕えられた田代栄助の訴訟代理人を務めたのが、明治法律学校第一期生だった斎藤孝治であった。その早い例である。また、一九一一（明治四四）年の長野県赤穂騒擾事件、一九二一（大正一〇）年の川崎・三菱神戸造船所争議、一九二八（昭和三）年の三・一五事件等の弁護団の一人、布施辰治は、同校一九〇二（明治三五）年の卒業生であり、先にあげた神戸造船所争議、一九三五（昭和一〇）年の無政府共産党事件、一九三七、八年（昭和一二、一三）年の人民戦線事件等の弁護人・山崎今朝弥は、明治三四年に同校を卒業している。

斎藤孝治、山崎今朝弥、布施辰治、さらに教員であった磯部四郎や鵜澤總明などの系譜を考えるならば、おおむね明治法律学校出身者あるいは教員の弁護士は、権力より反権力・非権力の立場に立った活動を行った人たちが多い。そうした反権力・非権力の立場に立つ人権派弁護士の系譜の中に、平出修もいたのである。ただ、多数の人材を輩出している明治法律学校の弁護士人脈のすべてが、こうした反権力・非権力の立場に立ち、民衆民間の側にいたわけではない。一九〇三（明治三六）年に卒業し弁護士となった櫛部荒熊などは、一九一四（大正三）年山本権兵衛内閣打倒を叫ぶ、対米対中強硬論者であった。森長英三郎の『史談裁判第三集』[5]によれば、櫛部は「二月一日本郷座で『余は山本首相を刺す九寸五分を懐にして此の演壇に立てり、事実は明日の新聞紙上に判明すべし』などと、首相暗殺を暗示するような不穏極まりない、法に携わる人間にふさわしくない演説をして、治安警察法で起訴され、あとの騒擾罪と併合審理せられた」という。

櫛部のような人間もいた。にもかかわらず、明治法律学校の弁護士の正統は、斎藤、山崎、布施、磯部、鵜澤ら人権派弁護士たちによって脈々と受け継がれているのである。こうした系譜の中に平出修は確かにいた。ただ、平出修に彼らと異なる資質があったとすれば、修の文学志向性とでもいうべきものである。

三　歌人としての平出修

平出修は新潟在住時の二一歳の頃から、平出露花の号で、地方紙に短歌・俳句・評論の寄稿を始めている。一九〇〇（明治三三）年四月に雑誌『明星』が与謝野鉄幹らによって発刊されるが、八月から早くも修は同誌に作品を発表し、その後の明治法律学校入学後も積極的に『明星』を中心に文学活動を展開し、東京新詩社同人と深い関わりを保つのである。在学中の一九〇一（明治三四）年一〇月、鳴皐書院より『新派和歌評論』(6)という著を黒瞳子という筆名で出版している。与謝野鉄幹や晶子が中心の明星派の弱点は、その理論的な支柱を持たないことであった。この『新派和歌評論』という書は、そうした弱点を補完する役割を担った評論集である。こうした文学への強い関心と創作活動は、生涯貫かれることになる。ロマン主義に傾倒する平出修の文学的立ち位置がまずあって、さらにそれに享楽主義的傾向が加わっていく。しかし、この傾向が、大逆事件裁判を担当し、歴史的真実を発見することで、平出修の文学的立場は変更を余儀なくされ、ロマン主義的、享楽主義的な詩から社会的歴史的責任という課題を担った小説へ転換していく。

明治法律学校の若い学徒は、明治三四年度と明治三五年度に矢継ぎ早にその成果、『新派和歌評論』という文芸評論書と『法律上の結婚』という法律書を、異例にも上梓した。このとき、文学と法律の二筋の道を歩み続ける平出修の方向が、確定したのである。

ちなみに、日露開戦論に転じた萬朝報を退社し、一九〇三（明治三六）年一一月に平民社を結成し『平民新聞』を創刊した幸徳秋水、堺枯川らによって、日本社会主義運動は産声を上げた。その後幾多の事態を経て、一九一〇（明治四三）年五月、各地で検挙が始まり、一九一一（明治四四）年一月に判決が下された天皇暗殺未遂事件、所謂大逆事件に終着していく。そうした日本社会主義運動の歩んだ経緯はここでは割愛する。

ただ、平出修が、明星派の歌人であり評論家であり、明治法律学校卒業の弁護士であったことが、大逆事件に逢着する必然の起点になった事実だけは、まず記しておかねばならないのである。明治四三年五月に発覚した天皇暗殺未遂事件・刑法第七三条事案の弁護を、平出修が依頼されるのは同年八月である。直接には、与謝野鉄幹の懇望による。与謝野鉄幹は、明星派主宰者として一九〇六（明治三九）年和歌山県新宮に、吉井勇や北原白秋らとともに訪れており、この事件の被告人・大石誠之助、危うく難を逃れた牧師・沖野岩三郎らと親しく交流をもつことになった。その沖野から与謝野に話があって、被告である二六人のうち、いわゆる和歌山組の高木顕明と崎久保誓一の二人の弁護を、修は依頼されたのである。

事件が、天皇暗殺に関する罪条であるだけに、官選弁護人すら引き受けなかった中で、平出修は私選であるにもかかわらず弁護を受諾した。弁護団は、花井卓蔵・鵜澤總明・今村力三郎・平出修・宮島次郎・吉田三市郎（元明治大学教授・吉田甲子太郎の実兄）・磯部四郎・川島任司・尾越辰雄・半田幸助・安村竹松の計一一人で構成されていた。鵜澤と磯部は明治法律学校の教員であり、平出修・吉田三市郎は同校の卒業生である。弁護団一一人中四人までが、明治法律学校関係者であったことは、偶然ではなかった。岸本辰雄校長はじめ「明法寮の五人組」の法律論、広くは教育論あるいは人格的影響が、こうした反骨の人権派弁護士たちを生んだのである。

大逆事件は、宮下太吉、管野須賀子、新村忠雄、古河力作（古河には積極的犯行意思はなかったとする説もある）ら、三、四人の無政府主義者が天皇暗殺計画を立て、未然に阻止された一件が本体であり、すべてであった。大逆事件はこの一件を利用して、天皇制の浸透と強化を目論む山県有朋らが画策した、国家政策に反対する社会主義者や無政府主義者を、日本から一掃する政治的フレームアップであった、というのが現在では歴史学の定説となっている。三、四人を除いては、ほとんど証拠もないまま、自白調書だけを拠り所に刑法第七三条の皇室危害罪つまり大逆罪で裁判にかけたのであり、逮捕者は、東京・長野・和歌山・大阪・神戸・熊本と大規模な広がりを持った。

裁判は一審にして結審、傍聴も禁止した。さらに証人の出廷すら許されず、わずか一六日の審理で終了。一九一一（明治四四）年一月一八日、二人を有期刑、他の二四人を死刑とした判決が下される。翌日予定されていたかのように、天皇恩赦によって一二人は無期に減刑とされる。他の幸徳秋水、管野須賀子ら一二人は、同月二四日と二五日に処刑された。二四日は執行中日没となったので二五日に一人日延べされたのが管野須賀子であった。

このような暗黒裁判の本質を、平出修は見抜いたのである。『明星』から『スバル』へと文学的営みを展開してきていた友人石川啄木も、平出修のはからいで、大審院特別裁判資料を読破し、同じ結論、つまり三、四人を除いてあとは無罪、という結論に到っている。啄木は『日本無政府主義者陰謀事件経過及び附帯現象』(『石川啄木全集第四巻』)[7]、また幸徳秋水陳弁書の筆写『A LETTER FROM PRISON』(前同)に、闇に葬られようとした真実を命がけで未来に向けて遺したのである。

四　平出修の弁論

平出修が、この裁判でどのような弁論を展開したかは、『定本平出修集』所収の「大逆事件意見書」中「刑法第七十三条に関する被告事件弁護の手控」を一読すれば、ほぼその全容が明らかになる。ロシア、イギリス、ドイツ、日本の無政府主義思想の違いを詳細に論じながら、日本における無政府主義思想は、旧思想に対する新思想の反抗であって、いずれの思想が人間本然の性情に適合するかどうかの問題で、平沼騏一郎検事の、社会主義は危険だ、無政府主義は恐るべしという診断は、こうした道理を無視したものである、と修は、思想の本質論から弁護を進めていく。人間にある程度以上の取り締まりを加えるなら、反抗心を起こすという証明にはなるが、無政府主義思想そのものが危険だという証明にはならない。さらに無政府主義が、時代や国や人によって、その傾向なり感情なりが一様ではないとすると、平沼検事の第一の仮定である、日本における無政府主義は、暴動を手段とする危険な思想だとする論は成立しないことになる。このように思想の本質と総体において平沼騏一郎検事に食い下がり、さらに個別の各論において、高木顕明、崎久保誓一らの調書を刻明に検討していって、「もし真に被告等に東西相応じて、機を見て不軌を計ろうと云う実行的意思があったのなら、必ず大石誠之助を通じて東京、大阪、九州との連絡がとれて居なくてはならぬ筈であるに拘らず、何処を尋ねても、それが見えぬ、こんな馬鹿々々しい陰謀があろうか」と、和歌山組の無罪を断言しているのである。また、「大逆事件意見書」中の「後に書す」という判決後に記された文章には、事件弁護に直接携わった人間の、真実を後世に遺す意思が貫かれている。修は書く。本件犯罪は宮下太吉、管野須賀子、新村忠雄の三人が計画し、やや実行の姿を形成しているだけで、古河力作の心事はすこぶる曖昧であった。後の被告は全員無罪である。

余は此訴訟法の認めた大趣旨に基いて、記録以外に真実を発見したのである。而して大審院判官諸公は遂に余の発見せし事実を明確に看取するを得なかったのである。彼等は国家の権力行使の機関として判決を下し、事実を確定した、けれどもそれは彼等の認定した事実に過ぎないのである。之が為に絶対の真実は或は誤り伝えられて、世間に発表せられずに了るとしても、其為に真実は決して存在を失うものではないのである。余は此点に於て真実の発見者である。此発見は千古不磨である。余は今の処では之丈の事に満足して緘黙を守らねばならぬ。

と結んでいる。国家権力が大審院を巻き込んで起こした陰謀事件である。私はその「真実の発見者」

である。その真実は永遠に変わることはない。近代日本文章史に残る名文である。

平出修が、どのような経路で、近代思潮としての社会主義や無政府主義、その思想や歴史の内実を知ったか定説はない。弁護を始める前に与謝野鉄幹を伴って森鷗外を訪ねている史実は、鷗外の日記などでも確認できるところから、鷗外から修へという経過が現在では有力な説になってはいる。いずれにせよ、平出修の総論から各論に到る論証は、多くの被告たちに感動を与えたことだけは間違いない。

中でも被告中紅一点、管野須賀子は、若い平出修の弁護にもっとも感動した一人であった。須賀子は一月九日獄中より平出修宛に手紙をしたためている。「力ある御論、殊に私の耳には千万言の法律論にもまして嬉しき思想論を承はり、余りの嬉しさに、仮監に帰りて直ちに没交渉の看守の人に御噂致し候にて候[8]」と。

また、大石誠之助は、「特に我が思想史の資料として其真相をつきとめ置かるゝの責任は、貴下を措いて他に何人も之にあたる人無之、此事は法廷において我々を弁護せられたる責任よりも遥かに重大なる事と存候間、今後十分の御努力を願上候[9]」と、処刑前日に平出修に後事を託したのである。その大石は、平出修に、大逆事件の弁護活動の責任よりはるかに重大なことは、歴史におけるこの事件の真相を突き止めて、後世に知らしめる責任があなたにはあると。「後に書す」において、自分は真実の発見者である。しかし今は緘黙を守らなければならぬ、と決意せざるを得なかった平出修に、この大石誠之助の遺言ともいうべき書簡が、この後の平出修の文学活動に甚大な重みを持つものとなったはずである。

法律と文学の二筋の道を歩む平出修は、弁護士としては緘黙を守らねばならない危険な立場に身を置くことになったが、文学者・平出修としてその自らに課した緘黙を破っていく方法を、小説創作に見出していくのである。

一九一二（大正元）年九月『スバル』に「畜生道」、同年一〇月同誌に「計画」、大正二年九月『太陽』に「逆徒」を書いて、大逆事件の真相を小説空間に表現していくのである。岸本辰雄に指導され在学中に早くも『新派和歌評論』と『法律上の結婚』を出版して、法と文学の両道を歩んだ平出修の人間としての責任が、大逆事件という人間と思想と時代の集約点を経て新たに文学的結実をもたらす。小説「畜生道」によって弁護士の正義とはなにかを問い、小説「計画」によって幸徳秋水の無罪を記し、「逆徒」によって幸徳秋水への思想的違和を叙した。平出修の「大逆事件小説三部作」と評してよい。

2　平出修の大逆事件小説「計画」を読む

一　小説「計画」の粗筋

「計画」は、一九一二（大正元）年一〇月号の『スバル』に掲載された短篇小説である。同年九月号同誌掲載の「畜生道」、大正二年九月号同誌掲載の「逆徒」と並べられて、大逆事件関連作品として論じられてきたものである。「畜生道」「計画」「逆徒」の大逆事件小説三部作の中で、「計画」は比較的論じられる機会や評価される機会が少なかった作品である。大逆事件小説でありながら、事件以外の様々な要素が同時に内包されている小説である。そのために逆に扱いにくくなったのだと思われる。そうした傾向の小説「計画」を、一度はこの作品一箇に絞り言及しておくのも、平出修論の全体的構築のためには、欠かせぬ作業と考えて、本章では、「計画」一篇を集中的に追いかけてみたい。

そこで本来ならば割愛してしかるべき作品の粗筋をまずなぞっておこう。というのは、平出修に関心を抱く人ならば周知のことでも、それ以外の人たちにとっては、「計画」そのものの内容が既知のものとは限らないからである。近代日本文学作品の中では、よく知られた小説ではない。『定本平出修集』[10]では一四頁の短篇である。引用部分は全てこの『定本平出修集』による。

亭一《こういち》はすず子に、「例の者」を、静岡にいる亭一の先妻小夜子に送ってやって下さいと言う。小夜子に対する「手当」を送金するという書き出しの部分だ。すず子は心穏やかではいられない。「不愉快さが一時に心頭に上つて来」て「残酷な」仕事だと思い、「感情が段々昂つて」、泣くのである。九年間続いた亭一と小夜子の愛情生活も、二年前に切れている。二人の趣味、感情、理想、そして亭一の主義が小夜子とは全くかけはなれており、さらに外部から干渉も加わって離別したのである。送金の仕事も、いつもは快く引きうけたすず子も、今日は「堪へられない悪感を与へるものであつた」。離縁した女にどうして送金の義務を負わねばならぬのか、すず子は納得できない。

亨一は、たくさん苦労をかけ一方的に「棄てて」しまった小夜子を、援助する義務が当然あると考えていたのであった。小夜子を棄ててすず子、と「握手」した。そしてすず子は、亨一の友人であり同志であって、獄中にいる蕪木《カブラギ》の妻であった。すず子は、蕪木も承知の上で手を切ったと言っているが、彼の心中はどうであったか、と亨一は言う。二人の仲を知った蕪木からは、「汝、掠奪者よ」という端書が届く。「私は友に背き同志を売つた」、しかし「貴方に背きはしなかつた」とすず子に語る。多数の同志の反感をかい、中傷された。買収されたとまで凌辱されたけれど、それでも貴方を裏切りはしなかった、と「亨一はふり落つる涙を払つて」言うのであった。今二人は「戦闘に疲れた。そして二人とも軽からぬ病気を抱いてる」。まず生きなければならない、活々した生命を養わなくてはならない、とやさしく言葉を和らげた。すず子の「神経が起きる」のを心配したのである。「世に容れられない思想に献身した」亨一は、憲法が与えたすべての自由を奪われ、一〇年闘って何一つ勝ち得ず、革命が今にも起こるように思ったことも夢想にすぎなかったとも考えなければならなかった。

わずかに残った親友大川らの気づかいで、東京から逃れてこの山間の温泉場に来た。亨一は平安閑適の生活ができそうに思い始めるのだが、すず子の「ひねくれた感情」がそれをさまたげた。

すず子には二、三の人から彼女の心を煽る手紙が届く。「重大な予報が何であるか、亨一には略推測がついた」。女の頬にやせが見え、欝ぎ込む日もある。夜も胸苦しそうに溜息をつき寝つかれないらしい。

ある夜中目をさました亨一は、眠る女の表情をながめる。「きつと結んだ口元には不穏の表情」がある。女の枕元に拡げたままの手帳があった。亨一は読む。破滅にむかう女の心中が断片的につづられ、最後に「私共の赤ん坊はよくねかせてある。誰も知らない、日もささない風もあたらない、あの鴉共の目もとどかない処に、泣いたら泣き声が大きかつたさうだ」。亨一は、女がまだ「あの戦慄すべきことを計画してゐる」ことを知る。女はやはり「恐怖、自棄、反抗の気分から脱け出すことが出来ないのだ」と考えると、今更自分の過失の罪悪を思わずにはいられなかった。「自分はかう云ふ暴逆的×××主義を宣伝する積《ツモリ》ではなかつた」。同志が誤解し、政治家も誤解した。社会の継子《ママコ》になった。謬見にもとづいた政治が施され、強迫観念が継子を襲った。その中にすず子がいた。「進むべきは死を賭した一事である」という考えが、すず子を深くつつんだ。自分も知らず知らず矯激な言動をするようになった。すず子、多田、三阪はいつの間にか「共通の意志」を作った。自分は曖昧な態度のまま、何とも言わなかった。「戦慄すべき惨禍の醞醸者《ウンジョウシャ》は自分である。自分は其責を負はなければならない」。

五月のある日、すず子は、労役へ行く決意を亨一に告げる。罰金を支払えないからでもあったが、すず子にはある大きな覚悟を携えてのことでもあった。いけない、貴方は「死場所《シニバショ》をさがして居るのです」と亨一は反対する。すず子にとっては、「計画」と愛との狭間で揺れ続けながら最後に選択した道であった。蝕まれてゆく肉体も、その決意をうながした。

亨一は金策のため東京に出かけたが、失敗に終る。かえって大川から、あの女が君を駄目にしている。「此上君に惑乱と危険を与へるのもあの女だ」と、別れることを勧められる。万策つきた亨一は、すず子の自由に任せる、と言う。すず子はそれをうけて、今日限り別れます、と答える。訳は自然とわかるから聞かないで欲しい、とも言う。そこで亨一は突如、訳は聞くまい、その代わり「貴方の計画。貴方と三阪と多田との計画の中へ、私を加へて貰ひませう」と訴えたのである。しかし、すず子は、亨一は今私と一緒に殺すべき人ではない。私は死ぬ。「私は死んでもあの人は助かる。私はどうしてもあの人を助けなければならない」と考えを纏めて、すず子は「ほつと」した。手まわりの小道具をまとめて、母屋へ挨拶に行く。「表に人のくるけはひがして、がたりと轅棒《カヂボウ》の下りた音がした。／『車が来ました。』かう云つた女の声は重いものに圧し潰されたやうな声であった」。

以上が「計画」の梗概である。長い粗筋になったが、可能な限り作品を忠実に再現し紹介しておく必要を感じたのは、冒頭で述べた事情による。

二 「計画」論の紹介と整理

ここでは、小説「計画」発表当時の同時代評から現在に到るまでの、先行文献をできるだけ時代を追って逐条的に、そのポイントを押さえながら紹介し、最後に統括的に私なりの整理をしながら小説「計画」についての私論を展開してみたい。見落としがあって触れられなかったものもあろうかと思う。それは私の浅学ゆえのことで斟酌願うほかない。

◎一九一二（大正元）年一〇月三日に記された内田魯庵の『気紛れ日記』[11]。

魯庵は、

今月の小説は余り読まなかつた。読む気がしなかつた。が二ッ三ッ読んだ中で平出くんの『計画』（『スバル』）は近ごろ面白く思つた。予てから疑問にしてゐた問題の消息が較《や》や解り掛つて来た。平出君の小説は次第に社会的の色調を帯びて来る。今度の作の如きは他の作家が到底捉へ得ざる題材、捉へ得ても恐らく平出君だけには描き得ざる《（ママ）》題材であつて、確かに従来未着手の領土を開拓せんとする試みである。平たく言つて此『計画』が立派な作だとは思はないが、貧弱なる経験のみに頼つて酒と女を人生の一大事と主張するやうな作とは根本より異つてをる。平出君が此着眼より進んで、現代生活に潜める機微の消息を捉へて死生に煩悶する人間の一大事の場合を心理的に描写せば必ず権威ある一旗幟を建てる事が出来やう。我等が待設ける新自然主義とは之である。

と書いている。「（ママ）」の部分はどうも不明確な文脈になっているが、筑摩版『明治文学全集』にそう活字におこしてあるので、ここではそのまま引用しておいた。ところで内田魯庵が、大逆事件になみなみならぬ関心を示し、三、四名を除いて皆無罪である、と記録した随筆日記についての委細は拙文の「内田魯庵と大逆事件」[12]にゆずる。

ただ内田魯庵が、大逆事件についての個人的疑問を解く手掛りを得ることができた作品として、まずこの「計画」一篇を評価している点は確認しておかなければならない。そして、作品の完成度としては、「立派な作」だとは考えていなかった点も確認しておかなくてはなるまい。

◎一九一三（大正二）年『スバル』四月号所収の長谷川濤涯「『畜生道』を読む」。

前後の文章があるが、「計画」関連の箇所のみ取り出す。「『公判』でも『計画』でも立派な社会小説である。私は此意味に於て、作者の進境を祝せざるを得ない」。「計画」は、「之は云ふまでもなく幸徳秋水菅野（ママ）すが子の事を書いたものである」。

主人公の亨一は、無政府主義の熱がさめて、病後の療養旁伊豆の山中へすが子と共に隠棲して、すが子の怖ろしい計画を擲たせて心霊の平静を得せしめようと苦心した。けれどもすが子は容易にその計画と手を絶つやうな女性ではない。一つは肺結核といふ死病が、彼女の計画に対する生命を安価ならしめたのである。然し又一方には男に対する熱烈なる恋愛も棄て難い。計画を右手に恋愛を左手に握つた彼女は、少なからず煩悶した。其何れを棄てむかといふ事について、狂せむばかりに焦慮した。躁《モガ》きに躁いた末！　遂に愛を棄てて計画に殉ずる覚悟を極め、男子に別れて山を下るといふ所まで書いてある。あの錯綜紛糾した大事件を、これほどまでに鮮かに、これほどまでに深刻に、これほどまでに手際よく、書きこなした手腕は実に偉いものと云はねばならぬ。男のやる瀬ない熱情も、女の火のついたやうな心的情態も、遺憾なく現はされ、此作者が自ら不得意だと称する自然の背景も、水彩画のやうな霑《うるほ》ひを以て描かれてある。尤も事件の錯綜した割合に人物が僅に二人であるといふ点が作者の筆を緊張せしめた加減もある。が何れにしても恁那活きた社会問題を捉へ来つたのは、啻《ただ》に作者一人の誇りに止まらず、日本文壇には珍らしいことである。少くとも大正第一年度に於ける佳篇である。

この長谷川濤涯の評で記憶しておきたい点はいくつかある。第一に、「計画」は「社会小説」である、と規定している点。第二は、モデルは明らかに幸徳秋水と管野須賀子であり、ストーリーの説明を、亨一、すず子ではなく秋水と須賀子に置きかえて叙述している点。第三に、大逆事件を、鮮かに、深刻に、手際よく書きこなした力量を最大限に評価している点。

◎一九一三（大正二）年『近代思想』五月号所収書評欄「新刊」中の荒畑寒村「『畜生道』（平出

修著(13))」。

『計画』には自分は寧ろ失望したと云はなければならぬ。すず子にも亨一にも、作者は余りにセンチメンタルの色を付け過ぎた。その所謂計画が堅い信念と道徳的批判の上から来ないで、恐怖に対する強迫観念と、同志の猜疑と嘲笑に対する感情的な反抗とから来て居る。だから、すず子や亨一の悲壮な決心も、徒らに感傷的な気分が付き纏つて居るのみで、些《すこ》しも熾烈な狂熱的な処が無い。その同志の亨一に対する態度の如きも、また尠なからぬ誤謬がある。然し、吾々は計画の真相に就ては、実は何も知つては居ない。故に若《も》し親しくその経路を研究した氏の描いた処に誤まりが無いとすれば、自分は只だ亨一やすず子の感情を悲しむばかりだ。

荒畑寒村は、「計画」の中に、「蕪木」として登場しているだけに、この書評は興味つきない一文である。モデルにされた寒村は、私情をからめず、作品を客観的に評価しようと試みており、そこから「計画」に「失望した」と率直に語る。失望の原因は、すず子も亨一もセンチメンタルに描きすぎたため、彼らの決心が「熾烈な狂熱的」なものにならず、決心そのものがやはり、感傷に流れているというのである。ただ、事件の真相は平出修が裁判当事者として私より知悉しているはずだ。事件の真相が、「計画」に書かれている通りであるなら、ただ亨一とすず子の感情を悲しむ、と荒畑寒村は書いている。

◎一九一四（大正三）年三月二五日付『新潟新聞』に豊岡美代坪が、修の訃報を聞いて追悼文「平出修氏を懐ふ」(14)を書いている。「計画」にふれた箇所のみ引用しておこう。

『計画』の方は、即ち自己がかつて弁護せる事のある所謂大逆人幸徳一派の心事をモデルとして、社会主義を持せる男と女との心的状態から起こる彼等の思想上の誤解と云ふ事を描いて、それに或ヒントを求め様としたのである。何れも（「畜生道」「公判」「計画」・吉田記）勝れた作品であつた。

豊岡は、この作品を、社会主義者である男と女の心理の機微を描くことで、二人の間に起こった思想的誤解を取り上げた作品と読んだ。

◎『定本平出修集』巻末に古川清彦が「平出修・人と作品」という解説を執筆していて、その中で紹介している、大正元年一〇月二五日付の鉄幹与謝野寛「パリ通信」なども、同時代評といえなくはなかろうから、ここに列記しておく。

「十月号スバルの巻頭の御作（「計画」）正に拝見、もつと突込んで書けない国の作家がお気の毒です。

女の方がよく書けてゐました。男はもつと思想家らしい所が出して欲しいと思ひます。貴下の文章のうまいのには実は意外なほど敬服いたしました」。

鉄幹与謝野寛のこの書翰で大事な点は、女の方が男よりよく書けている、という点ではない。「もつと突つ込んで書けない国の作家がお気の毒です」という所感こそ、「計画」を読解する場合、必ず念頭に置いておかなければならない重要な視点である。平出修が「計画」を何故執筆したかを理解する上で、この鉄幹の所感は欠くことのできない資料となる。事件の真相を記した文書を平出修弁護士は隠すしかなかった。そのような「突っ込んで書けない国の作家」として小説「計画」をどう書いたか。幸徳秋水という社会主義運動のリーダーをどのように描いたか。私の「計画」読解の確信に繋がるはずである。

同時代の小説「計画」評は、おおむね以上のような意見に集約できる。その後は、これまで埋もれているか、あるいは秘匿されてきた大逆事件関係資料の戦後における発掘、そしてそうした作業と並行して明らかにされていった事件の真相究明への努力、それに伴う「平出修」再評価などが行われるプロセスで、小説「計画」についての様々な見解が発表されていくことになる。なんといっても嚆矢は、一九五四（昭和二九）年の岩城之徳「平出修の小説・その文学史的意義」(15)であろう。ただ岩城はその後も、「計画」に言及している。それをここでは取り上げておく。

戦後、言論の自由が確立し保証されるに及んで、闇に埋もれていた大逆事件について、絲屋寿雄、渡辺順三、田中惣五郎、神崎清ら錚々たる諸氏が、一九四六（昭和二一）年頃から真実を求めて執筆活動に入っていった。中でも二二年から二三年にかけて、多年にわたる厖大な資料の蒐集、考察をもとに、文学的側面にまで綿密周到な目配りをして書き継がれて完成した神崎清の一九六九（昭和四四）年七月刊『革命伝説』[16]中の、「計画」評を私としては、戦後文献としてまずピックアップしておきたい、と思う。この著作に対する毀誉褒貶はあろうが、大逆事件そして事件を反映した文学作品への委細をつくした叙述は、今日なお古典的名著たるにふさわしいと私は考える。

◎一九六九（昭和四四）年七月、神崎清『革命伝説大逆事件③　この暗黒裁判』第三章「明科と湯河原と」。

「計画」については次のように述べている。

『計画』という小説は、この湯河原における秋水と幽月の分離過程をとりあげた好個の短篇である。登場人物は、秋山亨一（幸徳秋水）と妻すず子（管野幽月）で、暗殺計画よりは、むしろ幽月の複雑な女性心理の陰影をたくみに描写している。むろん、文学的な創作に違いないが、前妻小夜子（師岡千代子）への月々の仕送りをからませて、『離縁した女に貴方がどうして義務を負つてるんですか』と、ヒステリーを爆発させた場面は、筆さきのつくりごとでない。

神崎清は、「計画」のモティーフを、幸徳秋水と管野須賀子の「分離過程」と読み、描写においては、暗殺計画よりも須賀子の「複雑な女性心理の陰影」がたくみで、師岡千代子に対してのヒステリーは虚構ではない、と指摘している。短いコメントながら要所を押さえた評である。ただやはり、秋水と須賀子の「分離過程」を、平出修は何故描かずにはいられなかったのか、という根本に伏在する作者の真意にまでは触れていないようにおもわれる。

大逆事件の真相をもとめる戦後昭和二〇年代の様々な先覚的営みがあった中で、平出修は事件の弁護人として再評価されてきて、さらに彼の埋もれていた文学作品の発掘が行われ、その栄誉も顕彰され始めた。一九四八（昭和二三）年九月、小田切秀雄編・解説の『発禁作品集』（八雲書店）が出版され、かつて発売禁止になった平出修の小説「逆徒」が収録されたのを皮切りに、一九五五（昭和三〇）年三月には、三一書房刊『日本プロレタリア文学大系』序巻には、「発売禁止論」が入った。解説は平野謙であった。こうした動向の上に昭和三〇年代には二種の文学全集に小説「計画」が収められることになる。

◎一九五六（昭和三一）年五月、『現代日本小説大系第30巻新理想主義第8』河出書房刊。荒正人「解説」。

荒正人は、「計画」の背景になっている事実を短い解説にもかかわらず、作品を手際よく援用しながら、作品の核心に迫ろうとしている。

「計画」は、「事件の主役と目された幸徳秋水とかれの新しい恋人であり、妻であつた菅《(ママ)》野須賀子をモデルとして、心理解釈を投影させたものである」。そして、荒正人は、「計画」の背景となっている事実に言及して、湯河原での秋水と須賀子の様子、須賀子が『自由思想』という雑誌の秘密頒布の件で、四百円の罰金刑を言い渡されていること、さらに須賀子が罰金を支払えず、自ら進んで換刑のために獄に下ったことなどを、「予審調書」で幸徳が陳述した内容にもとづきながら跡づけているのである。作品は、

つまり、自らすすんで換刑処分を受けた菅野（ママ）の心境から、幸徳秋水の心理の内部に深く踏み入らうとしたものである。革命家と愛情といふ困難な主題に関心を寄せたのは作者の職業と切り離して考へることはできぬが、人間の本質に対する深い興味を示したものとしても注目されていい。計画への参加の動機は、亨一とすず子で喰ひ違つてゐるが、それにも拘らず、外的には一致した結果を生み、そしてそれぞれの内的目標に達してゐることを第三者として眺めてゐる。

と荒正人は解説している。

多くの論調が、小説「計画」のモデルが、管野須賀子と幸徳秋水であることを前提としながらも、須賀子の心理の深層にウエイトを置いている中で、この荒正人の分析は若干異なっており、その点に私は注目しておきたいのである。荒は、「つまり、自らすすんで換刑を受けた菅野の心境から、幸徳秋水の心理の内部に深く踏み入らうとしたものである」と、むしろ、「計画」一篇の執筆動機ともい

える最終ターゲットを、須賀子ではなく秋水に絞って見定めているのである。この視点を、私は、「計画」読解における重要な視点であり、私の「計画」読解にも取り入れたい。

◎一九五七（昭和三二）年七月『現代日本文学全集 84 明治小説集』筑摩書房刊「計画」「逆徒」所収。臼井吉見「解説」。

『計画』は、大正元年十月、『昴』に発表された。事件の中心人物と目されていた幸徳秋水とその恋人菅《(ママ)》野須賀子をモデルにしたもの。みずから進んで換刑処分に服しようとする須賀子が、第一線から退いて静養を望んでいるかのごとき秋水の心理に深く立ち入って、鋭利な洞察を見せているあたり、革命家の人間的真実の根底にさぐりを入れたものとして、すぐれた短篇になっている。

この臼井吉見の小説「計画」についての発言は、並べてみればはっきりしよう。つまり、荒正人の論を肯いながら、その線上に書かれたものであることは、疑う余地はあるまい。秋水に軸足を置いた読みといえようか。

荒正人はこう書いている。「自らすすんで換刑処分を受けた菅《(ママ)》野の心境から、幸徳秋水の心理の内部に深く踏み入らうとしたものである」と、管野須賀子より秋水にウエイトをおいた論を開陳しており、「計画」読解には欠くことのできない視点だと私は思う。ただ、この荒の文章のこの箇所を、臼井が踏襲しながら、荒の文意を誤解して「計画」を解説している点は、後々のためにも指摘しておく必要がある。

荒正人の真意は、虚心に読むなら、「管野の心境から」、さらに筆を進めて、平出修は、「幸徳秋水の心理の内部に深く踏み入らう」としたと読むのが、「計画」の作品読解上のポイントだ、というものなのだ。臼井は、荒が書いた「菅野の心境から」の、「から」を誤読してしまった。そこで先の如き奇妙な文章ができあがったのである。「……須賀子が……秋水の心理に深く立ち入って、鋭利な洞察を見せている」というコンテクストは、どう考えても奇妙である。臼井はここで、荒の言葉遣い「から」の語句を、主格の「が」と誤って読んで論を進めたのである。

荒に端を発した「計画」評が、「から」の誤解の上に臼井氏の論になって歪められ、さらに、臼井の論をそのまま継承した、後で触れる山崎一穎の表現になっていった。

◎一九五七（昭和三二）年、弁護士・森長英三郎「大逆事件をめぐる弁護人」(17)。

森長英三郎は大逆事件を明らかにする法律家の立場から、「計画」を取り扱っている。

「『計画』は、幸徳と管野の関係を描き、平出の理解した幸徳のこの事件に関係する程度を示している」。森長は、大逆事件に幸徳がどの程度具体的に関わりを持ったか、という平出修なりの理解を描いた作品だ、と読む。法律家としては無論の分析であるし、「計画」を読解する上で一つの重要な視点である。

◎一九五九（昭和三四）年六月、岩城之徳『文学者と裁判』[18]中「大逆事件の真相を衝く平出修の小説」。

昭和二〇〜三〇年代にわたって、もっとも委細を尽くした「計画」論を展開したのは、岩城之徳であった。ここでは、一九五九（昭和三四）年六月発表の「大逆事件の真相を衝く平出修の小説」を、論旨を壊さない程度で、紹介しておく。

「大逆事件直前の湯河原温泉宿天野屋における幸徳秋水とその内妻管野すがの二人をモデルにしており、主義と愛情の相剋に悩む男女社会主義者の心理をたくみに描写している」。そして、「平出修が、弁護士としての体験とその職務上得た多くの資料にもとづいて書いているだけに」、二人の「悲劇的運命がなまなましく描写され、小説とはいえよく幸徳、管野の実体に迫っている」。さらに幸徳は、「『計画』に描かれているように、かえってこれを未然に防ごうとした」のであり、この作品は、「幸徳秋水と天皇暗殺の計画を持つ管野の悲悩《ママ》をたくみに描きつつ、大逆事件の真相を世に伝えようとする作者の意図が克明に描写されており、すこぶる感銘の深い作品である」と、岩城は指摘している。同時に、幸徳に関しては、「平出の描写が当時における幸徳秋水の心境を、どれだけ描き得ているかは疑問であるが」「あるていど秋水の苦悩の実態に迫り得ているように思われ」、管野については、「秋水への熱烈な愛情を持ちながらも、火のごとき主義に殉ずる熱情と、死病に対する絶望的な気持のために、しだいにテロリズムに陥る過程をよくとらえている」とも書いていて、「大逆事件の文学的反映を示す作品」の中で、「計画」ほど、「あざやかに深刻に、そしててぎわよく」まとめられた作品は少ない、と書いている。さらに岩城之徳は、最後にこの作品の執筆動機についても触れており、「幸徳や管野への同情やアナアキズムに対する共鳴からでは」ないとして、「『次の時代』というものについての一切の思索を禁じようとする帯剣政治家の圧制に黙することのできなかった、法律家出身の作家としてのはげしい正義感と、旺盛な批判精神によるもの」と記している。

岩城論文は、「計画」を様々な視野から、詳細に手がたく俯瞰した教えられるところの多い論文である。もっとも注目してよいのは、はっきりと岩城が、「計画」一篇を「大逆事件の真相を世に伝えようとする」ところに、「作者の意図」がある、と断言している点である。そこで問題になるのは、では小説「逆徒」の意図はどう解釈すればよいか、という疑問である。大逆事件そのものの真相を明らかにし、後世に継承する意図という目論見で書いたとすれば、「逆徒」にしくはないはずである。岩城の指摘は、むしろ「逆徒」にこそ妥当するのであり、私は、もちろん全くその意図外のところに「計画」を読もうとするものではないけれども、平出修の「計画」執筆意図を、少しずらして読み取るべきである、と考える。この点については後の私論で展開したい。

なお、岩城は、一九八四（昭和五九）年二月にも、「平出修弁護士と逆徒たち―大逆事件の文学的影響を中心に―」(19)と題した論文でも、ほぼ同旨の論を展開していることを付け加えておく。

◎一九六四（昭和三九）年一〇月雑誌『国文学』特集「近代日本文壇事件史」所収、山崎一穎「近代文学筆禍事件史抄」が平出修の「逆徒」に言及している。その中で「計画」に触れた箇所のみ抄録しておく。

『計画』に於いて、自ら進んで換刑処分に服しようとする真野すず子（秋水の恋人管野すが子）が、第一線の活動から身を引いて静養を望んでいるが如き秋山亨一（秋水）の内面に深く立ち入って、革命の人間的真実の根底に鋭い洞察を見せている。坦々たる描写であるが、心理的な分析に鋭さを見せている。

今まで紹介してきた文献に比べて、特に新しい指摘や、異なった切り口があるわけではない。ただ、良心的に見るなら、革命家の内面、人間的真実に分け入り、鋭い心理分析を見せている、という従来の荒正人、臼井吉見の説を復唱している点を、今後続けられる平出修研究や小説「計画」読解のためにも、あえてチェックだけはしておきたい。

細かな揚げ足取りになるが、山崎も、神崎清と同じ誤りを犯しているのは、小説「計画」の主人公・亨一もすず子も、一度も作品中では苗字で登場していないのに、「秋山」「真野」と記している点である。これは「逆徒」と混同した勘違いであろう。ただし、神崎は「亨一」にのみ苗字を付している。本質論から逸れるのでこれくらいにしておく。

ただ、もう一つ、山崎のこの箇所に問題があるとすれば、先の臼井吉見の文章とほとんど同じである点は、臼井の解説と並記してみれば明白であろう。

臼井吉見は、「みずから進んで換刑処分に服しようとする須賀子が、第一線から退いて静養を望んでいるかのごとき秋水の心理に深く立ち入って、鋭利な洞察を見せているあたり、革命家の人間的真実の根底にさぐりを入れたものとして、すぐれた短篇になっている」と書いており、山崎は、「自ら進んで換刑処分に服しようとする真野すず子（秋水の恋人管野すが子）が、第一線の活動から身を引いて静養を望んでいるが如き秋山亨一（秋水）の内面に深く立ち入って革命家の人間的真実の根底に鋭い洞察を見せている」と書いているのである。

固有名詞を除いて、ほとんど同一文であることがわかる。良心的に考えれば、山崎が臼井の「計画」評に、そのまま賛同して踏襲したともいえようかと思われなくもないが、多少は道義的問題がないとは言えない。荒正人の解説を臼井吉見が誤読し、さらにそれを踏襲した山崎の解説は、いわば誤読の連鎖といった現象なのかもしれない。

さて、一九六五（昭和四〇）年は平出修研究にとって、まことに記念すべき年となった。『定本平出修集』が、春秋社より刊行された。六月のことである。この定本に収められた修の業績が、私どもの平出修研究の本格的スタートを切るに際して、甚大な影響を与えたことは贅言するまでもない。

◎一九六五（昭和四〇）年一〇月雑誌『文化評論』臨時増刊号所収、阿武隈翠「平出修の現代的意義―評論・小説を中心に―」。

小説『計画』は、秋山亭一と妻すず子（幸徳秋水と管野すがをモデルにしている）を主人公にして、両人の別離の過程で、事件の計画性と謀議がはっきり形をなしていなかったこと、秋水が事件に直接の関連がなかったことを主張している。

阿武隈の「計画」についての短いコメントであるが、二点にまとめられよう。一点は、大逆事件そのものが、「計画」の中では、計画性と謀議がはっきり形をなしていなかったことを描写していること、第二点は、秋水は事件に直接関連がなかったこと、この二点を「計画」という作品が明らかにしていると阿武隈は指摘している。前者に対しては、平出修が「計画」の中でどの程度截然と判断を下しているかは、私の読後感では若干肯えない部分ではあるが、後者については、阿武隈の意見に全面的に賛成である、とだけここではいっておく。

◎一九六九（昭和四四）年一〇月『法曹百年史』法曹公論刊所収、平出禾の文。

平出禾は「計画」と「逆徒」をともに、「当時この事件は極秘に附され、一切言及することを封じられていたが、これを何らかの形で書き遺しておくことを自分の使命と考えていた修の想いがここに籠っているといってよかろう。事実これらの作品は、小説とはいえ、今日この事件の観察記録として重要視されているのである」と、「事件の観察記録として」読まれている実情を強調し、平出修の、書き遺しておかねばならぬという「使命」感を執筆の動機と論じている。この発言も私は大事だと思う。「計画」は、「観察記録」として平出修が書いて、後世の読者もまたその意図に沿った読みをしているのか、あるいは修の意図は別のところにあったにも関わらず、後世の人々が「事件の観察記録」と読みならわして来たのか。この辺りを、私どもは「計画」という作品に即して慎重に検討する必要があるように考える。

◎一九七二（昭和四七）年四月、丸山庸「続・郷土の作家⑧平出修[20]」。

この丸山の文は、先の臼井、山崎の線上に位置づけられる文章である。

「たんたんたる描写ではあるが、革命家と愛情の問題というテーマを扱って、人間の本質に対する深い興味を示し、革命家としての人間真実の根底に鋭いどう察を見せている」と丸山は解説している。

◎一九七五（昭和五〇）年四月、大塚博「平出修論―『畜生道』『瘢痕』の意味するもの[21]―」。

これは先行文献とは違った新しい視座からの論考で、注目すべき論文である。小説「計画」に関する部分を適宜抄録しておこう。

「今日、『畜生道』『計画』という作品は、のち『逆徒』とも合わせて大逆事件に焦点を当てた作品としての評価を受けている。これらの作品の背景に大逆事件が存在していることは否定しようもない。

すでに私が二つの系列に作品を分類させる上での前提でもそれはあった。しかし少なくとも『畜生道』『計画』の二篇は、大逆事件を描くことに平出修の意図があったとは言いがたいのである」。「計画」の「焦点」は「亨一とすず子という男女の愛と思想との相剋を描くことにある。二人の主人公亨一とすず子は、どうしても幸徳と管野スガとして読ませられるが、しかしモデル詮索にはさしたる意味はない」。さらに大塚は続けて書く。

つまり『畜生道』にしても『計画』にしても、大逆事件というような枠をあえて取り去ってしまうならば、そこに描かれているのは、男と女との交渉の有様なのである。もちろん、大逆事件という背景を否定しさろうというのではない。ただ私が見ようとしているのは、『長者町』『塩ばな』といった作品で扱った男と女との交渉の有様を、社会性を帯びた背景の中に措定して追求しようとしたのが、これらの作品の意味ではないかということなのである。

さらに大塚は、「こうした観点からするとき、当時長谷川濤涯によってなされた『立派な社会小説』といった評は、社会的素材が扱われたことに重きをおいて発言されたものであり、全円的評価とは言いがたいのである」と、慎重な表現でありながら、かつかなり大胆な問題提起をしているのである。大塚は、大逆事件という背景を否定し去るつもりはないが、「計画」（「畜生道」も含めて）という作品から、あえて大逆事件などという枠を取り去った場合、従来の作品評価と異なった様相をこの小説は帯びて来るとして、そこに描かれているのは、社会性を帯びた背景の中に展開する、あくまで男と女との交渉である、と。その意味でモデルの詮索なぞさしたる意味はない、と断定する。

論として、新機軸を打ち出した大胆な発言であることは、今まで紹介した様々な論者たちの意見と重ねてみれば容易に理解できよう。ここまで明確に、小説「計画」から大逆事件の枠を外せといい、モデル詮索なぞ意味はないと公言したのは、後にも先にもこの大塚論文が初めてで、その意味で唯一の栄光を担っている。いいかげんな妥協や、引き写しに終始する論文に較べてなんとさわやかな論であることか。

けれども、果たして大塚博の「計画」読解は正しいか。真実、「計画」から大逆事件の枠は外してもよいのか。また、モデルの詮索なぞ本当に無意味か。こうした疑念を、私は拭い去れないのである。単に、不特定の一対の男女の愛の相剋を描いた作品であると、モティーフを絞りきることが、的を射た充全な論といえるのだろうか。さわやかであざやかな論文でありながらも、私一個は結局、否、といわざるを得ないのである。

◎一九八〇（昭和五五）年三月刊、森山重雄『大逆事件＝文学作家論』[22]所収「序論―管野須賀子・平出修」。

この中で、森山重雄はかなりのスペースを小説「計画」解説に割いている。

『計画』はまさにモデル性そのものに真実がかけられる性質のものである。したがって一歩誤れば、モデル小説の風俗性や暴露性にのみ存在価値を認めるしかない低次元の小説になりかねない。作者はその危険を辛うじて乗り超えたと思われる。

さらに次のように書く。

『計画』は大逆事件の内面の劇にはじめて踏み込んだ最初の小説であり、その後も基本的には、この小説を超えた作品が現われていないという点で、注目すべき作品である。おそらく平出の立場は、亨一の次の述懐にあらわされているのだろう。「すべて自分である。戦慄すべき惨禍の醞釀者は自分である。自分は其責を負はなければならない。進んで身を渦中に投ずるか。退いて原因力を打ち断つてしまふか。自分はこの二つの何れかを択ばなければならない」。そして亨一はこの選択に最後まで結論を下しえなかった。そこに亨一の悲劇があるのである。おそらく平出のこの立場は、さきに引用した幸徳の法廷での印象、「懐疑に生き、爛壊に堕し、熱と呪詛と反抗とに身も心も焼きつくしたる、陰鬱なる氏の後半生」という観察から生れたものであろう。

森山重雄が引用し、作品理解の上で重要な短文と述べている平出の文章は、現在では『定本平出修集』に「遭逢と別離と」(仮題)と題して収録されている。

ところで、森山重雄の「計画」論は二つのポイントがある。一つは、明快に「モデル性そのものに真実がかけられる性質」の作品、とする点。もう一つは、「大逆事件の内面の劇にはじめて踏み込んだ最初の小説」という把握の仕方である。後者の視点は、紹介してきた先行文献と表現の差こそあれ、それほど目新しい論点とはいえないが、私が着目し評価したいのは、前者の論点である。森山が述べた、「モデル性そのものに真実がかけられる性質」の作品、という発言は、小説「計画」を検討してゆく場合のスタートラインとして非常に重要な発言だ、と私は考える。単刀直入にいえば、この視点なくして、「計画」を論じることはできない、それ程有効な発言と考える。

次に森山の著書刊行より少し前になるが、

◎一九七六（昭和五一）年七月刊『社会派の文学』[23]所収、渡辺恒美「平出修」。

その中から、「計画」に関連した記述を抜き出しておく。

たしかに大逆事件の枠組みを取り去れば、『男と女の交渉の有様』（大塚博「平出修論」略）であるといえるかもしれない。しかし裁判が非公開にして行われ、全くの秘密裏にすすめられ、公判記録も明らかにされず、その内容について一般にはほとんど知らされていなかった時に、いわば幸徳秋水の不当な逮捕をあばき、事件の真相を伝えようとしたのである。それまでの思想、言動、諸事件からの即断だけで実際の〝計画〟には参画していない人物を逮捕した、官憲に対する憤りが、作者に「計画」の筆を執らせたと見ていい。

この渡辺恒美の論もまた、説得力のある論考といわねばならない。そして私の意見もほぼこの渡辺発言を踏み出すものではないかも知れないことを、あらかじめ断っておきたい。昭和五五年四月から七月にかけて雑誌『春秋』に連載された、中村文雄の「大逆事件をめぐる与謝野鉄幹・晶子の立場」[24]にも、「計画」についての若干のコメントがある。この論文は『大逆事件と知識人』に収められているが、ここでは次の文章を取り上げておく。

◎一九八五（昭和六〇）年六月、中村文雄「平出修の『永訣式』—幸徳秋水との関係から—」[25]。

この文章が、中村文雄の小説「計画」についての見解を知る上で、もっとも簡にして要を得ていると考えるからである。

「『計画』では、秋水、須賀子二人の間に天皇暗殺計画の謀議があったのか、なかったのか、その実態に迫って分析し、事実の真相を訴えたかったのではないだろうか」。

『計画』は『検事聴取書』、『予審調書』、秋水が獄中で書いた『陳弁書』、須賀子が湯河原滞在中の四月十八日古河力作宛書簡、『寒村自伝』などを読めば、明らかに事実に立脚した小説であり、修しか書くことのできなかった題材であることも確かである。『計画』をめぐるすず子の人間的保身、打算、怯懦、躊躇逡巡、葛藤、懊悩などは描写されているが、亨一にはすでにそれがなく、温い包容力をもった人物、総てを達観した人物として描かれている。ここにも修が秋水をどう理解していたかがうかがわれる。

引用した前半は、先の渡辺恒美の主張から大きく出るものではなく、むしろ同一線上の見解とみなしてよかろう。問題は、後半に引用した秋水の描き方をどう読むかで、多少私は異なる意見を持たざるを得ないのである。修は、もの静かな秋水を彫琢してはいるけれども、決して中村のいう如く、「達観」した人物としては描いていない。静かな中で揺れる心理も抱えていた。そのような心理的葛藤も同時に刻まれているのである。

◎一九八五（昭和六〇）年一一月刊『平出修とその時代』[26]（共著）所収、高橋渡「作家　平出修」。この『平出修とその時代』には、中村文雄が「平出修、大逆事件をめぐって」を分担執筆しているが、先ほどの文章の主旨とそう違いはないと思われるので、ここでは割愛して、この論文集からは、高橋渡の「作家　平出修」のみを紹介しておきたい。「この『計画』は大逆事件前夜ともいうべき時機を背景に、幸徳秋水と管野須賀子をモデルにするテロリズムと愛にみられる男女の様相を描こうとするものである」。

修はこの難問（モデル性の問題・吉田記）を、亨一のいだく生への意欲とすゞ子のかかえる死への傾斜、この両者の相剋と葛藤という観点で形象し、モデル性への興味や関心を越えた小説化、文学化に成功している。

高橋の論を整理すれば、関心はやはり二点に絞られる。第一点は、テロリズムと愛にみられる男女の相剋と葛藤を描いている、とする点。第二点は、モデル性への興味や関心を越えた作品であるとする点、この二点である。

三　小説「計画」私論

今、大正元年の内田魯庵から昭和六〇年の高橋渡の発言まで、小説「計画」に関する様々な発言を紹介し、そのときどきに若干の私なりのコメントを挿入してきた。全部で一九人の代表的な「計画」評をおおむね発表年順に取り上げた。そこでこの項では、「一」の作品の梗概と「二」の先行文献を重ねながら、ささやかな私見を披瀝しておきたい、と思う。

モデル性の問題をめぐって

小説「計画」を私どもが検討し分析し読解してゆく場合、まず作品中の主人公のモデルをどのように扱うかが大きな課題になる。この課題へのアプローチなしで、極端にいうなら、小説「計画」の本当の創作意図は伝わってこないと私は確信する。

たしかに、「亨一」を幸徳秋水、「すず子」を管野須賀子に置き換えて多くの論者は、きわめて自然に読み始めている。ほとんど無条件に、である。長谷川濤涯、荒畑寒村、豊岡美代坪、神崎清、荒正人、臼井吉見、森長英三郎、岩城之徳、山崎一穎、阿武隈翠、丸山庸、森山重雄、渡辺恒美、中村文雄、の各氏は、ほぼ「亨一」イコール幸徳であり、「すず子」イコール管野であると、モデルを確定した上で作品の内実に筆を進めている。

これらの論者は、森山重雄の切り口を例外とすれば、それはいわずもがな、という前提で「計画」を読んでいる。この大前提に私は異を唱えるつもりはない。「亨一」は幸徳秋水であり、「すず子」は管野須賀子である。そして、「亨一」の「先妻小夜子」は師岡千代子、「蕪木」は荒畑寒村、「親友大川」は小泉三申、「すず子」と「計画」に直接かかわる「三阪」が宮下太吉、「多田」が新村忠雄である。しかし、モデルを実名に置き換えて論じる前に、「計画」という作品はなぜそういう前提からスタートしなければならぬか、という前提の前提ともいうべき点について言及しているのは、管見によれば、森山重雄一人である。

森山は、『大逆事件＝文学作家論』の中で、はっきり次のように断言している。「『計画』はまさにモデル性そのものに真実がかけられる性質のものである」と。モデル性を抜きにしては、「計画」の小説的リアリティが喪失してしまう、それほど、この作品におけるモデルは重大な役割を担っている、と森山重雄はいっているのではないか。「モデル性そのものに真実がかけられる性質」の小説、と指摘する森山の見解に、私は全面的に賛成する。賛成すると同時に、この視座が、先ほど述べた前提の前提となるべき大前提なのである。この一点に、森山以外の多くの論者たちが、自然に、きわめて自然に「亨一」を秋水、「すず子」を須賀子と、いわずもがな、の前提から読み込みを始めている点と、森山との間に、表面上はささやかでも、実質的には大きな隔たりが存在する。モデルを実名に置き換えて「計画」論を叙述すること、そのこと自体に誤りや異論があるわけではないのである。問題は、むしろ実名に置き換えなしで、「計画」を分析してはならない、という大前提を力説した上で、「計画」論は始められなくてはならない、といいたいのだ。森山の真意もそこにあって、如上の表現となったと判断するのである。

「亨一」は、絶対に幸徳秋水であり、「すず子」はいうまでもなく管野須賀子その人である。それは自然にでもないし、いわずもがなのことでもない。作者平出修が、筆を執って、「亨一」と書いた瞬間、修は「亨一」は秋水であり、「すず子」は須賀子であると、読み替えて欲しい、それ以外ではない、と痛切に意識し願ったはずである。執筆にはいる初発の平出修の痛切な願望を、読者が受け止めようとしないかぎり、「計画」は一歩も読解作業を先に進めることができない性質の作品なのである。その初発の痛切な願望を、大前提としてではなくて、きわめて自然に、しかもいわずもがなの前提で読む行為は、作者平出修が小説「計画」に托した作品の基底に横たわる真意や熱意が伝わらないことになる。だから、森山重雄の発言は確実に作品のポイントを押さえており、他の多くの、モデルは秋水と須賀子だ、と書き始めた人たちと、結果は同じではあっても、やはり微妙に違いながら、そこに実は大きな隔たりがあるといわなくてはなるまい。繰り返すが、森山の「『計画』はまさにモデル性そのものに真実がかけられる性質のものである」という、大前提を肯うゆえんである。

こうした前提も、あるいは大前提も、作品のコンテクスト中心に読むなら、ほぼ無視してしかるべきだ、と新しい、その意味で画期的な、意見を提起したのが大塚博であり、大塚の意見の至近にいるのが高橋渡であった。

大塚博は、「平出修論――『畜生道』『瘢痕』の意味するもの――」の中で、次のように書いた。今一度引く。「計画」の「焦点は亭一とすず子という男女の愛と思想との相剋を描くことにある。二人の主人公亭一とすず子は、どうしても幸徳と管野スガとして読ませられるが、しかしモデル詮索にはさしたる意味はない」、あるいは、「『計画』にしても、大逆事件というような枠をあえて取り去ってしまうならば、そこに描かれているのは、男と女との交渉の有様なのである。もちろん、大逆事件という背景を否定しさろうというのではない。ただ私が見ようとしているのは、『長者町』『塩ばな』といった作品で扱った男と女との交渉の有様を、社会性を帯びた背景の中に措定して追求しようとした」作品ではないか、と書いている。

「モデル詮索にはさしたる意味はない」とする大塚の発言は、作品論的には正しい。けれども、小説というものが潜在的にもっている属性は、一つの読みに集約されるほど狭くも浅くもないのではないか。作品は作品のコンテクストだけで解釈せよという考えは、作品論か作家論かなどという旧くてまた新しい問題に逢着する。ここでこの問題に深入りするつもりは全くないが、「計画」という作品に限定していうならば、大塚の、「モデル詮索にはさしたる意味はない」という発言や、大逆事件の枠を取り去って、という意見は、高橋のモデル性への興味や関心を超えた作品、という見解(「作家平出修」)とともに、私は同意するわけにはいかないのである。作品のコンテクストを超えた背後にこそこの小説「計画」のリアリティはあるのである。作品は作品として純粋に読め、という主張は、それなりに魅力もあるし、全否定するものでは決してない。

だが、「計画」という作品から、モデルも大逆事件も詮索しないとしたならば、小説「計画」は、完全に骨抜きになってしまい、作品が担っている歴史的あるいは文学史的栄光は消滅してしまう。モデルがあり、大逆事件を背景としているからこそ、「計画」は小説「計画」としての歴史的文学史的栄光が保証される類いの作品なのである。

須賀子か秋水か

岩城之徳の周到綿密な平出修論はすでに定評がある。その岩城の先に紹介した『文学者と裁判』中「大逆事件の真相を衝く平出修の小説」から、この節の展開上必要な箇所だけを今一度引用しておきたい。

「大逆事件直前の湯河原温泉宿天野屋における幸徳秋水とその内妻管野すがの二人をモデルにしてお

り、主義と愛情の相剋に悩む男女社会主義者の心理をたくみに描写している」。そして岩城は、幸徳の描写については次のように指摘している。「平出の描写が当時における幸徳秋水の心境を、どれだけ描き得ているかは疑問である」と、秋水の心境の描写に若干疑問を投げかけている。むしろ岩城は、平出修が描いた須賀子の像を高く評価しているように思われる。「秋水への熱烈な愛情を持ちながらも、火のごとき主義に殉ずる熱情と、死病に対する絶望的な気持のために、しだいにテロリズムに陥る過程をよくとらえている」と。

この岩城之徳の、秋水と須賀子を平出修が作中の主要人物として描きながら、秋水よりも須賀子の方がよく描かれている、という理解は、神崎清の『革命伝説大逆事件③この暗黒裁判』第三章「明科と湯河原と」でも言及されている。神崎は、「登場人物は、秋山亨一（幸徳秋水）とすず子（管野幽月）で、暗殺計画よりは、むしろ幽月の複雑な女性心理の陰影をたくみに描写している」と書いていて、この論旨は明らかに、秋水と須賀子を比較するならば、須賀子にウエイトがかけられ、それを見事に刻んでいるという、この作品に対する岩城評価と同一線上に並べてもよい考え方であろう。

冒頭の粗筋を示しておいた箇所を読んでも、表面的には、須賀子が秋水への愛に苦悶しながら、エキセントリックになっていき、天皇暗殺計画に荷担して、無政府主義（須賀子がどれほど思想的に深く把握していたかは疑問[27]だが、無政府主義者を自認していたのは事実である）に殉じるか、という選択の前で、しだいに破滅への傾斜を強め、愛しながらも秋水を捨てる決意に到るまでの精神的プロセスを、主人公である亨一つまり秋水が見つめている姿が描かれている。もちろん、揺れながら破滅に向かう須賀子の言動に、秋水は無反応なわけではない。その折々に、須賀子の心理的振幅に合わせるように最小限の反応体として登場している。

と、記せば、ウエイトは須賀子にあるとする岩城之徳や神崎清の「計画」評を、私が肯定したことになりかねない。しかし事はそう単純ではないのではないか。他にも須賀子を中心に「計画」を読んでいる例は、先行文献紹介の項で確認していただきたい。

また、作中での秋水と須賀子双方に同等のウエイトを置いて読んでいる論者もある。モデル詮索は無意味、とする大塚の論調なども、その説くところの枠を外した場合でも、「男と女の有様」というように、対等の関係の中に置かれるであろう。

しかし、表現上、表面的には、「計画」の二人の主人公幸徳秋水と須賀子の扱い方が、後者に軸足があるように描かれていても、私どもはその通りに読む必要はないのである。小説における表面の装いを、そのまま作者平出修の意図と考える必要もないはずである。端役イコール主人公という場合はいくらでもある。「計画」の場合は、まさにそういった端役幸徳秋水が、間違いなく主役なのではないか。アウトラインを示した粗筋を一読いただくだけでも、平出修という一個性が、管野須賀子という一個性に共鳴し同調しているところなどないのである。むしろ冷静に見つめている。苦悩しながら、エキセントリックになり破滅への傾斜を深める須賀子を、突き離したところから冷やかに見すえている。愛とテロリズムの狭間に揺れる女革命家の姿は、どこをどう取り上げても美化などされてはいない。極論すれば、美化どころか、批判的であるとすらいえるのではないか。

問題は、そういった天皇暗殺計画への道に、無政府主義闘争の未来にとって何ら生産性を持たない無謀な軌道に入り込んでゆく、そのような須賀子たち数人の思想と実践の根元に、自分がいた、という革命運動のリーダー幸徳秋水の自責の念にこそ焦点があるのである。亨一はそれを、「すべて自分である。戦慄すべき惨禍の醞醸者は自分である。自分は其責は負はなければならない」と心の中で痛切につぶやくのである。ここに幸徳秋水に軸足を置いた小説「計画」のモティーフも存在している。

そうした意味で、私は荒正人の河出書房版『現代日本小説大系第30巻』の「解説」文に着目したい。「つまり、自らすすんで換刑処分を受けた菅《（ママ）》野の心境から、幸徳秋水の心理の内部に深く踏み入らうとしたものである」。作者平出修が、須賀子の心境を描きながら、さらにその先に最終的には幸徳秋水の心理の内部に踏み入ろうとした作品であると捉えた荒正人の炯眼に、私は、だから共感するのである。

須賀子の心理や言動の描写に較べて、たしかに秋水のそれは筆が抑えられているのは事実である。抑制しなければならなかった小説「計画」の主題が、平出修にそうした方法を選択させたのであって、決して秋水が描けていないわけではない。抑制することで、逆に明治社会主義運動の領袖として、運動をリードし、「世界革命運動の潮流」演説を期に、多くの若き同志をも方向転換させていき、その先に突出した少数の尖鋭化していった主義者たちによって大逆計画が遂行されようとしているのを目のあたりにした、指導者幸徳秋水伝次郎を、作中に形象化しようとしたのである。「すべて自分である」と内省を深くする幸徳の姿の真相に迫るのに、他の描き方があろうはずがない。秋水の「戦慄すべき惨禍の醞釀者は自分である」という自責の念が、激しく奥深いものであればあるほど、須賀子の冗舌に対しては寡黙にならざるを得まい。表面的には、須賀子が愛とテロリズムの狭間に悶々とする心理を前面に押し出す描き方に徹しながら、平出修の目は揺らぐことなく秋水に向けられていた、と私は考える。

なぜ秋水か

荒正人は、須賀子よりも秋水の心理の内部に深く踏み入ろうとした作品と注目すべき視点を提示し、私なりにその読み方を踏襲してきた。しかし、次に続く荒正人の発言には、私は無条件では従えないのである。

「革命家と愛情といふ困難な主題に関心を寄せたのは作者の職業と切り離して考へることはできぬが、人間の本質に対する深い興味を示したものとしても注目されていい」。

荒のこの説を援用した臼井吉見の発言。「革命家の人間的真実の根底にさぐりを入れたものとして、すぐれた短篇になっている」。また、丸山庸の「続・郷土の作家⑧平出修」の、「革命家と愛情の問題というテーマを扱って、人間の本質に対する深い興味を示し、革命家としての人間真実の根底に鋭いどう察を見せている」という発言。あるいは、大塚博のいわゆる、「男女の愛と思想との相剋を描くことに」作品の焦点がある、という発言。

さらに森山重雄の「『計画』はまさにモデル性そのものに真実性がかけられる性質のもの」という

鮮やかな示唆を与える部分につづけて、「『計画』は大逆事件の内面の劇にはじめて踏み込んだ最初の小説」という発言。そして、高橋渡の「作家　平出修」における、「幸徳秋水と管野須賀子をモデルにするテロリズムと愛にみられる男女の様相を描こうとするものである」という発言。

森山重雄の「大逆事件の内面の劇」という発言は微妙だからそのまま他の論者の引用文と同時に列挙すべきか迷ったが、他の論者、荒正人、臼井吉見、丸山庸、大塚博、高橋渡の「計画」論の中核はほぼ同質の見解といってよかろう。それらに一貫しているのは、小説「計画」を、革命家（あるいは男と女）の愛の相剋を内面に踏み込んで描いた作品と捉える視点である。こうした荒から高橋に到る「計画」に対しての見解に、私は無条件では従えないのである。

結論をいえば、「計画」は、幸徳秋水の存在に平出修の目はじっと注がれている。幸徳秋水は天皇暗殺計画にどの程度関与していたのか、あるいはしていなかったのか、に関心を集中させて、そこから秋水を刑法第七三条事案である大逆罪に該当する者として死刑に処した無謀な政治的殺害を、小説家も法律家も総合したところに現れる一個の歴史的使命を帯びた人間・平出修として、告発したい、という文学を越えた文学的表現「計画」一篇を、勇気を持って公表したのである。

その意味では、大逆事件総体を取り上げ、事件全体の政治的フレームアップを告発しているわけではない。あくまでも「計画」は、秋水一個に関わり続けて、その殺害の無効性を主張しているのである。なぜ秋水か、という問いは、だから発せられるのである。

なぜ秋水か、の問いに答えるには、私は『定本平出修集』所収「後に書す」を根拠として挙げておきたい。

四十四年一月十八日、本件被告等二十四名は死刑の宣告を受けた。忌はしき本件嫌疑罪状の最後が如何に成り行くべきか、余は単に本件弁護人としてよりも、忠君愛国の至誠よりして痛切に憂慮した、もし予審調書其ものを証拠として罪案を断ずれば、被告の全部は所謂大逆罪を犯すの意思と之が実行に加はるの覚悟を有せるものとして、悉く罪死刑に当つて居る。乍併調書の文字を離れて、静に事の真相を考ふれば本件犯罪は宮下太吉、管野スガ、新村忠雄の三人によりて企画せられ、稍実行の姿を形成して居る丈けであつて、終始此三人の者と行動して居た古河力作の心事は既に頗る曖昧であつた。幸徳伝次郎に至れば、彼は死を期して法廷に立ち、自らの為に弁疏の辞を加へざりし為、直接彼の口より何物をも聞くを得なかつたとは云へ、彼の衷心大に諒とすべきものがある。（略）只夫れ幸徳は、主義の伝播者たる責任の免るべからざるものあり。

長い引用になったが、「後に書す」と小説「計画」を連結するのに必要な部分は、いうまでもなく後半にある。平出修は、秋水が自ら無政府主義に突き進んでいった運動の領袖としての責任を痛切に内奥のものとして、死を覚悟の上で法廷に立った、と確信している。だから秋水は自己の延命のために、たとえ無実としても、あえて一切弁解はしなかったのだ、と考える。秋水は自己に関わる弁解を一切しなかった、その心中を思いやる平出修は、このときただ「彼の衷心大に諒とすべきものがある」としか記録としては書き残す他はなかった。

小説「計画」に亨一として幸徳秋水を主人公に設定したとき、文学者でもあり同時に弁護士でもあった平出修は、両者を総合した上に成立する人間平出修として、秋水に代わって秋水の罪状の無効を告発する実際行動に出たのである。死を覚悟し、指導者としての責任を痛切にわがものとして、一切の弁疏をしなかった秋水、その秋水の代弁者として「計画」一篇は書かれねばならなかった。

それは、秋水への同情や共鳴といったレベルをはるかに越えた、決して忘れてはならぬ歴史に遭遇した人間としての責任、とでもいったらよかろうか。「後に書す」を記録したときから、小説「計画」はすでに作品としての萌芽を始めていたのである。

註

（1）『明治法学』六一号、一九〇三（明治三六）年九月明治大学刊。なお成績については『平出修研究六』一九七四（昭和四九）年一一月平出修研究会編集発行所収の「成績原簿」を参看した。

（2）明治大学史資料センター編著『明治大学小史』二〇一〇（平成二二）年三月学文社刊に、一八九七（明治三〇）年末現在の「東京府下司法省指定法律学校卒業生就職別一覧表」が転載されている。判検事が一二六人、弁護士が一九〇人、計三一六人が明治法律学校。明治を含めた八学校の合計が、八五二人であるから、ほぼ四割を明治大学の卒業生が占めていた。この数年後から国家の法体系整備政策等の影響を受けて、この傾向が凋落に転じるのである。

（3）『小柴舟』第五編、一九〇二（明治三五）年一月刊。この中に、『小柴舟』の編集者に依頼されてと書いている。まずは長谷川濤涯であろう。文芸雑誌に法律の文章を載せる不自然さを断りながら、「家庭」欄なら構うまいとして、「読者諸君、殊に自ら卑下して自らの権利と義務と責任とに、一顧を与えた事のない我女性の読者に知らせる」事を主眼にこの文章を書く、と前置きしている。

日本の男子はもちろん、女性諸君に知ってほしいと、修は書いている。なおこの文章は、『定本平出修集第三巻』一九八一（昭和五六）年七月春秋社刊所収。
（4）平出修（露花）『法律上の結婚』一九〇二（明治三五）年一一月新声社刊。『定本平出修集〈続〉』一九六九（昭和四四）年六月春秋社刊所収。
（5）森長英三郎『史談裁判第三集』一九七二（昭和四七）年八月日本評論社刊。
（6）『新派和歌評論』は『定本平出修集』一九六五（昭和四〇）年六月春秋社刊所収。
（7）『石川啄木全集第四巻』一九八一（昭和五六）年六月筑摩書房刊。
（8）『定本平出修集』一九六五（昭和四〇）年六月春秋社刊所収、平出修宛管野須賀子書簡。
（9）（8）所収、平出修宛大石誠之助書簡。
（10）（6）に同じ。
（11）『明治文学全集24』一九七八（昭和五三）年三月筑摩書房刊所収。
（12）初出は明治大学文学部紀要「文芸研究第43号」一九八〇（昭和五五）年三月刊。再録は吉田悦志『事件『大逆』の思想と文学』二〇〇九（平成二一）年二月明治書院刊。
（13）復刻版『近代思想』一九八二（昭和五七）年一一月不二出版刊。
（14）『定本平出修集第三巻』一九八一（昭和五六）年七月春秋社刊所収。
（15）『国語と国文学』第3巻第7号一九五四（昭和二九）年七月東京大学国語国文学会編所収。
（16）神崎清『革命伝説』全四巻、一九六九（昭和四四）年七月中央公論社刊。後に同書は、『大逆事件③　この暗黒裁判』一九七七（昭和五二）年三月あゆみ出版復刊。拙論は後者から引用。
（17）『日本弁護士列伝』一九八四（昭和五九）年六月社会思想社刊。拙論では『平出修研究第十七集』一九八五（昭和六〇）年六月平出修研究刊行会刊。
（18）『桜門第三号』一九五九（昭和三四）年六月日本大学刊。拙論では『平出修研究八』一九七六（昭和五一）年七月刊所収。
（19）『日本大学国際関係学部研究年報第五集』一九八四（昭和五九）年二月日本大学刊。

(20)『新潟日報』一九七二（昭和四七）年四月一日掲載。拙論では『平出修研究六』一九七四（昭和四九）年一一月刊所収。
(21)『季刊おりべすく3号』一九七五（昭和五〇）年四月おりべすく発行所刊所収。
(22) 森山重雄『大逆事件＝文学作家論』一九八〇（昭和五五）年三月三一書房刊。
(23)『社会派の文学』所収、渡辺恒美「平出修」一九七六（昭和五一）年七月野島出版刊。
(24) 中村文雄『大逆事件と知識人』一九八一（昭和五六）年一二月三一書房刊所収。
(25)「平出修研究第十七集」一九八五（昭和六〇）年六月刊所収。
(26)『平出修とその時代』一九八五（昭和六〇）年一一月教育出版センター刊所収。
(27) 吉田悦志『事件「大逆」の思想と文学』二〇〇九（平成二一）年二月明治書院刊所収、「第2章　管野須賀子論―自己破壊への道程―」「第3章　管野須賀子遺稿―『死出の道艸』考―」を参看。

補註

「第1章1　一　平出修の生い立ち」には『明治大学百年史』全四巻、『定本平出修集』全三巻を参看した。

第2章　尾佐竹猛

1　尾佐竹猛と森鷗外

一　「津下四郎左衛門」前後の鷗外

森鷗外の歴史小説は、周知の通り「興津弥五右衛門の遺書」から始まる。一九一二（大正元）年一〇月『中央公論』発表。鷗外が現代小説から歴史小説に転換を図った記念すべき作品であり、作者一個のみならず日本近代文学史においても画期的な試みに鷗外は進み出たことになった。なぜ、現代に見切りをつけて歴史に創作の舞台を求めたかという点についてはここでは詳しく論ずるつもりはない。ただ、明治四五年七月三〇日に明治天皇が崩御し、大正元年九月一三日に、かつて西南戦役において軍旗を失ったことに自責の念を抱き続けてきた乃木希典が、夫人と共に天皇の後を追って殉死を遂げた事態が、鷗外に「興津弥五右衛門の遺書」執筆を迫った直接の動機であったことは疑いを挟む余地はない。加えて一九一〇（明治四三）年に発覚し四四年に大審院判決が出された天皇暗殺未遂事件、いわゆる大逆事件と鷗外の関わりからこの転機を論じる視点もある。

いずれにせよ、鷗外は、史実の探訪に無上の悦びを感じながら、史実に自らの思いや思想を語らせる方法としての、歴史小説という新しい世界に赴いたのである。その後、「阿部一族」（一九一三〈大正二〉年一月『中央公論』）、「佐橋甚五郎」（同二年四月『中央公論』）、「護持院原の敵討」（同二年一〇月『ホトトギス』）、「大塩平八郎」（一九一四〈大正三〉年一月『中央公論』）、「堺事件」（同三年二月『中央公論』）、「安井夫人」（同三年四月『太陽』）、「栗山大膳」（同三年九月『太陽』）、「山椒大夫」（一九一五〈大正四〉年一月『中央公論』）、「津下四郎左衛門」（同四年四月『中央公論』）などを一九一五（大正四）年までに矢継ぎ早に脱稿しており、この年にはさらに新たな史伝ものの準備に取りかかっている。永井荷風が絶賛した「渋江抽斎」がそれである。この作品は翌五年に『東京日々新聞』『大阪毎日新聞』に連載されることになる。同時に歴史小説も「ぢいさんばあさん」（大正四年九月『新小説』）、「最後の一句」（同四年一〇月『中央公論』）、「椙原品」（一九一六〈大正五〉年一月『東京日々新聞』『大阪毎日新聞』）、「高瀬舟」（同五年一月『中央公論』）などを発表しており、史伝ものでは「伊沢蘭軒」（同五年六月から翌六年九月『東京日々新聞』『大阪毎日新聞』）、「北条霞亭」（一九一七〈大正六〉年一〇月から一二月『東京日々新聞』『大阪毎日新聞』）など他の追随を許さぬ傑作を奇跡的に遺して、一九二二（大正一一）年七月九日六〇歳で死去した。

二 「津下四郎左衛門」をめぐる尾佐竹猛と鷗外

一九一五（大正四）年四月『中央公論』誌上に鷗外作「津下四郎左衛門」は載せられた。津下四郎左衛門は、幕末の儒学者であり政治思想家としてよく知られている横井小楠を、一八六九（明治二）年一月五日に斬り殺した尊皇攘夷派の青年である。捕縛され翌年一〇月一〇日に斬首されている。この小説は、四郎左衛門の息子・津下正高の一人語りの形式で構成されている。

正高と鷗外の弟・篤次郎は東京大学の同窓生で、その縁から正高は鷗外を訪ねることになったと鷗外は書いている(1)。一九一三（大正二）年一〇月一三日の鷗外の日記(2)に「津下正高来て、父四郎が事に関する書類を托す。横井平四郎を刺しし一人なり」とある。この書類が「津下四郎左衛門」のベースになった。発表は『中央公論』だが、発表後に新たな資料が鷗外に提供され、一九一九（大正八）年一二月刊の『山房札記』(3)にこの小説を収録する際に、これらの資料を参看して補訂している。この補訂の原資料を鷗外に提供したのが、尾佐竹猛《たけき》である。

尾佐竹猛。一八八〇（明治一三）年石川県生まれ。一八九六（明治二九）年明治法律学校入学、一八九九年卒業。同年一九歳の最年少で判事検事登用試験第一回試験合格。後、東京控訴院判事、大審院判事などを歴任した。明治大学法学部、専門部文科（文学部の前身）で教鞭も執った。同時に明治維新史研究を中心に幅広い歴史研究者としても多大の成果を挙げている。吉野作造や小野秀雄らとの共同研究の結実が、現在もなお越えられることのない『明治文化全集』全二四巻[4]となって燦然と輝いている。

尾佐竹については、すでに多くの先蹤的研究文献がある。たとえば、田熊渭津子編『尾佐竹猛[5]』は、尾佐竹研究に欠かせぬ書誌的基礎文献である。また、渡辺隆喜、山泉進、長沼秀明、飯澤文夫らがそれぞれのフィールドから執筆した優れた論文集『尾佐竹猛研究Ⅰ[6]』も近年の労作である。

そこで、本稿では尾佐竹の維新史研究やその履歴等については、それら先行文献に今のところは委ねて、私見を開陳していく。

尾佐竹が提供した資料について鷗外はこの小説の中で、津下らが横井小楠を暗殺した翌日に出され

◉上――尾佐竹猛

た「行政官布告」であり、尾佐竹が録存したものであると記している。「徴士横井平四郎を殺害に及候儀、朝憲を不憚、以之外之事に候。（略）」というもの。さらに「この文は尾佐竹さんの録存する所である。尾佐竹氏は今四谷区霞丘町に住んでいる」と、その住所まで書き付けている。また、津下に同情的であった尊皇運動家若江薫子が尾州藩徴士荒川甚作に与えた書が、「遠近新聞第五号、明治二《ママ》年四月一〇日発兌」に印行されており、「新聞は尾佐竹氏が蔵している」とも書いているから、これも尾佐竹が鷗外に貸与した資料である。小説「津下四郎左衛門」は、尾佐竹が鷗外に提供した資料によって、より精密度をまし完成度の高い作品になったといえよう。

鷗外日記に尾佐竹猛の名前が登場するのは、一九一五（大正四）年四月一五日[7]が最初である。「尾佐竹猛、北原隆吉、三樹一平に書を遺る。尾佐竹は津下四郎左衛門の事に関する遺聞を知れりと云ふ」。この返事が鷗外に届いたことは間違いないが、日記にその記述はない。さらに同年同月二八日にも「尾佐竹猛に書を遺る」とあるから、津下について互いに書簡を交わしていたと思える。そして、五月三〇日には「津下正高、尾佐竹猛を伴ひて至る。東京控訴院判事なり」とあり、津下正高と尾佐竹猛がすでに旧知の仲であること、尾佐竹が鷗外を直接訪ねたこともわかるのである。

鷗外の日記には、初めて会った人物は必ずそう記録しているか、名刺を交換した旨の記述がある。尾佐竹に関してはそうした書き付けがない。ただ、わざわざ「東京控訴院判事なり」と身分を記しているところから推定すると、このときが初対面の可能性が強い。

いずれにせよ、「津下四郎左衛門」執筆という創作活動が、文豪森鷗外と、明治法律学校出身の逸材・尾佐竹猛とを邂逅させ結びつかせた史実だけは、確かな事柄に属す。

三　鷗外の「歴史其儘と歴史離れ」

拙論の展開上ここで先走りになるが、森鷗外のあまりにも高名な、そしてあまりにも近代日本における歴史文学に多大な影響を、良し悪しは別として、与え続けた短文の随筆「歴史其儘と歴史離れ」(8)に触れておきたい。このことと、尾佐竹猛の歴史と文学に関わる考え方を講究することとが、いずれ接続するからである。

鷗外は、大正四年一月『中央公論』に「山椒大夫」を発表する。この歴史小説を脱稿した直後に「歴史其儘と歴史離れ」をも執筆しているのである。同じ一月、雑誌『心の花』に掲載した。さらにその三ヶ月後の四月に「津下四郎左衛門」を発表しているのである。「山椒大夫」―「歴史其儘と歴史離れ」―「津下四郎左衛門」。この三作は連繋の中で考察することが肝要であるし、そのことが尾佐竹猛と森鷗外における「歴史と文学」認識にも関わる事柄になっていくのである。

「歴史其儘と歴史離れ」で、鷗外は次のように記している。「わたくしの近頃書いた、歴史上の人物を取り扱つた作品は、小説だとか、小説でないとか云つて、友人間にも議論がある」。そして、これまでの自分の歴史文学観を披瀝して次のように言う。「わたくしは資料を調べてみて、其中に窺はれる『自然』を尊重する念を発した。そしてそれを猥に変更するのが厭になつた」と。ところが鷗外はそうした歴史の自然尊重の念を一度かなぐり捨てたいと願うようになる。「わたくしは歴史の『自然』を変更することを嫌つて、知らず識らず歴史に縛られた。わたくしは此縛の下に喘ぎ苦んだ。そしてこれを脱せようと思った」。だから「兎に角わたくしは歴史離れがしたさに山椒大夫を書いたのだが、さて書き上げた所を見れば、なんだか歴史離れがしたりないやうである。これはわたくしの正直な告白である」。おおよその梗概はこうである。

少なくとも「山椒大夫」以前までは、鷗外は歴史の自然を尊重してきた。併し歴史に縛られ苦しんだ挙げ句、歴史離れがしたいという願いを込めて「山椒大夫」を書き上げたが、やはり歴史離れがし足りないというのである。にもかかわらず、鷗外は「山椒大夫」の直後に、再び史実を尊重する「歴史其儘」に近い「津下四郎左衛門」を発表しているのである。たしかに「津下四郎左衛門」は、鷗外がこの作品の中で叙しているように、「大正二年十月十三日に、津下君は突然私の家を尋ねて、父四郎左衛門のことを話した。聞書は話の殆ど其儘である。君は私に書き直させようとしたが、私は君の肺腑から流れ出た語の権威を尊重して、殆其儘これを公にする」。とすれば、史実より実感的真実を尊重する鷗外がそこにいることになる。ただ、それだけで済まされない事実は、鷗外が、この作品を補訂してまでこだわりを持った歴史の「自然」も、この作品「津下四郎左衛門」は同時に包摂しているのである。必要に応じて鷗外は、杉孫七郎、青木梅三郎、中岡黙、徳富猪一郎、志水小一郎、山辺丈夫や、さらには尾佐竹猛に質している。

『鷗外歴史文学集第三巻』の「人物注」によれば、杉は元長州藩士、青木は杉の三男、徳富はいわずもがな、志水は熊本藩士又七の長男、山辺は鷗外と同じ津和野藩出身。同「人物注」に中岡についてこう記されている。「陸軍少将。岡山藩出身。西南戦争、日清戦争に従軍、陸軍省人事局長に至る。鷗外は『津下四郎左衛門』起稿直前の大正四年二月一四日、伊木隊のことを質問するために元園町に住む中岡を訪問、さらに三月一日に確認の書簡を中岡に送り、中岡はその質問に答えている」とある。「歴史離れ」から「歴史其儘」に弧を描くように回帰している鷗外がそこにはいるのである。この後鷗外は史伝ものに彼の歴史文学を深化させながら、歴史の「自然」の只中に歩み入る。

その鷗外歴史文学が深化する結節点に、尾佐竹猛は立ち会ったことになる。鷗外の「歴史其儘と歴史離れ」一文が、紛う方なくその後の日本文学における、歴史文学分野に大きくのし掛かりながら、書き手たちを呪縛していくことになる。この程度の短文随筆が、作者鷗外の意図とは別様に独り歩きを始めるのである。戦後激しく行われた井上靖と大岡昇平の『蒼き狼』論争(9)を想起すれば、結局は、大岡は鷗外の「歴史其儘」論に軸足を置き、井上は「歴史離れ」に軸足を置いた論争であったといえよう。

その鷗外とそれほど交流があったわけではないが、「津下四郎左衛門」を触媒に一瞬にもせよ、接点を持った尾佐竹猛という優れた歴史家が、果たしてどのような歴史文学観を持っていたかは、後に検討する。

2　尾佐竹猛と子母澤寛

一　子母澤寛の閲歴

子母澤寛を知っている人は、今ではもはや少ないかもしれない。勝新太郎が演じた映画『座頭市』の原作者だといえば、そうなのかと頷かれる。また、二〇〇四（平成十六）年にNHKの大河ドラマ『新選組！』が放映されたため、そのブームに乗るかたちで書店やネット上で「子母澤寛」の名前が、若者の目にも飛び込んでいた可能性も高い。司馬遼太郎の『燃えよ剣』『新選組血風録』も、さらには大河ドラマの『新選組！』（三谷幸喜脚本）も、その原点には子母澤寛の仕事があったのだ。

新選組に限らず、作家・子母澤寛が遺した大きな業績を、紹介することがここでの眼目ではない。あくまでも、尾佐竹猛と子母澤寛の人的ネットワークを俯瞰しながら、その文学的、歴史的立場を検証するのがこの項の眼目である。

子母澤寛、本名は梅谷松太郎である。一八九二（明治二五）年二月一日北海道厚田郡厚田村一六番地（現在の石狩市）に生まれる。一九六八（昭和四三）年死去した。祖父は梅谷十次郎といった。後の章で詳しく述べるが、この梅谷十次郎は、いくつもの変名を使いながらその人生を送った。いわゆる逃亡者であった。敗残者であった。佐幕派の武士として彰義隊の一員として上野戦争を戦った。敗れて箱館五稜郭に逃れていって、箱館戦争を戦った。さらに北へ逃亡を続けて、そのまま北海道石狩の地に定住した。作家・子母澤寛誕生とその後の人生と活動に、大きな影響を与えた人物である。幕末維新期を素材とする子母澤寛の多くの小説に、作中人物と重なるように立ち現れるのが、この祖父十次郎である。

一九一五（大正四）年刊行の『明治大学校友会員名簿』[10]によれば、梅谷松太郎（子母澤寛）は大正三年明治大学専門部法科を卒業している。入学年度は一九一一（明治四四）年であった。

明治大学在学時代のエピソードが伝わっている。『駿台新報』[11]（一九三三〈昭和八〉年一〇月二一日発行）紙上で「校友訪問記」欄のこの回は、子母澤寛を取り上げている。記者インタビュー形式の記

◉上――子母澤寛

事である。当時明治大学には、教鞭を執っていた東京帝国大学出身の国文学の秀才・内海月杖（弘蔵）がいた。月杖は寛の才能に期待して法律家になって欲しいと考え、月謝を出してやっていたのである。ところが、卒業時、寛は月杖の期待を裏切って新聞記者になると言って、月杖を激怒させたという。少なくとも忘恩の徒・子母澤寛は昭和八年一〇月このインタビューを受けていた時点では、恩師内海月杖に会ってはいない。卒業後しばらく郷里に帰っていたが、一九一八（大正七）年に上京。『読売新聞』『東京日々新聞』などの記者として活躍した。

内海月杖と子母澤寛の縁は、子母澤寛つまり梅谷松太郎が札幌の北海中学校の生徒であった頃、教師としてこの学校にやってきた元『萬朝報』記者・宮田雨亭が内海月杖と知己であったことから、のちに明治大学に進学する梅谷松太郎に紹介状を書いたというのが、そもそもの起縁であった。

二　作家・子母澤寛誕生の史話

子母澤寛と名乗る以前の梅谷松太郎が読売新聞に在籍していた一九二五（大正一四）年、梅谷は幕末の尊皇攘夷派浪士・平野国臣について記事を書いた。ところが、その記事の中で梅谷松太郎はこともあろうに、鳥羽伏見の戦いと蛤御門の変とを間違えて記述してしまった。そこに明治法律学校出身の俊秀・尾佐竹猛が登場するのである。尾佐竹は、法律家でもあり、その後に吉野作造らと不朽の『明治文化全集』を編んで幕末維新史の研究家として知られていく。尾佐竹猛は、歴史記述には厳格な歴史資料に裏づけられた記述を求めた。

常日頃から新聞記者の歴史記述がいい加減であることに、腹立たしさを感じていた尾佐竹猛は、雑誌『新旧時代』に「雨」のペンネームで、新聞記者の無知無能ぶりを散々攻撃していた。尾佐竹猛のペンネームについては、すでに多くの研究者が言及しているが、「雨花生」「雨華生」「雨花子」など色々と使い分けたようである。松下芳男が「尾佐竹猛氏の横顔(一)[12]」の中で、尾佐竹と「雨花子」が同一人物であることを知らぬ人が、本人の尾佐竹さんに向かって、「雨花子《あめはなこ》」さんという人は、あなたの書くようなことを書いていますよ、と言ったとか、「尾佐竹さんも困ったらしい」と書いている。

雑誌『新旧時代』に尾佐竹は、「雨」のペンネームで毎号「近頃の新聞から」欄を担当し執筆している。尾佐竹は大正一四年五月発行の『新旧時代[13]』に「近頃の新聞から四」という文章を書いた。その中にある子母澤寛に関する問題の記事を次に掲げる。単純化していえば、この尾佐竹猛の鋭い筆が、歴史小説作家としての子母澤寛を誕生させたのである。


五月八日のY新聞に「近藤勇等に生捕りになつた古高俊太郎等は京の六角の牢に繋がれたが伏見の戦の夜平野国臣などと一所に三十三名の勤王方が一束にして斬られて終つた」といふ記事があつた、平野国臣等が鳥羽伏見の戦争迄生きて居たのだとしたら之を釈放して働かせたら嘸面白かつたらう、また明治政府となつても平野等の拘禁を解かず、おまけに之を斬つたものは官軍らしいから、随分不都合な話だ、これでは余も記者と共に「血涙を禁ぜ」ないが、同時に新聞記者の知識の深いのにも涙が出る。

尾佐竹猛の行った子母澤寛と新聞記者一般への攻撃は、「近頃の新聞から二」[14]でも繰り返されている。「新版明治文化全集月報No.3」[15]の「編集部から」に、「木村毅の談論風発ぶり、尾佐竹猛氏の辛辣な揶揄、外骨老人の諧謔は、何といっても会議（『明治文化全集』編集会議・吉田記）の珍だ。吉野博士は、いつも問題の提供者で且つ解決者だ」。このような人物評の中にも、歴史記述の誤りに対する尾佐竹の厳格な態度が窺える。まさに子母澤寛に向けた攻撃は、「辛辣な揶揄」そのものであった。このあたりの挿話は、先に取り上げた『駿台新報』（一九三三〈昭和八〉年一〇月二一日発行）紙上での「校友訪問記」欄に子母澤寛は詳しく回想している。ちなみに「外骨老人」は、宮武外骨である。

「憤然悟るところのあつ」た子母澤寛は尾佐竹に、記事を間違えたのは新聞記者でなくして私個人です。これから大いに勉強しますから新聞記者の無智呼ばわりは取り消して下さい、という内容の書簡を認めた。それから子母澤寛は新選組の研究を始め、一九二八（昭和三）年、記録文学『新選組始末記』を上梓したのである。薩長藩閥政府を正統とする史観（「正史」）からは、無論新選組は、時代に逆行した暗殺集団かテロリスト集団でしかなかった。この作品の登場によって、新選組が時代の中で鮮烈に生き、そして殉じた、その「義」の実体が証されたのである。

尾佐竹猛は、「馬鹿でも一生懸命勉強すれば本が書けるか！」と、誰よりも先に尾佐竹にその本を届けた子母澤寛を、褒めたという。この作品から「子母澤寛」というペンネームが使われる。かつて住んでいた大森新井宿、子母澤という地名から採られたらしい。寛は音の響きが良かったと言っているが、畏敬する「菊池寛」から採ったと考えても的外れではあるまい。ともあれ、尾佐竹猛という歴史記述にきわめて厳格な人物が、実は歴史小説作家・子母澤寛を誕生させたといってもよかろう。寛はその後、一九二九（昭和四）年『新選組遺聞』、一九三一（昭和六）年『新選組物語』と書き継いでいった。子母澤寛「新選組三部作」である。

3　尾佐竹猛の「歴史と文学」

一　厳格なる考証学者

子母澤寛と尾佐竹猛の新聞記事をめぐる挿話と、その機縁で子母澤寛という歴史小説家が誕生した経緯はすでに叙したとおりであるが、いま少し尾佐竹猛の歴史考証家としての厳格な態度や立場を明らかにしておきたい。

同じ雑誌『新旧時代』の「近頃の新聞から」を例示しておく。尾佐竹猛は新聞記事の歴史記述の間違いを探し出し糾弾する。村田保逝去の記事に「鎮守府兼昌平学校」に勤めたとあるが、「鎮将府の昌平学校」の間違い。大久保利通を「大久保利道」「利光」と書いた新聞があった。これは島田一郎が大久保を刺した刀が警視庁で見つかった記事中に出ている、と尾佐竹は記す。あるいは、高杉晋作の「奇兵隊」を「騎兵隊」と書いている新聞記者がいて、「筆者は満州馬隊のやうな騎兵隊を指揮したものと思つて居るのだらう」と、これまた子母澤寛攻撃のときの如く辛辣である。[16] さらに「近頃の新聞から七」[17]には、「九月二十一日のTN新聞に『明治初代の一流作家成島柳北』云々とあつた、文章でも詩でも何でも作るから作家かも知れぬが、此記者は柳北を小説家と思つて居るらしい、成程菊池寛あたりよりも原稿料の収入が多かつたやうだが、余輩不幸にして未だ柳北の小説に接せない、探し物欄にでも出すかなア」とこれまた辛辣極まりない揶揄ぶりが面目躍如としている筆致である。

今ひとつの事例を「近頃の新聞から六」から、一パラグラフと数行を除いて、抄録しておく。尾佐竹の執拗ともいえる厳格なる歴史記述を求める態度と立場が窺えよう。筆名は同じく「雨」である。

七月十五日のKH新聞に『佐久間象山』のことが出て居つた中に池田屋斬込みの一節がある、その池田屋には平野次郎国臣が桂小五郎と評定して居り終に平野は縛せられて獄に投ぜられ悲惨なる最後を遂げたとある。これは前々号に指摘した新聞（子母澤寛攻撃文記載号・吉田記）よりは幾分幕末史の知識はあるが、根本の誤謬は同一である。元治甲子の変（Y新聞は戊辰の戦争と混同した）に六角の獄中で志士の斬られた惨状だけの知識しかなくて、その志士の中には平野次郎もある、その志士の大部分は池田屋で生捕になつたものだ。ゆえに平野次郎は池田屋で生捕りになつたものなりと自分勝手の三段論法で極めてしまつて書き上げたのである。

これらの事例から、尾佐竹猛がいかに歴史記述において厳格さや正確さを求めていたかが理解できようし、またそれだけの資料収集の基盤をしっかりと我がものとしていたがゆえの発言であることも納得できよう。執拗に取り上げられた子母澤寛が、歴史文学の方向へ歩み出ていく決意をしたのも、自ずとわかる。確認はできずにいるが、山田風太郎の明治小説が、尾佐竹猛の『下等百科事典』[18]なくしては書けなかったという風太郎自身の述懐も、そのまま肯い得るのである。山田風太郎の『警視庁草紙』『幻燈辻馬車』『地の果ての獄』などに、史実に基づく尾佐竹裏情報が、どれほど取り入れられているかに思い到れば、その述懐は誰もが納得できよう。夥しい分野の歴史資料収集を手がけた尾佐竹が、森鷗外や、子母澤寛や、山田風太郎だけでなく、他の歴史小説家たちに甚大な影響を与えていたであろうことは容易に推測がつく。私一個の物理的条件のためにそこまで今は十分に踏み込むことができないのが無念であるが、後日を期したい。

さて、こうした尾佐竹の歴史に向かう態度や立場が、常に一本筋であったわけではない。先に引いた松下芳男の「尾佐竹猛氏の横顔 (二)」では、「尾佐竹さんは所信に強く、それがときとして過剰で、頑固と思われるほどのこともあった」と実例を挙げられている。『中央法律新報』の仲間内の旅行中に、成田から、宗吾霊堂までの約五キロにわたって、片山哲が「公娼廃止論」の立場、尾佐竹は「公娼存置論」の立場から論戦になった。周りの人々は片山支持に、尾佐竹にとって状況は不利。にもかかわらずますます論鋒鋭く一歩も引かないのである。松下は「これは一つの例だが、尾佐竹さんは、だいたいこんなぐあいで、自分の所信は、絶対に変えない人であった」と書いている。ところが、常に一本筋であったわけではない事情は後ほど触れる。

二　尾佐竹と小林秀雄

今日出海は、その実名小説「踊る雀」[19]に「岸田（國士・吉田記）さんは春から明治大学に文芸科が出来るので私と小林（秀雄・吉田記）に教師になれと勧誘に来られたのだ。山本有三氏が科長で岸田里見（敦・吉田記）横光（利一・吉田記）岩田（獅子文六）久保田（万太郎・吉田記）と言う先輩に小林船橋（聖一）阿部（知二）という顔触れで、私の月給は二十三円五十銭だつたから、幾ら物の安い時でも飯の足しにはならなかつた。私は十五年勤め、教授になつても最高が五十円だつた」と、自分や小林秀雄が明治大学の教壇に立ついきさつを記している。

岸田国士、小林秀雄、山本有三、横光利一、里見弴、獅子文六、久保田万太郎、船橋聖一に、加えて今日出海という顔ぶれは、明治四〇年代前後の第一次明治大学文芸確立の動きが、実作者が存在せず、峠を越した評論家たちで占められていたために、頓挫した事態はすでに述べておいた。そしてこの昭和初年代のこうした優秀な作家・評論家を招聘し揃えながらも、やはり明治大学文芸復興は成功したとは言えなかった事態の、詳しい検証は今後の宿題としたい。

ただ、私が師事した文芸評論家・平野謙に到るまで、明治大学文学部のきわめて大きな特色が、現場で活躍している作家・詩人・劇作家・評論家たちによって、学生たちに活き活きとした文壇の息吹を、もたらし続けた伝統にあることは、しっかり語り伝えていかなければならない。

さて、一九三二（昭和七）年は、明治大学専門部文科部長が尾佐竹、文芸科長が山本有三、史学科長が渡辺世祐[20]、新聞科長が小野秀雄[21]であった。このとき小林秀雄の担当科目は「文芸概論」「文芸思潮史」である。「歴史の活眼」という短文のエッセイに小林は書いている。

明治大学に文芸科といふものがあり、僕はそこで生徒を教えてゐる。もともと先生など柄ではないのだから、いづれ馘になるか、こつちから飛び出すだらうと思つて教え始めたが、やつてみると余程のんき気な学校であるせゐもあり、其他いろいろで、何んとなく六年も経つて了つた。

そこで、三年ほど前から日本歴史を教えてゐる。君は学校で何を教へてゐるか、と聞かれて日本歴史と答へると笑はない人はいない。併し、僕の考へによれば、教師が自分のよく知らぬ事を教えてはいけない理由はない。知つてゐる事ばかり、蓄音機の様に喋つてゐるから、生徒の方でもろくな事を覚えない。教師が勉強し乍ら、あやふやな事を喋るのも、教育の一法である。とは言ふが、これは理屈ではどうでも付くといふ見本の様なもので、別段そんな理屈から始めたわけではない。たゞ、自分の知つてゐる事を教へてゐるのが、たまらなく退屈になつたので、今度は知らぬ事を教へさせて貰ひ度いと申し出で、許可を得たのである。なかなか解つた学校である。

学校の尾佐竹猛博士は、苦笑ひしてをられた。僕は講義科目を堂々と日本文化史としたからである。尾佐竹博士も致し方ないと思つたのであらう、日本文化史の講義が出来る様な学者は、日本にはゐない筈だから、日本文化史研究としてはどうか、と言われた。僕は、うまいことを言ふ先生だと思つた。

と小林秀雄が書いたのは、おおむね一九三八（昭和一三）年頃のことであろう。

尾佐竹猛が、こと「歴史」学に関する事柄に対しては、たとえ文芸評論家・小林秀雄であろうと妥協していないことを窺わせる資料となろう。たしかに「日本文化史」などという空漠たる領域の学問や分野を教授できる者は、日本にはいないとする、尾佐竹の厳しい判断は的を射ている。「日本文化史」を「研究」するのであれば、その領域は絞り込むこともできるし、テーマを設定することで研究はできようし教育もできよう、というのが尾佐竹の小林への教唆である。厳格なる歴史考証学者の言である。ちなみに『明治大学文学部五十年史』(22)によれば、この時期の小林秀雄の担当科目は「日本文化研究」と「国民道徳」（倫理学）であった。尾佐竹博士とのつばぜり合いから生まれた窮余の一策、「日本文化史」でもなく、「日本文化史研究」でもない「日本文化研究」に落ち着いたのであろうか。

挿話になるが、この後、一九四三（昭和一八）年から一九四五（昭和二〇）年頃の小林秀雄が明治大学でどのような講義をしていたかを伝える貴重な記録がある。当時は学生であり、一九五二（昭和二七）年に「喪神」という作品で芥川賞を受賞した五味康祐（本名欣一）の「ステレオ狂の立場から」[23]という一文である。長い引用になるし、論旨から外れる恐れがないわけではないが、どうしてもここに記録しておきたい。素晴らしい小林秀雄の授業風景が、一部時代的な異和感があるかもしれないが、五味康祐によって遺されている。明治大学学生の五味欣一青年の感動と驚きがその風景を伴って映像化される。

じつを言うとわたくしは、先生（小林秀雄・吉田記）の教え子の一人になる。自分でそう思っている。昭和一八年に、明治大学の文芸科にわたくしは籍をおいたことがあって、先生の講義を聴いているから。当時の文芸科には、岸田国士氏を文芸部長に、三好達治、今日出海、田辺尚雄氏らの諸先生が教鞭をとっていらっしゃって、いかにも文学者らしい独特の授業ぶりであったが、中でも小林先生のは一頭地を抜いていた。教壇の椅子へ腰掛け、椅子ごと、うしろの黒板へ凭れて、机の上に足を投出して煙草を吸いながらの講義である。ノートなどは持参されず思いつくままに喋られる。その傍若無人なのに魂消たが、講義そのものは思索のあとづけと独創性が横溢していて、じつに面白かった。おもに千利休と秀吉の咄をされていたが、あんな大胆な秀吉論はついぞ聴いたことがない。たばこは『暁』という安煙草だった。教室での喫煙は、授業中でなくとも当時は厳禁である。そんなことは知らん顔で吸われる。時々じゃまくさそうに、黒板に（椅子へ腰掛けたまま）上体をねじって字を書かれる。その字が、消すのが惜しいほど風格があった。三好達治さんが戦後、福井県の東尋坊に疎開されていた頃、よく、新聞紙に筆太に習字をなすっていて、私は側で拝見したが、その筆太の字と、黒板に書かれたあの白墨の邪魔臭そうな字は、何か、詩人に共通したもののあるのを感じさせてくれたことを、忘れない。言いふるされたことだろうが、小林先生は紛れもなく、詩人だとおもう。最近の先生は、シューベルトがお気に入りらしい。あの心持ちのやさしいシューベルトの何を見抜いていらっしゃるんだろうか。

傍若無人ともいえる文士小林秀雄の授業風景。「日本文化史」というタイトルの講義でもよかったのではないかとすら思えてくる、五味康祐の記録した小林秀雄の姿は、暗に尾佐竹猛の忠告を潔しとしない反骨精神が伝わってくるのである。

だからであろうか、話を戻すと、小林秀雄が先のエッセイの後半で次のように書いていることは、尾佐竹にとっては感情を逆撫でされた思いがしたはずである。

「昭和維新などと言はれ、明治維新の歴史について、いろいろ知りたく誰も思つてゐるし、知らねばならないのであるが、いゝ本がないのである」と嘆き、さらに「史料の泥沼に足が次第にめり込んで、活眼を失ふ道、もう一つは、唯物史観の様な歴史学の方法の便利さに心を奪はれ、活眼とは何ものであるか解らなくなつて了ふ道、凡そこの二つの道を通つて大勢は堕落しつゝある」と、小林秀雄は実証主義的歴史学と唯物史観的歴史学をともどもに退ける立場を鮮明にしているのである。

尾佐竹の史学が、歴史考証学ではあっても、あるいは史料中心主義的ではあっても、「歴史とは理解すべき思想である」とする小林秀雄の考え方には、その文芸評論家としての歴史理解があって、だから歴史家・尾佐竹猛に異論のあろうはずがない。尾佐竹の感情を仮に小林が逆撫でし刺激したとすれば、「明治維新について」「い、本がない」と書いた部分であろう。

この時期までに尾佐竹猛は、『維新前後に於ける立憲思想―帝国議会史前記』『明治文化史としての日本陪審史』『国際法より観たる幕末外交物語』『明治文化叢説』『幕末維新の人物』など、博捜した夥しい資料を基に、様々な角度から幕末維新期の歴史的位相を叙述してきていたのである。ただ、小林が言う「明治維新」についてのいい本がない、との批判は感情を逆撫でされる思いではあっても、尾佐竹としては肯わざるを得なかった。証拠はないが、小林発言の数年後に尾佐竹は大著『明治維新』上、中、下の1・2・3と書き継いでいくのである。[24] 下の3は未完に終わってはいるが、小林発言の数年後にこの大著の刊行を始めているのは、偶然とは思えないのである。小林秀雄と尾佐竹猛が言外の「歴史」に対する考え方の違いをめぐるつばぜり合いをした、歴史的一コマなのではないか。

三　尾佐竹の「歴史と文学」

森鷗外が「津下四郎左衛門」を補訂する際に尾佐竹猛の持参した史料に依った事実についてはすでに触れた。その鷗外は「山椒大夫」を挿んで、歴史の自然を重んじる「歴史其儘」の方向に自分の歴史文学の方向を定めていった。子母澤寛は、歴史記述における誤りを尾佐竹に痛烈に批判されたことを契機に、ジャーナリストから歴史小説家へと、その人生の方向を転じていったのである。また小林秀雄が、明治大学での講義科目に「日本文化史」を設置したいと申し出たところ、尾佐竹は「苦笑」しながらも小林を窘めて、それなら「日本文化史研究」になさいと忠告したのである。こうした尾佐竹猛が、歴史学者としてどのような位相にあったかは、明らかである。厳格な歴史考証学者の立場である。博捜し収集した膨大な史料こそ、尾佐竹史学を根底から支えている。鷗外の顰みに倣えば、「歴史離れ」の方向に赴かず、毅然たる態度で「歴史其儘」の方向に我が学問を定着させているのである。

にもかかわらず、尾佐竹猛という学者は、多様に存在する価値を、ただ一つの価値観で裁断するような単純な思考の持ち主ではない。多種多様なペンネームを、書く文章の内容によって使い分けたと推定される。飯澤文夫が「書誌調査からみた尾佐竹猛―明治大学での事跡を中心に―」[25]の中で、先行文献を整理していて、二一のペンネームを列挙している。その二一の筆名をそのときそのとき、必要に応じて使い分けている可能性が高い。無論、どこまで厳格に使い分けたかはっきりしないが、少なくとも尾佐竹なりに取捨選択の基準のようなものはあったに違いない。多様な価値を、尾佐竹は局面々々において人生やその文筆活動に適用していった姿が浮かび上がってくるのである。融通無碍。だからといって妥協主義ではない。その折、そのときの立場や態度は、そのフィールドでは一貫しているのである。融通無碍の一貫性こそ「尾佐竹猛」の存在を貫いているものなのである。

子母澤寛が手ひどくその誤りを指摘された「近頃の新聞から」[26]に、こんな記述を尾佐竹はしている。「小説だから宜い様なもの丶、某新聞の新撰組に関する小説の一節中浪士の一人が『買収』といふ語を使つて居るのは耳触り否目触りである。言ふ迄も無く、買収といふ語の用ひられたのは明治二十五六年以降である」と。注目すべきは「小説だから宜い様なものゝ」とふと洩らしたように思える片言隻句である。述べてきたような、厳格な歴史考証学者・尾佐竹猛が、小説だから少しの誤りはあってもやむを得ぬ、と寛容な態度をふと取っていることが実は大事なのである。尾佐竹猛の歴史文学観を考える上で、あるいはその小説観を検証する上で大事な呟きなのである。

新聞記者・子母澤寛が事実を伝えなければならない記事で誤りを書いた。尾佐竹はそれを恕すわけにはいかなかった。ただ、ことが小説なら別なのである。このことを証す貴重な文章がある。「大衆文学と史実の分岐点㈤」という連載欄に、尾佐竹は、「史実とモデル　それを探究する心理」と題して三回（上、中、下）書いている[27]。総タイトルが「大衆文学と史実の分岐点㈤」となっているから、このテーマにふさわしい人物が担当してきて、尾佐竹が五人目ということであろう。尾佐竹執筆の前後の記事を調べていないので他の執筆者の名はわからない。いずれにせよ、尾佐竹猛の歴史文学観なり小説観なりを知る上で貴重な文章である。三回分を纏めて整理しておく。

「斯る時勢である戯作者は一躍して文士となり、ここに歴史小説なるものが出で来つて、盛んに歴史物を書き出したのであつた」と現状を整理する。そして文芸家として王座にある矜持から、歴史を知らなくてはと考えるようになり、「歴史家と交渉が始まり、斯の方面から攻撃の矢が放たるゝに至つたのである」と、歴史小説家が歴史家と関係を持たざるを得なくなり、同時に歴史家側から、史実をめぐる小説家のずさんな描写に攻撃が始まったと、尾佐竹は書く。小説家と歴史家との地位が対等に

なり、それぞれの立場から議論を深めていき、「文芸の立場と歴史家の立場と混同してはならぬとい
ふ議論となつたのである。それでも、例へば水上に沈没船の帆檣が見えるとするとその帆檣の部分は
歴史であるが、その沈没船の何であるかは想像を逞うして随意の筆を揮ふのが小説であるといふ風の
議論に落ちついたのである」、この議論は今から見ると甚だ物足りない議論であった。
「帆檣が有らうが無からうが、沈没船を想像して書くに、なにも差支のある筈がない」。忠臣蔵が鎌倉時代で、しかも鉄砲があっても構わない。西遊記やダンテの作物が、物理や化学に反しても構わぬ。奈良朝の人間が明治語を使ってもいいのだ。「小説家はどこ迄も小説家である。歴史家ではない」。その後、また時勢が変わって、大衆小説が維新史や明治史を取り入れ、その資料の精選に重きを置くようになった。そこでまた歴史家が容喙し揚げ足を取るようになったのである。それでも小説家はくよくよすることはないのである。読者の中にも問題がある。歴史家の攻撃を見て、小説の価値を疑う読者がいる。こういう読者は小説のモデルを探して喜んでいるのと、共通の心理である。またモデルと違っていようといっこうに構わないのである。「風俗や習慣などが史実に反するのは不都合だといふならば、これこそ枝葉末節に拘泥するといふよりも、これは見当違ひといはねばなるまい」と。これが尾佐竹猛の明瞭なる歴史家と小説家の相違を論じた主旨である。
　繰り返すまでもあるまいが、尾佐竹猛の歴史文学観や小説観は、簡潔明瞭である。清水次郎長も、国定忠治も、座頭市も、小説空間の中では史実に基づく必要などない。尾佐竹猛の歴史文学観が、森鷗外のそれと大きく隔たりながら、隔たった文化的位相から発語されていることが確認できよう。

「歴史其儘」は歴史家に、「歴史離れ」は小説家に、と截然と分ける尾佐竹文芸観がここにある。もう少し時間的に長い文学史的俯瞰図を想定するならば、尾佐竹は、森鷗外の方向を否定しているわけではない。『渋江抽斎』もまた「史伝」である歴史文学である。けれども鷗外の方向のみが歴史文学の歩み行く道筋ではない。むしろ、芥川龍之介、菊池寛、子母澤寛、そして、井上靖を経て、司馬遼太郎、さらには浅田次郎の歴史文学を遥かに展望できる融通無碍の一貫性を、存在軸とした「尾佐竹猛」がそこにいる。

尾佐竹猛はこの一九三四（昭和九）年の発言に、すでに昭和三年に『新選組始末記』を引っさげ、作家としてスタートしていた子母澤寛の文学を重ね合わせていたかもしれない。

註

（1）『鷗外歴史文学集第三巻』所収「津下四郎左衛門」一九九九（平成一一）年一一月岩波書店刊。
（2）『鷗外全集第三十六巻』一九七五（昭和五〇）年三月岩波書店刊。
（3）森鷗外『山房札記』一九一九（大正八）年一二月春陽堂刊。
（4）『明治文化全集』全二四巻一九二七（昭和二）年から一九三二（昭和七）年日本評論社刊。
（5）田熊渭津子編『尾佐竹猛』一九八三（昭和五八）年七月日外アソシエーツ刊。
（6）『大学史紀要第9号　尾佐竹猛研究Ⅰ』二〇〇五（平成一七）年三月明治大学史資料センター刊。
（7）（2）に同じ。
（8）『鷗外歴史文学集第三巻』一九九九（平成一一）年一一月岩波書店刊所収「参考文献（歴史其儘と歴史離れ）」。
（9）『戦後文学論争下巻』一九七二（昭和四七）年一〇月番町書房刊。

(10)『明治大学校友会員名簿』一九一五（大正四）年一二月明治大学校友会本部刊。

(11)『駿台新報』一九三三（昭和八）年一〇月二一日明治大学刊。

雑誌『駿台新報』一九三三（昭和八）年一〇月刊に連載企画「校友訪問記」が掲載されており、一七回目の訪問記である。ちなみに、前回は『旗本退屈男』の作者・佐々木味津三であった。明治大学卒業生を含めて、関係者に大衆文学としての歴史小説家が多い。菊池寛、子母澤寛、佐々木味津三、五味康祐などがそうである。明治大学とその大衆性というテーマが一つある。この四人については、吉田悦志「明治大学関係歴史小説家4人―菊池寛・子母澤寛・佐々木味津三・五味康祐のこと―」二〇一五（平成二七）年三月明治大学文学部紀要『文芸研究』第一二六号所収がある。

(12)『新版明治文化全集月報 No. 13』一九六七（昭和四二）年一二月日本評論社刊。

(13)『新旧時代』一九二五（大正一四）年五月明治文化研究会編刊。明治文化研究会は、一九二四年一一月吉野作造、宮武外骨、尾佐竹猛、小野秀雄、石井研堂たちにより結成された。関東大震災による歴史的文献や文書の散逸の経験、思想としての大正デモクラシーなどの影響などを背景に、幕末維新・明治期における幅広い分野の研究活動を行った。研究活動の成果として刊行された『明治文化全集』全二四巻（戦後追加されて三二巻になった）はその金字塔である。初代会長が吉野作造、第二代が尾佐竹猛、第三代が木村毅、その下で活動したのが後の東京大学法学部所属「明治新聞雑誌文庫」に勤務した西田長寿であった。木村毅と西田長寿両氏には私は縁あって、その謦咳に接する機を得た。木村氏とは西郷隆盛やラグーザお玉の伝記、西田氏とは横山源之助の全集の編集に携わることで知り合った。西田長寿が横山源之助全集を編むために収集した膨大な初出原点からの筆写原稿が、よく風呂敷に包まれて、編集部に持ち込まれていた。あのコピーなどない時代の原稿はどこに保管されているのか、知りたいものである。

(14)『新旧時代』一九二五（大正一四）年八月明治文化研究会刊。

(15)『新版明治文化全集月報 No. 3』一九六七（昭和四二）年八月日本評論社刊。

(16)『新旧時代』一九二五（大正一四）年二月明治文化研究会刊。

(17)『新旧時代』一九二五（大正一四）年九月明治文化研究会刊。

(18)『下等百科事典』（田熊渭津子『尾佐竹猛』一九八三〈昭和五八〉年七月日外アソシエーツ刊によれば、「雨花山人」の筆名で『法律新聞』一九一〇（明治四三）年九月五日から一九一八〈大正七〉年九月三日まで、計一三八回連載されたもの。後、批評社より平成一一年五月刊）。犯罪や関わった人物などの資料に基づいた裏情報満載の書。
（19）今日出海「踊る雀」、『新潮』一九五四（昭和二九）年一一月新潮社刊。
（20）『明治大学文学部五十年史』一九八四（昭和五九）年三月明治大学文学部発行。『明治大学百年史第三巻通史編Ⅰ』一九九二（平成四）年一〇月学校法人明治大学刊）。他に、『明治大学文学部五十年史資料叢書Ⅰ　里見弴先生をかこんで』一九七八（昭和五三）年五月明治大学文学部刊など参看。
（21）『新訂小林秀雄全集第七巻』一九七八（昭和五三）年一一月新潮社刊所収。
（22）（20）に同じ。
（23）五味康祐「ステレオ狂の立場から」は『小林秀雄全集月報第五号（第一一巻付録）』一九六七（昭和四二）年一〇月新潮社刊所収。私はありがたいことに、この月報のゲラ刷りに五味康祐自身が手を入れたものを見ることができた。（財）練馬区文化振興協会の学芸員・山城千恵子さんの親切による。五味の観察した小林秀雄の講義風景が躍如としているのでここに部分引用しておく。ちなみに五味欣一は一九四三（昭和一八）年四月に明治大学専門部文芸科本科に入学している。一部に早稲田大学としているものがあるが間違いである。
（24）このあたりの尾佐竹猛著作については、明治大学史資料センター監修『尾佐竹猛著作集』全二四巻二〇〇五（平成一七）年九月ゆまに書房刊を参看。
（25）『大学史紀要第9号　尾佐竹猛研究Ⅰ』二〇〇五（平成一七）年三月明治大学刊所収。
（26）『新旧時代』一九二五（大正一四）年二月明治文化研究会刊。
（27）「史実とモデル　それを探究する心理〔上〕」（『読売新聞』一九三四〈昭和九〉年五月一三日、「同〔中〕」同一四日、「同〔下〕」同一五日掲載。

第3章　子母澤寛

1　石狩国厚田村の原風景

一　誕生の地

子母澤寛、本名梅谷松太郎は一八九二（明治二五）年二月一日、北海道厚田郡厚田村大字厚田村一六番地に生まれた。

子母澤寛は祖父・梅谷十次郎を主人公として描いた作品「厚田日記」[1]に、次のように書いている。

冬になっていた。

何処もここも雪で厚田の村はこの下に押しつぶされたようになっていた。思いもしない雪の割れ目から煙が静かに立ち昇ったりしている。南から東を廻って北へつづく山は、さらでだに朝を遅くした。たまには西の海が凪ぎて、遠い小樽方面の山々や、真っ紅な夕日が沈むのがはっきり見える日もあったが、多くは海鳴りが物を叩きつけるように聞えて雪が降った。

また「厚田の海は冬になれば相変らず荒れる。顔を上げられない吹雪が来る」とも書いている。

唐突だが、一九八一（昭和五六）年一一月に公開された降旗康男監督、倉本聰脚本、宇崎竜童音楽、高倉健主演の映画『駅 STATION』(2)（東宝）という名作をここで引き合いに出す。殺人犯を追う三上刑事（高倉）と妻・直子（いしだあゆみ）と居酒屋の女・桐子（倍賞千恵子）が、駅で別れ、駅で出会い、人生模様を織りなしていく姿を、駅と鉄路に象徴させて描いた作品である。三上が直子と別れるのが「銭函」駅であり、桐子と出会うのが「増毛」駅である。函館本線を札幌から小樽に向かう途上、石狩湾に面した所に小さな「銭函」駅がある。この駅より石狩湾沿いに北上しても、今でも鉄路はない。さらに北上してゆくと、雄冬岬を過ぎ二五キロほど先に初めて留萌本線終着駅「増毛」が現れる。つまり「銭函」駅から「増毛」駅まで一〇〇キロ弱の石狩湾沿いには駅も鉄路もないのである。このロケーションこそ映画『駅 STATION』の主題と連結している。土地と社会と人間がこの人生ドラマに織り込まれているのである。北海道を知悉した倉本聰の見事な地域設定である。三上刑事が増毛にある「桐子」という居酒屋に初めて行って、桐子と語りながら酒を飲む。そこのテレビから流れるのが、紅白歌合戦で八代亜紀が歌う「舟唄」である。一九七九（昭和五四）年一二月三一日。ゆく年来る年、離別と邂逅が交錯するとき。作詞は阿久悠であった。

さて、『駅　STATION』で撮られた「銭函」と「増毛」の間、駅も鉄路もないところに子母澤寛・梅谷松太郎の生まれた厚田村はある。「明法寮の五人組」であり、明治法律学校の創立者である岸本辰雄、矢代操、宮城浩蔵、磯部四郎、杉村虎一たちが育った山陰・東北西南部・北陸よりも、さらに冬季の厳しい気候風土の日本海側地域に厚田村はある。幼少年期の梅谷松太郎を取り巻いていた自然環境である。

ただ、陰惨なだけではなく、「厚田日記」は「この村は、内地人がはじめて一戸を構えて定住したのは安政三年ですが、宝永三年、詰り今から百五十年も前にすでに、当時蝦夷地を領有していた松前藩が石狩、増毛と共に『三場所』に指定した程で、鰊、鮭、鱒、鱈、鯡、かになど山のように獲れ、安政六年の頃には、もう百戸になると共に、幕府の運上屋（今の税務署）が出来ました。／詰りは、こんな北の果ての荒寥たる漁村とは思われない豊かなところがあって、先住していたアイヌもいい人達ばかりであった」と記している側面がしばらくはあったことも事実である。

ニシン漁が盛んに行われていた頃は、いわゆるやん衆と呼ばれた漁場で働く若者たちが、この厚田村にも押し寄せていた。梅谷松太郎の誕生にまつわる哀話（と言っていいと思うが）は、三場所の一つであったことと、梅谷家の事情と、幕末から明治維新にかけての日本歴史と石狩湾岸の地理的歴史的条件が、複雑に絡まり合って生まれたものである。

厚田は、『駅　STATION』の舞台、銭函と増毛の間にある現在もなお鉄路なき、小さな漁村である。子母澤寛は、彰義隊の生き残りで、血の繋がらない祖父に育てられた。後年歴史文学史上初めて薩長藩閥史観にとらわれない新たな「新選組」史観に基づいた三部作を書いたのは、この祖父の膝上で養育された事情抜きでは語ることができない。冬季の厳しい自然環境と豊富な漁場と、歴史を背負った祖父の存在と、祖父にまつわる惨憺たる血族関係が、子母澤寛文学の基底にある。

余談だが、東映元社長・岡田茂は、作詞家・阿久悠に映画のタイトルだけ考えてほしいと奇妙な依頼をした。阿久が考えた幾つかのタイトルの中から、「北の螢」が採用され、映画化に向けて高田宏治が脚本を書き、五社英雄（明治大学卒業）が監督に決まった。撮影現場のスタッフの雰囲気を盛り上げたいからと、五社が阿久に歌を依頼した。出来あがったのが、阿久悠作詞、三木たかし作曲、歌森進一の歌謡曲「北の螢」であった。女の魂が蛍と化して飛ぶ(3)。

この映画『北の螢』の物語はもちろん虚構ではあるが、実在する場と人物が登場する。石狩原野、現在の樺戸郡月形町にあった樺戸集治監（通称月形刑務所）が舞台。一八八一（明治一四）年に設置され、西南戦争に象徴される不平士族たちや自由民権運動関係者たちも多く収監された。仲代達矢が演じた初代典獄の月形潔（役名は月潟剛史）と、そこに剣術指南に来た新選組残党・永倉新八が実在の人物である他は、ほとんどフィクションである。映画には登場しないが、後に釈放されて大逆事件に巻き込まれて刑死した奥宮健之もここに収監されていた。樺戸集治監から東に行くと空知集治監もあって、政治犯や思想犯はそこに多く幽閉された。

この樺戸集治監を主な舞台として、空知集治監にも物語を展開するスケールの大きな時代小説『地の果ての獄』(4)を、山田風太郎が書いている。先にも触れたが、山田風太郎に歴史の正確な裏情報を与えたのが、尾佐竹猛の著作であった。『地の果ての獄』には、面白いことに厚田村から空知集治監にぶらりと現れる登場人物が描かれている。梅谷十次郎である。山田風太郎は次のように物語る。

――はるか後年、昭和三年、有馬四郎助（主人公実在・吉田記）が豊多摩刑務所長であったころ、『新選組始末記』という作品で登場した作家の祖父が、梅谷十次郎という幕府御家人で、彰義隊士であった梅谷は、敗れて仙台に走り、榎本武揚らと北海道へ走り、五稜郭で敗れて、ついに厚田の漁師になったという経歴を感慨ぶかく読んだ。すなわち作家子母沢寛の祖父である。

歴史的には、新選組や彰義隊という幕府側の敗残兵や不平士族たちが人知れず逃れ住むか幽閉された北の原野。この石狩湾岸の厚田あたりを中心にした三日月上弦の月地形は、だから、歴史の悲しい鶴がいた塵塚である、と私は以前書いたことがある。ここで、ここから、明治大学関係者の映画（五社英雄『北の螢』、高倉健主演『駅 STATION』）や音楽（阿久悠作詞「北の螢」「舟唄」）や文学（子母澤寛「新選組」三部作）が作られてきたことを思えば、歴史の暗部、忘れ去られた史実や人間たちに光を当てて思いを馳せる、明治大学の精神伝統が浮かび上がるように思う。

だが、ニシン漁で賑わった厚田の村も、子母澤寛が一〇歳の頃には、不漁のため「村は一日一日貧しく」なり、祖父は松太郎を連れてこの厚田の村から「夜逃げ」したのである(5)。

二　祖父・梅谷十次郎のこと

尾崎秀樹編の「子母澤寛年譜(6)」によれば、子母澤寛、本名梅谷松太郎の祖父・梅谷十次郎、通称を斎藤鉄五郎または鉄太郎といい、一八四八（嘉永元）年一二月二日に伊勢津藩士梅谷興（與か・吉田記）市(7)の四男として生まれた。子母澤寛の三男梅谷第伍は「江戸のど真ん中に生まれ育って、直参の侍でした(8)」と語っているから、多少の出入りはあったとしても、江戸生まれ江戸育ちの「微禄な幕臣(9)」であったという。二〇歳の頃は江戸詰をしていて上野戦争に遭遇して彰義隊に加わった。ただ周知の通り津藩は鳥羽伏見の戦いで幕府軍攻撃をして官軍側に寝返っており、このことを考えるならば、梅谷十次郎が彰義隊に加わった事情の裏に何らかの幕末維新期特有の政治的判断が介在していたかもしれぬ。また、やはり梅谷第伍によれば、「直参の侍でありながら、ものすごい龍の入れ墨を背中にしていたそうです。それで喧嘩を止めに入るときなんか、片肌脱いで龍を見せたそうです」から「そんじょそこらの遊び人じゃなくて、本物の筋金入りの遊び人だったと思うんですよ」という風貌からすれば、どこか任侠風の男気ある愚直さを備えた下級武士の姿が立ち現れようか。ただし、註の（7）で記したように、梅谷家が代々津藩士であり江戸詰の武士と書かれたりしていて不明な点が多い。「幕臣」とか「直参」というのも、その意味では納得がいかない点ではある。ここでは、津藩の江戸詰下級武士が自然な位置取りのように思う。そんなことがあって、藩は官軍、己は幕府軍を貫いたのかもしれぬ。任俠風の男気ある愚直さを備えた梅谷十次郎像は、子母澤寛自身、十次郎を描いていて、『蝦夷物語—或る二人の敗走者—』[10]でも『厚田日記』でも一貫していて変わらない。

一九〇四（明治三七）年に内閣馬政局書記・山崎有信が『彰義隊戦史』[11]という書を上梓していて、その中の「彰義隊の組織」に上野戦争に参加した隊士七〇〇人あまりの名前を書き留めている。この名簿は彰義隊会計係・関清次郎が兵糧米その他の物品を各隊に交付するために手控えとして「彰義隊人名台帳」を謄写しており、山崎有信はこの謄写「台帳」は一八六八（慶応四）年四月五日までの名簿でありその後の異動は把握していないが、比較的詳細なものであるから、誤謬を訂正したものをここに掲げると記している。兵站が軍隊の活動においての生命線である以上、人数の把握は正確でなくてはならなかったと思われるから、名簿記載の信憑性は高いはずである。

ただ、隊の組織は「本部」「第一番隊～一八番隊」を編制して、その中をさらに第一、二、三青隊、第一、二、三黄隊、第一、二赤隊（三は未確認）、第一、二白隊（三は未確認）、第一、二、三黒隊と編制され、「予備隊」や「遊軍隊」が組織されていて、組織構成はきわめてわかりづらい[12]。この上こうした本隊組織に付属するかたちで、「遊撃隊」「歩兵隊」「砲兵隊」「純忠隊」「臥龍隊」「旭隊」「萬字隊」「松石隊」「神木隊」「浩気隊」「高勝隊」「水心隊」が付属していたようである。山崎有信が書いているように「益々士気を鼓舞す。是に於てか彰義隊の名遠近に聞え、加盟者愈々加わり、その数三千に至りしと云ふ」状況からすれば、組織編制が近代的軍隊組織の合理性を備えた大村益次郎率いる官軍に比すべくもなかったのは言うまでもないし、陸続と駆けつける加盟希望者を組織編制するには逐次付属させていく方法しかなかったかもしれない。彰義隊の組織形態がわかりにくいのはそのためだと考えられる。

『彰義隊戦史』の記述からは第何番隊かはっきりしないが、組頭・多田金次郎配下「第一黒隊」の中に「齋藤鉄馬」の名前が記されていた。後で触れるが、斎藤鉄太郎、斎藤鉄五郎、斎藤鉄蔵、斎藤鉄馬と名乗りを変えながら、北へ北へと逃れて行った幕府軍の敗残兵であり逃亡者であった本名・梅谷十次郎が、上野の山では「斎藤鉄馬」であった可能性は高い、と私は考える。

たしかに子母澤寛の祖父・梅谷十次郎は上野の山で彰義隊に加わり、敗走した。敗走して仙台に到り、榎本武揚の艦隊に合流して箱館に上陸する。そこで箱館戦争を戦い降伏して会津藩邸に監禁された後、解き放たれて仲間六人とともに北上して石狩国厚田郡厚田村にたどり着くのである。仲間の氏名は、平井枝次郎（彰義隊第一赤隊）、戸谷丑之助（彰義隊第一青隊）、益山鍋次郎（彰義隊第一青隊）、宮川愛之助（御家人）、常見善次郎（御家人）、福島直次郎（御家人）、斎藤鉄太郎（御家人）であったと子母澤寛は『蝦夷物語』に書き留めて、この物語の筆を置いている。

斎藤鉄太郎や鉄五郎という名が梅谷十次郎の通称であるとしている尾崎秀樹編年譜など多くあるが[13]、それは子母澤寛の記述した文章に依拠していると思われる。また彰義隊の敗走を描いた作品「玉瘤」には「斎藤鉄蔵」と子母澤は書いている。これらは私見によればすべて使われていた可能性が高い。箱館から北の地理的条件の厳しい厚田に逃れて行った他の六人の名前も不自然といえば不自然である。「次郎」三人、「太郎」が一人というのは作為的なものすら感じる。これらの名前もまた変名や偽名と考えられなくもない。

　また徳川幕藩体制下の武士の名前がきわめて改名されやすかったことも事実である。西郷隆盛は本名ですらないのはよく知られていよう。鹿児島にある「維新ふるさと館」の『西郷隆盛』の本名ミステリー」コーナーには西郷の「通称」を簡明に解説していて、西郷の本名は「隆永」であって明治維新後その父の名と混同され、誤記されたためこちらが流布したとあり、小吉、吉之介、善兵衛、菊池源吾、大嶋三右衛門、大嶋吉之介、西郷吉之助、そして西郷隆盛とそのときどきの状況によって改名しているのである。嫡男かどうか、元服後、家督相続、藩命、免罪後、誤記など理由は多様である。次男以下の男たちの養子縁組に際しての場合はもちろんである。改名の変転は決して異様なことではなく、むしろ日常的に行われたのである。他の例は枚挙にいとまがないが、もう一例だけ記しておく。森鷗外に『渋江抽斎』[14]という傑出した史伝ものがある。その六五章に鷗外はこう書き留めた。「抽斎は平姓で、小字を恒吉と云つた。人と成つた後の名は全善、字は道純、又子良である。そして道純を以て通称とした」と、さらに「別号には観柳書屋、柳源書屋、三亦堂、目耕書斎、今未是翁、不求甚解翁等がある。その三世劇神仙と称したことは、既に云つたとほりである」と。諱《いみな》、法名・戒名、号、字等もある。多様な変名や改名に関する歴史的事実はこのくらいにしておく。

　斎藤鉄太郎も、鉄五郎も、鉄馬も、鉄蔵もすべて梅谷十次郎の変名なのである。ましてや上野戦争で彰義隊の一員として戦い、敗れ、北を目指して逃避行を続け、榎本艦隊に合流しさらに箱館五稜郭で旧新選組土方歳三らと官軍を迎え撃ち、土方の死後に降伏して会津藩邸に幽閉され、そこで赦免されてさらに北の札幌を経て、今ですら駅も鉄路もない銭函と増毛の間にある厚田村へと逃れて行った敗残兵であれば、名を変え素性を隠し逃避行を続けたのはきわめて自然であった。そうした敗残の武士・梅谷十次郎が北へ向かった確実な足跡が五稜郭箱館戦争記録文書に記載されていないか。

管見によれば、近江幸雄が編んだ『激闘箱館新選組　箱館戦争史跡紀行』[15]に収録されている「箱館戦争降伏・戦死者名簿亀谷熊次郎旧蔵」という文書に「齋藤鉄弥」という名前が記録されている。これが斎藤鉄太郎、鉄五郎、鉄蔵あるいは鉄馬と名乗ってきて、いまここでは梅谷十次郎は「箱館戦争」時に己の来歴を隠した変名、「齋藤鉄弥」を名乗っていたとほぼ断定してよかろう。

二〇一四（平成二六）年夏、調査で厚田に赴いた。そこでは大きな収穫があった。厚田資料館ではちょうど郷土に大きな足跡を残した名士・佐藤松太郎のパネル展示を開催していた。パネルに、ありがたいことに拙論「明治大学の中の地域文化」[16]が紹介してあり、梅谷十次郎がいくつもの変名を使いながら北へ北へと逃れたと私が書いた部分を、引用していた。

さらに、中根誠治が新たな資料を発掘したこともパネルに記されていたのである。梅谷十次郎、斎藤鉄馬、斎藤鉄弥、斎藤鉄太郎、斎藤鉄五郎、斎藤鉄蔵と変名を使いながら北へ北へ逃亡して行った十次郎が、この厚田の地でも、とっさの判断で名を変えた事実を『北海タイムス』という新聞紙上から中根誠治は発見したのである。佐藤松太郎サイドの選挙法違反事件に、旅人宿を営んでいた梅谷十次郎が巻き込まれそうになったとき、「梅谷重太郎」を名乗ったことが、一九〇七（明治四〇）年一一月五日の『北海タイムス』で確認できたという。これまた私にとって大きな嬉しいニュースであった。『北海タイムス』の関連箇所のコピーもありがたく頂いた。「梅谷重太郎」が変名リストに加わったのである。

『北海タイムス』が報じた内容は、「厚田村の選挙法違反事件」の見出しに続けて、「本年八月の北海道会議員選挙に際し候補者佐藤松太郎の運動員元山常三郎が選挙当日厚田郡厚田村旅人宿梅谷重太郎方に於て有権者たる各被告人へ弁当及酒肴を饗せし為選挙法違反として札幌地方裁判所検事局にて取調中」であることを先に報道したが、容疑者である一九人は微罪につき訓戒を加えた上で不起訴放免され、元山常三郎のみ予審に回送された、というものであった。

この記事によると、このとき梅谷十次郎は、斎藤鉄太郎ではなく、「梅谷重太郎」を名乗った。「十次郎」と「重太郎」を検事か記者が聞き違えて記録したとも考えられなくもないが、ことは裁判に関わる事柄であり、「次郎」と「太郎」を取り違えることはまずなかろう。検事の聞き取りにとっさに梅谷十次郎は「梅谷重太郎」と答えた。逃亡者として長い苦難の道を経てきた人間が、危機に際して瞬間的に偽名を使ってその場を糊塗したと理解した方が自然である。十次郎が厚田村で漁業と旅人宿(「角鉄」あるいは「かくてつ」)を生業としていたこともこの記事から確認できる。

さて、「箱館戦争降伏・戦死者名簿亀谷熊次郎旧蔵」という文書は、第一ページに真筆復刻が部分的に印刷されており、そこには「降伏則東京行之輩」と書かれて、総裁・榎本釜次郎、副総裁・松平太郎、海軍奉行・荒井郁之助、陸軍奉行・大鳥圭介らの名が記されている。第二ページから活字に起こしてある。榎本たちは「東京行之輩」であるが、「秋田家御預之部」の「再箱館ニ至テ謹慎之輩」

の項目に「伝習隊」「一聯隊」「額兵隊」に続けて、「小彰義隊」連中の名前が列挙されている中に「齋藤鉄弥」の名前があるのである。このページに到る前には「津軽家御預ヶ之部」「再箱館ニ至テ謹慎之輩」の氏名が並んでいる中に「彰義隊」五〇人の名前が列記されている。この中には子母澤寛作「脇役」[17]という短編小説に取り上げられた大塚霍之丞の名前も見える。『彰義隊戦史』によれば大塚霍之丞は第二白隊組頭である。この作品は歴史の闇に消えていった「負け犬」の哀感を描いたものだ。箱館戦争では身分等の事情により「彰義隊」と「小彰義隊」とに分隊化されていたものであろう。

ところで、子母澤寛は祖父・梅谷十次郎が一時幽閉された場所を箱館の「会津藩邸」と『蝦夷物語』などに記しているが、この「亀谷熊次郎」文書によれば「秋田家御預」ということになる。箱館で降伏した幕府軍兵士たちは、この文書によれば、「降伏則東京行之輩」と「津軽家御預ヶ之部」と「秋田家御預之部」に大別されている。降伏組をこの三つに分けた上で、「降伏則東京行之輩」は別として、後は子母澤寛が記しているように、称名寺とか実行寺とか浄玄寺とか、あるいは梅谷十次郎のように会津屋敷に振り分けられて収容されたものと考えられる。

三　祖父母と実父母と異父兄弟「三岸好太郎」

子母澤寛は、実父母の愛に縁の薄い子であった。子母澤寛に『曲りかど人生』[18]という自伝的作品がある。祖父十次郎と厚田で過ごした少年の日々を起点に、明治大学を経て一九一八（大正七）年に読売新聞記者になるまでの青年期の惨憺たる生活を、水彩画の如く淡々しく描いていて、子母澤寛の文体や筆致が躍如とした作品である。ポジフィルムをネガフィルムに転じる子母澤寛文学における技法がここにある。あるいはカラーをセピアに転じると言っても良いし、油絵を水彩画に転ずるといっても良い。

実は、子母澤寛は新選組も彰義隊も勝海舟も高橋泥舟も清水次郎長も、そして祖父梅谷十次郎も自分梅谷松太郎も、それらの人達を「恨み」や「怨念」にやつした文体で描くことは絶えてなかった。石狩湾岸の厳しい気候風土や自然環境の中で生まれ育ったこと、しかも惨憺たる人間環境に出会ってその中で育ったこと、それらを淡い水彩画の如く描くには、そこに梅谷松太郎の「孤」に耐え抜いた先に確立したに違いない、「屹立」する「個」が基底に厳として存する、そのような精神の営みがなくてはかなうまい。「恨み」や「怨念」ではない、そこを突き抜けた先にある歴史への労りや愛惜や慈しみの念を包み込んだ「個」（魂と肉体）があって初めて、子母澤寛文学は成立しているのである。衆生を赦す聖者の風格すら漂っている。近代的自我の範疇では決して捉えきれぬ、思想と人格を抱え込んだ人間だけが、聖者の風格を醸すことができる。

寛は書く。札幌には「わたしの産みの母がいるのである。祖父が眼の敵にしたわたしの実父はとっくに死んで間もなく再婚し、すでに二人の子もあって、まあまあという生活をしている」とか「わたしの生母にしてみれば、現在の亭主への思惑もある。それよりも、今の亭主をイヌ畜生呼ばわりして、母の二度目の結婚を許さず、ついに村を追っ払うまでの仕打ちをした恨みもあろう。祖父だって、それは百も承知だ」という描写の背後に、松太郎少年の惨憺たる生活と陰惨たる血族関係が仄見えよう。

尾崎秀樹編年譜を借用すれば、梅谷松太郎筆名子母澤寛は、一八九二（明治二五）年二月一日に父伊平、母イシ（石とも）の間に北海道厚田郡厚田村大字厚田村に生まれた。実父母との縁は薄く生後間もなく、そのとき網元であり同時に旅人宿を営んでいた祖父十次郎と祖母スナに引き取られて養育された。母イシは厚田村を離れ、札幌で橘巌松と一緒になり二人の子をもうけている。一男一女である。札幌にある北海道立三岸好太郎美術館作成の年譜によれば、子母澤寛の異父弟が画家の三岸好太郎であり、一九〇三（明治三六）年四月一八日北海道札幌区（現札幌市）南七条四丁目に生まれるが、好太郎の本籍地は厚田郡厚田村大字厚田村一六番地となっている。橘巌松とイシの結婚を十次郎が許さなかったため、三岸家の戸主であるイシの名字はそのままとし、本籍地も移していなかったことがわかるのである。三岸イシが母の名前である。梅谷イシではないのである。

元北海道立三岸好太郎美術館長・工藤欣弥に「三岸好太郎の源流をさぐる」[19]、井上（名前明記なし・吉田）に「『三岸好太郎の源流』をめぐって―父・橘巌松の家系をさぐる―」[20]という詳細な三岸好太郎に関わる調査がある。他に同じ工藤による「三岸好太郎の源流をたずねて」[21]（『北海道新聞』）があり、匠秀夫の『三岸好太郎―昭和洋画史への序章―』[22]もある。中でも井上の報告には、梅谷家と三岸家と肥田家と橘家の家系図が、一九九一（平成三）年現在の調査結果として載せられている。これらの調査と、尾崎秀樹編年譜と、私のささやかな調査とを総合するとほぼ次のような家系図になろうか。

梅谷十次郎とスナが夫婦。スナは三岸又六の子。スナの兄が卯吉。その卯吉が石川金次とハルの子である石川イシを養子にした。イシは三岸を名乗る。さらにイシは義理の叔母梅谷スナの縁で梅谷家に養子となる。ただし梅谷を名乗ったかどうかわからない。いずれにせよ、イシと梅谷十次郎に血縁はない。このイシが子母澤寛と三岸好太郎の実母である。梅谷十次郎と梅谷松太郎つまり子母澤寛に血縁はないことになる。

イシが十次郎の旅人宿「角鉄」を手伝っていて、そこに厚田村が三場所として賑わっていた頃、ニシン漁のやん衆として働きにやってきた「伊平[23]」という男との間に、梅谷松太郎が生まれた。激怒した十次郎が「伊平」を村から追い出した。「伊平」については、名前も出自も履歴もよくわかっていない。その後の行方もわからない。二〇一四年に厚田を訪ねたとき、その土地の人で子母澤寛の作品に親しんでいた人が漏らした言葉が印象に残っている。「十次郎の営む『角鉄』に寝泊まりしていた、ニシン漁のためにやってきていた『流れ者』のような若者ではなかったか」と。また伊平が関東からやってきた学生だったという証言もある。いずれにしても、「伊平」が姿を消して間もなく、松太郎を産むと、イシは、別の男の橘巌松と厚田村を出て、札幌に移り住んだ。「伊平」が村を出て、イシは「巌松」と知り合って、今度は二人で出て行った。ここのところが自然な流れでないように私には思える。だとしても、梅谷松太郎の父は姿を消し、母は別の男と姿を消したことは事実である。橘巌松との間にできた異父弟妹の一人が画家・三岸好太郎であった。残された松太郎は、血の繋がっていない祖父母に慈しみ育てられた。その祖父が梅谷十次郎である。

子母澤寛の『曲りかど人生』一文の淡々しい文体で綴られた内実は、けっして恬淡ではない、普通ならば「恨み」を託つ血族環境であった。子母澤寛の実父「伊平」については、「祖父が目の敵にしたわたしの実父はとっくに死んで間もなく（実母イシは・吉田記）再婚（正確には同棲・吉田記）し、すでに二人の子もあって、まあまあという生活をしている」と『曲りかど人生』に書いているように、実父は母が橋と関係を持つ前後に早く亡くなっているということらしい。母石と橋の「道行き」は父伊平の死に関連があるのかどうか、今はつまびらかにしない。

梅谷十次郎とスナは、父と母が姿を消した後、松太郎を慈しみ育てた「育ての親」だったのだろうし、後年「新選組」三部作を完成させた作家・子母澤寛の精神の基底に、やはり彰義隊の生き残り梅谷十次郎が、血の繋がりがないだけに逆に強く存在し続けたことになった。

さらに加えて、子母澤寛が好んで描いた遊俠の徒の姿が、より鮮烈に私たちの前に立ち現れる。清水次郎長も笹川繁蔵も国定忠次も、そして座頭市も、梅谷十次郎の姿と重ねながら、同時に子母澤寛は父「伊平」の後ろ姿を想望して描いていったのではないか。もしかすると、父を慕う思いと捨てて立ち去った父への怨嗟の思いとを、止揚したところに子母澤文学が成立している大きな柱があるのではないかと思えてきたのである。『曲りかど人生』に子母澤寛は、「祖父が目の敵にしたわたしの実父はとっくに死んで間もなく」と書いた部分は、実は死んではいなかった父「伊平」を作中で、あるいは意識の中であえてした子母澤寛の抹殺行為「父殺し」を表現しているのではないか。そうすることで父への思慕と怨嗟を止揚して、次の地平に屹立したのではないか。

後年に到り、画家三岸好太郎は、子母澤寛と長女てるよをモデルに「兄及ビ彼ノ長女」[24]を描いて、もの静かでしかも存在感あふれる肖像画を遺している。この絵が醸すモデル二人のもの静かな存在感は、三岸好太郎の異父兄梅谷松太郎に抱く感情が、穏やかでもの静かな信頼に裏打ちされていることを窺わせる。それにしても、三岸好太郎と子母澤寛の二人の芸術家を生んだ実母三岸イシ（石）は、どのような人間であったのか、細かく検してみたい思いを捨てきれないのである。

四　学生から作家へ

日本海側地域の厳しい気候風土と生活環境と陰惨たる血族環境の中で、梅谷松太郎は「孤」を深め突き抜けることで「屹立」する「個」を確立していった。梅谷松太郎の幼年時代から青少年時代に温かな愛情が寄り添ったとすれば、祖父母をおいて他にない。子母澤寛は祖母スナのことを「いつも祖父にがみがみ云われて、それでいつもはいはいとにこにこしていて、やる事はきっちりやっている。祖母は昔の女で惜しむらくは文字がない、もしあの人に学問というようなものがあったら、今もきっと賢夫人として名の残った人だと思う」と随筆「お島さん」[25]に書いている。幼少年時代の梅谷松太郎が様々な困難と戦っていく上で、この祖母スナの存在は心の拠り所として大きかった。

そして、やはり何と言っても作家・子母澤寛誕生と子母澤文学成立にとって祖父・梅谷十次郎は格別であった。任侠風の男気ある愚直さを備えた侠客の風貌すらを持つ下級武士「斎藤鉄太郎」が子守唄のように語った、上野戦争から箱館戦争さらに厚田村一六番地にたどり着くまでの話や、彰義隊や新選組が活躍する話は、子母澤寛文学の江戸に遡行する魂を形成した。その事は子母澤寛の作品やその精神を論じる識者たちに共通する視点である。縄田一男[26]、尾崎秀樹[27]、中村彰彦[28]、綱淵謙錠[29]、今川徳三[30]、松島栄一[31]、高橋敏[32]等の論にすべて共通している。たとえば縄田一男は、

子母澤は、祖父から徳川家に殉じて戦った人々のことを寝物語に聞かされて育ち、これが後に彼の作家活動の核ともいうべき部分を形成していったのである。つまり、祖父自身が歴史の中での『脇役』であり、本書に収められた彰義隊くずれの諸作品を書くことは、子母澤寛の祖父への真摯な愛情の吐露以外の何物でもなかったのである。

ことに『蝦夷物語』『厚田日記』の二篇は、祖父の事蹟を事実に沿って描いたものであり、前者は、祖父が上野の山で戦い敗れた後、苦労しつつ、北へ逃げのびて函館軍に加わり、更には降伏後、士籍を奉還、蝦夷地の開拓に従事するまでが、後者では、その後の厚田での孤独できびしい生活が描かれている。

（子母澤寛『雨の音』中公文庫）

と解説している。『脇役』は五稜郭で戦った彰義隊の「大塚霍之丞」を描いた作品で『雨の音』に収められている。

梅谷松太郎は多少の曲折を経て、札幌の旧制北海中学（現・北海高校）に入学した。子母澤寛と内

海月杖の関係については、寛が「雨亭先生のこと」（『ふところ手帖』）という随想に、

明治の末頃だが、東京から北海道の中学教師にほんものの文学士がやって来るなどということは実に珍らしかったと思う。雨亭先生はこの文学士で萬朝報の記者をしていたが、吉原の女郎に惚れて無茶苦茶になり、私の学校へ流れて来たようだ。

と書いており、「私が東京へ出て来る時に、学費が足りない、何か内職をしなくてはならなかった。それならここへ行って見ろといって、私を恩師内海月杖（弘蔵）先生へ頼んでくれた」とも書いていて、子母澤寛と内海月杖の間を取り持ったのが旧北海中学の師・宮田雨亭であったことがわかる。ちなみに岩野泡鳴が札幌に流れてきて再会するのが雨亭であったと、子母澤寛は書いてもいる。

梅谷松太郎は、祖父「斎藤鉄太郎」が武士として義を貫いた「魂」を背負って、今度は祖父とは反対に厚田の村から東京に向かう。明治大学専門部法科に一九一一（明治四四）年入学した。その後の松太郎と内海月杖のエピソードは尾佐竹猛のところで触れた通りである。子母澤寛が在籍していた頃、明治四〇年代の明治大学に奉職していた教員文学者は多士済々であった。夏目漱石、上田敏、平田禿木、笹川臨風、佐々醒雪、登張竹風、そして内海月杖である。これらの諸氏は専門部の教師ではなく予科の教師であった。師弟が袂を分かった後、『曲りかど人生』の通り、梅谷松太郎は北海道にしばらく居り、一九一八（大正七）年読売新聞に入社し社会部記者となった。

読売新聞記者として紙上に梅谷松太郎が、平野国臣について書いた記事があった。その中で梅谷は、鳥羽伏見の戦いと蛤御門の変とを取り違えて書いてしまった。そこに立ちふさがったのが法学と歴史学の二筋の道を歩んでいた、明治法律学校出身の俊秀・尾佐竹猛であった。「幕末明治史の大家」尾佐竹猛は、当時の新聞記者がいかに浅薄で誤りだらけの歴史記事を書いているかに腹を立てて、雑誌『新旧時代』に雨花子などのペンネームでさんざん新聞記者を攻撃していた矢先のことであった。梅谷松太郎は「憤然悟るところあつて、早速親展書を尾佐竹博士へ送つた」、「曰く」、「記事を間違えたのは新聞記者でなくして私個人です、これから大いに勉強しますから新聞記者の無智呼ばわりは取消して下さい」と『駿台新報』の「訪問記」記者は、子母澤寛とのインタビューを紹介している。この尾佐竹猛と子母澤寛の応酬は一九二五（大正一四）年五月のこと。

辛辣を極めた尾佐竹猛の読売新聞記者梅谷松太郎への攻撃が、実は梅谷松太郎をして「憤然」と「悟」らしめることになった経緯にもすでに触れておいた。ただ大事な視点なので繰り返しておく。それは北海道厚田郡厚田村大字厚田村一六番地という日本海沿い北限に近い地に、江戸上野から、仙台、箱館を経て敗走していき、斎藤鉄馬、斎藤鉄弥、斎藤鉄太郎、斎藤鉄五郎、斎藤鉄蔵、梅谷重太郎と名を変えて逃亡を続けた祖父・梅谷十次郎の無念の歴史を、言い換えるなら「江戸へ遡行する魂」を背負って、今度は祖父とは反対に南に向かった梅谷松太郎というレーゾンデートルに自身が思い到った。それが「憤然と悟るところ」の内実なのであった。歴史小説家・子母澤寛誕生へ向かうエポックメーキングな出来事が尾佐竹猛との出会い頭の激突であった。

2　子母澤寛の文学作品

一　「新選組」三部作

尾佐竹猛の厳しい批判に「憤然と悟るところ」があった梅谷松太郎は、一九二八（昭和三）年『新選組始末記』、昭和四年『新選組遺聞』、昭和六年には『新選組物語』を梓に上して「新選組」三部作(33)を世に問うた。梅谷松太郎は、初めて子母澤寛を名乗る。

薩長藩閥政権としての明治新政府が、新しい時代に逆らって、自分たち志士の思想と行動を圧殺してきた新選組を、近代史の暗部に貶める方向に設定して、その歴史観を汎用していったのは、無論のことであった。権力の交替が宿命的にもたらす必然である。ただ、交替させた側にも、交替させられた側にも、ともに言い分はあり、中でも旧套墨守の「義」を貫いた、交替させられた側に生きた人や組織や集団の怨嗟は、深く激しい。戊辰戦争を戦った新選組や彰義隊は、組織的崩壊を経て個人として分散させられ、「怨嗟」を抱いて歴史の暗部に消えていった。子母澤寛の祖父・梅谷十次郎はその一人であった。

子母澤寛は『新選組始末記』に「男爵山川健次郎博士、永倉新八序」とした文章を引用している。長くなるが、「序」の最後の三行を除き後の全文をここに引き写す。

文久慶応の比、幕府の命により時の京都守護職会津参議（当時左近衛権中将）松平容保卿に附属し、其の股肱となりて京都の秩序と安寧とを保護したるは新撰組なりき。初め芹澤鴨が其隊長たりし時には、規律も厳ならず暴悍の行なきにしもあらざりしが、近藤勇が隊長となり京都守護職に附属せしより、隊長勇を初めとし、其の責任の重きを自覚し、規律を厳粛にし、恒に守護職の命令により行動したる適法の警察隊なりき。故に当時有志の徒と称する過激の浪人等は、新撰組の取締を受けて其跋扈を逞しうし得ざりしより、新撰組を不倶戴天の仇となせり。

維新後此の浪人と同系統の人々政権を握り、新撰組の適法の行為を犯罪となし、其の私怨を報ゆるに至れり。近藤勇の犯罪は甲州勝沼の一戦と、関東に於ける戦闘準備のみなるにかかわらず、勇を斬に処したる後、其首を京都に送りて之を梟し、京都を以て犯罪地とし、勇が京都に於ける適法の行為を犯罪となししは、私怨を報いたる一例なり。且、彼等は口に筆に、新撰組を罵りて私設の暴行団体の如く云ひ倣せり、爰に於て世人も亦往々之に惑はされ、小説に講談に、新撰組を暴行団体の如く信ずるに至る。而して其の冤を解く者なきは予の遺憾とするところなり

（男爵山川健次郎博士、永倉新八序）

子母澤寛が引用末尾に「男爵山川健次郎博士　永倉新八序」と書き付けているこの文献は、一体何なのか。山川健次郎監修『会津戊辰戦史』（一九三三〈昭和八〉年八月会津戊辰戦史編纂会著・発行）

でも、永倉新八『新撰組顚末記』（一九六八〈昭和四三〉年新人物往来社発行）でもない。山川健次郎は、会津藩士山川重固の三男で、山川浩の弟である。会津戦争に参加し敗れて越後に逃れた。維新後アメリカ留学を経て、東京大学で教えた。枢密顧問官や貴族院議員を経て、一九一五（大正四）年男爵となった。

その男爵山川健次郎博士が、「永倉新八」の書いた本に序文を寄せたのか、「永倉新八」という著書の序文を書いたのか、子母澤寛の「男爵山川健次郎博士、永倉新八序」という注記だけではは っきりしなかった。普通に考えれば、永倉新八口述著書『新撰組顚末記』に寄せた序文だと。ところがこの書には「序」はない。巻末に「新撰組資料」が添付してある中に、「坂本龍馬を殺害した下手人の事」という一文が載せられている。これは「文学博士理学博士男爵」山川健次郎が語った標記話題と、後にその間違いを訂正したい旨、永倉新八の息子・杉村義太郎に宛てた手紙とを、併せて載せた文章である。昭和二年三月九日の日付である。だから「序」ではない。

二〇一五（平成二七）年八月に私は北海道樺戸郡月形町の月形樺戸博物館（五社英雄監督映画『北の螢』の舞台）で、子母澤寛が『新選組始末記』に引用した「男爵山川健次郎博士、永倉新八序」の出処を確認することができた。一八八一（明治一四）年、奇しくも明治法律学校と同じ年に設置された樺戸集治監（通称月形刑務所）、その歴史資料を残した展示物の中に、『新選組始末記』挿入文「男爵山川健次郎博士、永倉新八序」の初出文献を発見したのだ。永倉新八（のち杉村義衛）の息子・杉村義太郎編纂者発行による『新撰組永倉新八』一九二七（昭和二）年六月刊、非売品である。さらに

「亡父十三回忌　亡母七回忌　記念発行贈呈杉村義太郎」と箱書きにある。なかなか目に触れることがなかったのは、「亡父」永倉新八の十三回忌と母の七回忌に合わせて作られた、法要記念の贈呈本として僅かな部数だけ作られたためであろう。月形樺戸博物館展示本の贈呈先は「田隈千太郎」となっている。一冊ごとに墨字で贈呈者の名前を書いたものとみられる。田隈なる人物についてはその来歴は不明である。このとき野本和宏月形町産業課員にたいへん世話になった。

そこでわかったのは、子母澤寛が山川「序」の最後の三行を除き、後の一ページ半の山川文をまるまる引用していたことである。長文だが引用紹介した通りの内容で、山川の新選組観に対する子母澤寛の全幅の信頼と同意が示されていることになる。その事実が明らかになることが、もっとも肝要なのである。

「幕府の命により時の京都守護職会津参議（当時左近衛権中将）松平容保卿に附属し、其の股肱となりて京都の秩序と安寧とを保護したる」新撰組は「守護職の命令により行動したる適法の警察隊」であった、とその法的正当性を説いた山川の発語を借りることで、我が心象を「怨嗟」から「慈しみ」に変換して描いた。新選組は「暴行団体」ではなかった。幕府の法令に準拠した正式な「警察隊」である。この「冤」をそそぐ思いは、つまりは梅谷十次郎の思いであり、その物語を聞いて育った梅谷松太郎・子母澤寛の思いでもあった。そこにこそ彼の心理の真相があったことを『新撰組永倉新八』序は教えてくれる。

それにしても、『新選組始末記』全編を貫流する精神と筆遣いが唯一軌道を外れて、ネガをポジに変換する精神と筆遣いを垣間見せるのが、この「男爵山川健次郎博士、永倉新八序」の引用部分なのである。子母澤寛が「新選組」への思いを紙背でも行間でもなく、紙面にしかも慎重に表現している部分なのである。

「怨嗟」や「怨念」や「恨み」という情念的世界へ逃れることのない、そこを突き抜けた先に祖父・梅谷十次郎を、正当に評価しながら、彼の「無念」を「暗部」から連れ出して描くことのできる精神と文体と手法。私小説的な子母澤寛の述懐でも祖父・梅谷十次郎の恨み節でもない山川健次郎の書いた文を、いわば「借用文」をこの『新選組始末記』に採用したところに、子母澤寛という作家の抱いている心理の真相がある。

また『新選組始末記』は、幾多の文献や人物談話を総動員しながら新選組の実態を、ドキュメンタリータッチで浮き彫りにしていく。いかにも新聞記者らしい手法を採用している。鳥羽伏見の戦いの現場ですら、伏見奉行所に陣取った新選組と幕府軍について、「御香宮の山の上から、さんざん薩軍の大砲を浴びせられた。隊長の近藤は、傷の手当をして大坂にいるので、土方歳三は、夜の六ツ半(七時)過ぎから、隊士を広庭に集め、決死の覚悟で応戦を開始した。大砲がたった一門、これをこの低地から山の方へ向ってどんどん射ったが到底《とて》も手答えがない」という文体と表現でこの作品は貫かれている。証言と資料博捜による実態の浮き出し手法とこの淡々とした文体は、子母澤寛文体がスタート時にすでに確立されていたことを明かす。先ほど述べたような、カラーをセピアに変換する「精神」と「筆遣い」がやはりここにある。

この作品は、子母澤寛の新聞記者的資料収集能力と文体の特色が遺憾なく発揮されている。高橋泥舟談とか永倉新八翁談とか山川健次郎談とかが随所に挿入されている。この後『新選組遺聞』『新選組物語』と書き継いで、薩長藩閥史観により歪められていた新選組の思想と行動を近代史の中に初めて体系的総合的に評価したのである。

後、司馬遼太郎が土方歳三を物語の中心に据えた『燃えよ剣』(一九六四年)、新選組青春群像編の『新選組血風録』(同年)を書き、浅田次郎が無名に近い吉村貫一郎を刻んだ『壬生義士伝』(二〇〇〇年)、島原遊郭に住まう女たちから土方をはじめとする新選組隊士たちを描いた『輪違屋糸里』(二〇〇四年)、維新後にまで生き延びた斎藤一を描いた『一刀斎夢録』(二〇一一年)という浅田「新選組」三部作を完成させていくのも、子母澤寛の仕事があってのことであった。

司馬遼太郎は『街道をゆく15北海道の諸道』に所収されている「厚田村へ」と「崖と入江」の中で、三岸好太郎とその兄・子母澤寛に触れている。

私が子母沢さんに近づきを得たのは昭和三十六、七年ごろで、当時、私は新選組のことを調べていた。ところが調べるほどに子母沢さんの『新選組始末記』を経ねばどうにもならないことがわかり、資料として使わして頂くことになるかもしれないということで、おゆるしを得に行った。子母沢さんの『新選組始末記』は、意識的であったかどうか、民俗学の採集方法を用いたもので、関係のある土地の古老の話、場所の地理的な寸法どり、さらには生き残りの隊士の回顧談などが、平明な態度で採録されている。古老や隊士が生き残っていたということが、決定的なことであった。この人のこの著作が、新選組に関する原典になってしまっていたのである。

と。司馬新選組がいかに『新選組始末記』の影響を受けたかが窺えるし、子母澤寛が『新選組始末記』で採用した取材の在り方と内容を「民俗学の採集方法」と指摘し、「平明な態度で採録されている」とも、あるいはその文体がどのようなものかという点までも提示している。

二 「駿河遊俠伝」と「座頭市物語」

半年が厳寒の冬季であり、過半を猛烈な吹雪に閉ざされる典型的な北限の地で、幕府方についた敗残の下級武士であった祖父に育てられ、陰惨たる血族環境の中で、己一人を見つめながら「孤」に徹して戦い、確立していった「個」が、南に向かい明治大学を経て作家として出立した記念碑が、「新選組」三部作である。そうした子母澤寛の作品の原郷と原風景が厚田村であり、祖父・梅谷十次郎であった。司馬遼太郎は「十次郎は、石狩国厚田村の海の見える家の中で江戸を恋いつつ、その想いを、古典的な江戸弁にのせて孫（戸籍上は長男）の耳に飽きることなく注ぎ入れた。その孫が、江戸文化の最後の残映と敗亡の美を書くことになろうとは、語り手は思いもしなかったにちがいない」と「崖と入江」に叙した。

梅谷十次郎が戦った上野戦争では、敗れた彰義隊の人たちの屍が無惨にもところどころに転がっていた。賊軍の汚名を着せられていたため、官軍を恐れてだれも弔うことが出来ずにいた。そこに「死ねば敵も味方もない、みな仏だ」という啖呵を切って、その死体を丁重に葬った江戸神田旅籠町の飾職問屋で、人足宿も営んでいた三河屋幸三郎が現れる話は、子母澤寛が好んで使う挿話（『蝦夷物語』）である。子母澤寛はこの三河屋幸三郎と同じ気持ちを持っている「日本人」に着目して、小説を書いた。清水次郎長こと本名山本長五郎である。子母澤は小説『駿河遊侠伝』(34)に、清水港で起こった明治元年の咸臨丸事件とそれに対応した清水次郎長を描いている。

明治元年九月二日早暁。海軍総裁榎本釜次郎に率いられ、回天丸の曳綱によって僚艦七隻と共に品川湾を出帆して、蝦夷脱出行を企てた幕艦咸臨丸は、大颶風に逢って失敗し、しかも蒸汽も焚けず、帆はずたずたに破れ、帆柱も檣もへし折れて今にも海底の藻屑に成りそうな哀れな姿で清水港へ漂着した。

九月一八日突如として官軍の富士山、飛竜、武蔵の三艦がそうした咸臨丸に大砲を放った。咸臨丸から白旗が揚がったが、砲撃は続けられ、さらに柳川藩、阿波藩六〇人の藩兵たちは抜刀して船上に斬り込んだ。ほしいままに斬り殺した。その後、死体はあまねく海に捨てて、富士山丸は咸臨丸を曳航して清水港を出て品川に向かった。屍は、首のないのもあるし、首だけが浮かんでいるのもあるし、手首を切り落とされているものもある。

九月二〇日の夜、清水次郎長は子分の大政と仙右衛門を連れて、小舟を出して、浮遊する死体を収容して帰り、丁重に弔った。幕府軍の兵士へのこうした次郎長の対応によって、清水次郎長は徳川方だという噂が立った。それを聞いた次郎長が「べら棒め、朝廷も徳川もあるもんか、死んで終《しめ》えばみんな仏様だ」と言い放ったという有名な話も『駿河遊侠伝』に子母澤寛は書いている。

世にいう咸臨丸事件の梗概である。あるいは時と運が重なれば、梅谷十次郎もこの咸臨丸に乗っていたかもしれないのである。北海道を目指して北上することになる榎本艦隊に梅谷十次郎はその後仙台沖で合流することになる。梅谷十次郎から斎藤鉄馬さらには斎藤鉄弥へと名を変えながら。そして、「十一月から四月までは全く深い雪に埋もれ、海には毎日北海の岩をも砕くような怒濤が逆巻いて、その海鳴りは夜の眠りをさまたげる程」(『蝦夷物語』)の北限の地・厚田村で、司馬遼太郎が書いている通り、斎藤鉄太郎は孫の梅谷松太郎に「石狩国厚田村の海の見える家の中で江戸を恋いつつ、その想いを、古典的な江戸弁にのせて孫(戸籍上は長男)の耳に飽きることなく注ぎ入れた」。

その語りが「江戸文化の最後の残映と敗亡の美」の連環として結実した、「新選組」三部作があり、いくつもの彰義隊物語があり、任俠清水次郎長物語がある。だから子母澤寛文学における任俠物語は、江戸に遡行する魂が掬いとった「江戸文化の最後の残映」なのである。「恨み」や「怨念」ではない、そこを突き抜けた先にある歴史への労りや愛惜や慈しみの念があって子母澤寛文学は成立している、と私は書いた。衆生を許す聖者の風格すら漂っているとも書いた。近代的自我の範疇では決して捉えきれぬ、そこを突き抜けた人間だけが、聖者の風格を醸すことができる。

新選組物語も彰義隊物語も任侠物語もすべて、歴史の正史から見るならば、稗史であり秘話であり暗部に埋もれてしまう類いの物語である。歴史の闇や影に、密かに語り継がれてきた幕末のアウトローたちこそ、子母澤寛が見据えていた祖父・梅谷十次郎の分身なのであった。また松太郎が生まれる前後に姿を消して二度と現れることがなかった、父「伊平」への思いと怨嗟が止揚された先に鮮やかに立ち現れた人物たちでもあった。十次郎と伊平への思いを、精神の基底部で昇華させて描く子母澤寛文学がここにある。

それらの人物たちが同質の闇夜を歩む、そのバガボンド的ヒーロー物語が、子母澤寛原作「座頭市物語」なのである。初出誌[35]をつまびらかにしないが、一九六一（昭和三六）年九月刊行の小説・随筆集『ふところ手帖[36]』に収録されることで、注目を集め翌一九六二年には三隅研次監督、勝新太郎主演により初めて映画化された。『子母澤寛全集』の紙幅でいえばたかだか五ページほど。勝新太郎によって見事に映像化されていく映画「座頭市」シリーズは、子母澤寛が書いた原稿用紙にしてたった二〇枚ほどの「座頭市物語」が初発の原形であったのである。

勝新太郎主演により二六作（未確認）ほど映画化され、岡本喜八監督『座頭市と用心棒』（一九七〇年）、北野武監督ビートたけし主演『座頭市』（二〇〇三年）、曽利文彦監督綾瀬はるか主演『ICHI』（二〇〇八年）、阪本順治監督香取慎吾主演『座頭市 THE LAST』へと繋がり製作され続けている。他にテレビドラマや舞台をカウントすれば現在まで膨大な数の「座頭市物語」が作られ続けている。これらは、子母澤寛が定着させた「座頭市物語」のモティーフや人物像から乖離するどころか、むしろそのフレームの中で堆積する伝統のように、深みと厚みを加えて来た。子母澤寛が描いた「座頭市物語」は、おおむね以下のようであった。

天保の頃、やくざの子分で座頭市という盲目のでっぷりした大男がいた。頭を剃っていて、柄の長い長脇差しを差して歩いていた。しかも盲目でありながら抜刀術居合いがうまい。いつ抜いたかいつ斬ったか、徳利が見事にまっぷたつになっている。「え、悪い事をして生きていく野郎に、大手をふって天下を通行されて堪るか」。役人と手を組んだ親分に、杯を返して姿を消す。

今読めば、確かに差別的な表現が多くある。多くありながら、子母澤寛の座頭市は、そのハンディを超えた人間の優しさや強さ、悪と権力に抗う確固とした人間像を、民衆的大衆的視座から確立しているのである。ポピュラリティを確立している。このフレームは、後に続く者たちは今なお遵守している。

岡本喜八監督勝新太郎・三船敏郎主演の映画『座頭市と用心棒』は一九七〇（昭和四五）年に封切られた。岡本喜八は岡本喜八郎が本名である。一九二四（大正一三）年二月一七日に鳥取県米子市に生まれ、明治大学専門部商科を卒業している。一九四三（昭和一八）年東宝に入社。岡本喜八監督『座頭市と用心棒』は、勝新太郎主演によって製作され続け、子母澤寛原作のフレームは厳守されながら、より深みと厚みを増していた「座頭市」シリーズの番外編ともいえる。

シリーズ「座頭市」と黒澤明監督のバガボンド的ヒーロー「用心棒」を対決させる発想から、この作品が創られた。日本最強のアウトロー対決の娯楽性は勝新太郎と三船敏郎の存在感と迫真の演技、さらに岡本喜八監督のスピーディな、間髪を入れぬ物語展開能力が重なり合うことで、見事なエンターテインメントが成立した。にもかかわらず、そうした娯楽性の基底部に、監督岡本喜八が一九七〇年前後の時代性に着目していた想いが作品の中に語られている。

時代は、七〇年安保「闘争」や学生たちの全共闘運動から、連合赤軍事件へと陰惨な先鋭化現象を呈する、という時代性への想いである。自由民権運動や明治社会主義運動が辿った運動の末期現象がここでも繰り返されていく。[37]エンターテナーであり、また同時に我が経験から、戦争を中核に据えて「闘い」なるものを見つめ続け制作し続けてきた岡本喜八が、この時代の「闘争」が陰惨に向かいゆく様相を憂いながら、国家や権力や運動につきまとう陰湿な「戦場」の「闘争」ではない、能力としての「力」を持った人間同士の痛快無比な娯楽性を持った「闘い」を描いて見せた。『座頭市と用心棒』を時代性と対峙させたと読み解けば、この映画の基底にある思想が釈然とする。

さらに補遺として取り上げれば、北野武監督ビートたけし主演の『座頭市』がある。北野武は一九六五（昭和四〇）年明治大学工学部入学。卒業単位を若干残しながら、除籍となる。その後の世界的な芸術活動が評価されて、二〇〇四（平成一六）年、明治大学から特別卒業認定証と特別功労賞を贈呈された。北野「座頭市」もまた、子母澤寛の「座頭市物語」を伝統として踏襲しながら、温め続けてきた腹案を勝新太郎亡き後ようやく念願かなえて完成させたのである。

ベネチア国際映画祭で最高賞の金獅子賞に輝いた『ＨＡＮＡ－ＢＩ』は、暴力と人間の弱さとそれゆえに深まる愛の実相を、ラストの拳銃一発の残響を中空に置いて描いた作品である。北野「座頭市」も『ＨＡＮＡ－ＢＩ』と主題が通底するところがある。暴力と人間と愛のテーマは変わらぬ。岡本「座頭市」の娯楽性はこの作品にも強烈に発散している。ただその娯楽性の強烈な発散が、実は、民衆の劇としての北野「座頭市」のラスト、村人たちがタップダンスを踊る歓喜の中に表現されているのである。

それまでの盗賊に親を惨殺された姉弟の復讐物語と、北野「座頭市」の闇夜に生きるヒーロー物語と、浅野忠信演じる薄幸の武士夫婦の物語が交錯しながら、収斂していく。そのラストに民衆の勝利を祝い、ひそかに去っていく「市」へのスタンディングオベーションとして、村人たちの歓喜の踊りがいつまでも続くのである。

「え、悪い事をして生きていく野郎に、大手をふって天下を通行されて堪るか」といった子母澤寛「座頭市物語」の市の言葉は、国家や権力や中央や、それらを笠に着た暴力に戦く民衆が、「孤」として生き延びながら闇夜をさまよう「孤」に徹したヒーロー・市と握手した瞬間に、次の地平に立つ「個」の連帯を勝ち得るのである。民衆の劇としての「座頭市物語」が確立して北野武にまで繋がる「孤」に徹した「個」が、輝くゆえんである。そのスタートラインに立っていたのが、子母澤寛とその文学作品なのである。

註

（1）子母澤寛「厚田日記」、『子母澤寛全集13巻』一九七四（昭和四九）年一月講談社刊所収。
（2）ＤＶＤ『駅　STATION』二〇〇五（平成一七）年東宝発売。一九八一（昭和五六）年公開。
（3）阿久悠『歌謡曲の時代　歌もよう人もよう』二〇〇七（平成一九）年一二月新潮社刊参看。
（4）山田風太郎『地の果ての獄』上下二〇一一（平成二三）年三月角川書店刊「山田風太郎ベストコレクション」。
（5）子母澤寛「夜逃げした厚田村」、『子母澤寛全集25巻』一九七五（昭和五〇）年二月講談社刊所収。
（6）尾崎秀樹編「子母澤寛年譜」、『子母澤寛全集25巻』一九七五（昭和五〇）年二月講談社刊所収。
（7）二〇一三年一二月一日に私は、子母澤寛の祖父・梅谷十次郎とその父・梅谷「與」市の事蹟を調べに、津市にある三重県立図書館を訪ねた。渡邉、村田両図書館員の協力を得ながら、津藩士「梅谷氏」もしくは「斎藤氏」を探した。上野市総務部市史編さん室編『廳事類編人名索引』一九九六（平成八）年三月刊、同編さん室・久保文武編著『藤堂藩城代家老日誌　永保記事略』一九九四（平成六）年刊に目を通したが当該「氏」は発見できなかった。また大部の『中川蔵人政挙日記』一から四の四冊も閲覧した。これは津城代家老・中川蔵人政寛（初名政挙）が、一八三三（天保四）年から一八六八（慶応四）年に至る多方面に渡る事柄を記した日記であり、郷土史家・七里亀之助が末裔・中川英郎の許可を得て謄写版印刷した労作である。梅谷與市も十次郎もその生涯が重なる時期の日記である。管見によれば天保九年に中川が藩主に伴い在府していたときの日記に、「斎藤ニ借覧植崎大八郎上書読終井上へ廻ス」とある箇所を見つけられたのみである。梅谷與市は江戸詰の津藩士であるから、この「斎藤」の可能性がないわけではないが、城代家老に親炙する身分であるならば、他の文献にも登場していいはずだが、当該「氏」で可能性のあるものは「梅谷」もなかった。江戸詰のためか、あるいは最下級の武士であったかは不明だが、後者の可能性が高い。なお、『中川蔵人政挙日記』発刊年月は奥付がないため判然としない。三重県立図書館蔵書印には昭和五八年一一月三〇日とあるからそれ以前の近い時期であろうか。
（8）梅谷第伍「子母澤寛」、文藝春秋編『想い出の作家たち』文春文庫二〇一一（平成二三）年五月刊所収。初出は「回想の子母澤寛」一九九二（平成四）年七月文藝春秋刊『オール讀物』所収。
（9）（8）に同じ。

(10)（1）に同じ。
(11)山崎有信『彰義隊戦史』一九〇四（明治三七）年三月隆文館刊。論者は国立国会図書館アーカイブス「近代デジタルライブラリー」中『彰義隊戦史』を参看した。
(12)吉村昭『彰義隊』二〇〇五（平成一七）年一一月朝日新聞社刊においても、大村益次郎率いる官軍の組織を「西郷隆盛指揮の薩摩藩兵一番、三番各小銃隊、一番遊撃隊、兵具一番隊、一番大砲隊、臼砲隊」等とかなり詳細な記述をしているにもかかわらず、「谷中口をかためていた彰義隊の諸隊」とひとまとめに記述するほかなかったものと考えられる。
(13)子母澤寛「玉瘤」、『雨の音』中公文庫二〇〇六（平成一八）年六月中央公論新社刊所収。
(14)森鷗外『渋江抽斎』、『日本近代文学大系12巻』「森鷗外集Ⅱ」一九七四（昭和四九）年角川書店刊所収。初出は大正五年一月一三日から同年五月一七日『東京日日新聞』連載。
(15)「箱館戦争降伏・戦死者名簿亀谷熊次郎旧蔵」文書翻刻、近江幸雄編著『激闘箱館新選組　箱館戦争史跡紀行』二〇一〇（平成二二）年八月刊第三版所収。
(16)吉田悦志「明治大学の中の地域文化─岸本辰雄・宮城浩蔵・矢代操と子母澤寛たち─」、『国際日本学研究』二〇一四（平成二六）年三月明治大学国際日本学部刊所収。
(17)子母澤寛「脇役」（1）収録。初出は一九六一（昭和三六）年六月文藝春秋刊『オール読物』。
(18)子母澤寛「曲りかど人生」、『子母澤寛全集24巻』一九七四（昭和四九）年七月講談社刊所収。
(19)工藤欣弥「三岸好太郎の源流をさぐる」、『北海道立三岸好太郎美術館報第11号』一九八六（昭和六一）年三月刊所収。
(20)井上（名前不詳）「『三岸好太郎の源流』をめぐって─父・橘巌松の家系をさぐる─」、『北海道立三岸好太郎美術館報第12号』一九九一（平成三）年三月刊所収。
(21)工藤欣弥「三岸好太郎の源流をたずねて」、『北海道新聞』一九八六（昭和六一）年二月一八日号掲載。
(22)匠秀夫『三岸好太郎─昭和洋画史への序章─』一九九二（平成四）年八月北海道立美術館刊改訂版。
(23)この『明治大学文人物語』の初校を校正していた二〇一六（平成二八）年一月三〇日に、石狩市厚田の「厚田資料館」を実質的に運営している元札幌大学教授の佐藤勝彦さんと資料館充実のために子母澤寛資料を収集し館の充実に努力している中根誠治さんとに伴って、横浜市の宮川甲八郎さん宅を訪れた。宮川甲八郎さんは子母澤寛の長女の長男である。また子母澤寛の三男の妻・梅谷英子さんの娘・中山とも子さんも駆けつけていただいた。ここで宮川さんにお教えいただいたあまりにも貴重な資料やお話についてはとてもこの註で扱えるほど簡単なものではない。あらためて、精査した上で論文なり研究ノートの形で書き記したいと思う。

ここではその時に示された脇坂遼（宮川甲八郎さんのペンネーム）著『厚田川』（非売品）に記された「伊平」の箇所を紹介しておきたい。

「松太郎には父親がいない。竹内与平という東京から来た男とイシとの間に生まれた子だが、与平はその後にイシと松太郎をおいたまま姿をくらましてしまった」と脇坂遼さんは書いている。

「伊平」ではなく「竹内与平」であり東京から来た男であることが書かれていて、きわめて刺激的である。私としては「伊平」のままにしておいて、いずれ詳細を検討してみたい。ここで大変重要な証言は「与平はその後にイシと松太郎をおいたまま姿をくらましてしまった」と書かれているところである。

やはり「伊平」は間もなく死んだのではなかった。子母澤寛が作中で「伊平」が死んだと書いたのは、子母澤寛があえて作中でした「父殺し」であったと私が仮定したことが、的外れではなかったことを、脇坂遼さんの文章は明かしてくれている。

(24) 北海道立三岸好太郎美術館ホームページ収蔵作品油絵作品番号0―14「兄及ビ彼ノ長女」一九二四（大正一三）年参看。付されたコメントで岸田劉生は「三岸好太郎君の諸作もまた不思議なる美しい画境である。内から美が素純に生かされてある。愛情という様なものが形の上に美しく生きている」と述べている。

(25) 子母澤寛「お島さん」（1）の「『人』のはなし」所収。

(26) 縄田一男「解説」、子母澤寛『雨の音　子母澤寛幕末維新小説集』中公文庫二〇〇六（平成一八）年六月中央公論新社刊所収。

(27) 尾崎秀樹「解説」、子母澤寛『ふところ手帖』中公文庫二〇〇六（平成一八）年二月中央公論新社刊所収。

(28) 中村彰彦「子母澤寛の世界」、子母澤寛『ふところ手帖』中公文庫二〇〇六（平成一八）年二月中央公論新社刊所収。

(29) 綱淵謙錠「解説」、司馬遼太郎『新選組血風録』中公文庫一九九六（平成八）年四月中央公論社刊所収。この解説は、子母澤寛の『新選組始末記』『新選組遺聞』『新選組物語』という新選組三部作と司馬遼太郎『燃えよ剣』の地続きの様相を的確に指摘した解説である。

(30) 今川徳三「歴史・時代小説作家論　子母澤寛」、『国文学　解釈と鑑賞』一九七九（昭和五四）年三月至文堂刊所収。
(31) 松島栄一「解説」、子母澤寛『游俠奇談』ちくま文庫二〇一二（平成二四）年一月筑摩書房刊所収。
(32) 高橋敏「解説」、子母澤寛『游俠奇談』ちくま文庫二〇一二（平成二四）年一月筑摩書房刊所収。
(33) 『新選組始末記』は一九二八（昭和三年）八月に万里閣書房から、『新選組遺聞』は翌昭和四年に同じ万里閣書房から、『新選組物語』は昭和七年一月に春陽堂から発刊されている。その後中央公論版『子母澤寛全集』でこの三作は一巻に纏められて、再編集されていて、講談社版『子母澤寛全集第1巻』所収「新選組始末記」もそれを踏襲して発刊された。書誌的な分析を論者は現時点ではしていない。
(34) 子母澤寛「駿河遊俠伝　下」、『子母澤寛全集20』一九七四（昭和四九）年六月講談社刊所収。
(35) 初出誌は『小説と読物』と『週刊読売』二説ある。小嶋洋輔、西田一豊、高橋孝次、牧野悠の共同プロジェクトによる【史料紹介】「『小説と讀物』『苦楽』『小説界』―中間小説誌総目次」（『千葉大学人文社会科学研究』第二六号二〇一三〈平成二五〉年三月刊所収）という労作によれば、『小説と読物』連載の子母澤寛「ふところ手帖」は同誌第三巻第四号（昭和二三年四月刊）から第三巻一二号（同年一二月発行）まで、八回にわたり掲載されている。筆者は千葉大学リポジトリ「フルテキストへのリンク」を拝見した。第何回の「ふところ手帖」に「座頭市物語」が載せられたのかはわからない。後日を期したい。
(36) 子母澤寛『ふところ手帖』一九六一（昭和三六）年九月中央公論社刊。前掲講談社版『子母澤寛全集25』所収。
(37) 吉田悦志『事件「大逆」の思想と文学』二〇〇九（平成二一）年二月明治書院刊に詳しく論じた。

第4部

文学者たち

第1章　中村光夫の文芸批評――広津和郎への違和

中村光夫、四〇歳。広津和郎、六〇歳。ほぼ二〇歳違いの評論家二人が、アルベール・カミュ作『異邦人』をめぐって論争を展開したのは、一九五一（昭和二六）年のことであった。

青春というには、中村光夫は齢をとっている。老年期というには、広津和郎はまだそれほどでもない。『異邦人』論争全体に流れるバック・モティーフに、「青春」論の視点が隠顕している事実と、二人の年齢とを思い合わせるなら、そのことだけ見ると、奇なる感慨を、私は持ったのである。ともに、「青春」をベースキャンプにして、論争を進めるには、齢をとりすぎているのではないか。

ことに、広津和郎の「カミュの『異邦人』」(1)（一九五一〈昭和二六〉年六月一二日、一三日、一四日『東京新聞』）という文章について、編集者の求めに応じて反対意見を開陳した「広津和郎氏の『異邦人』論について」(2)（昭和二六年七月二一日、二二日、二三日『東京新聞』）という中村光夫の文章には、周知のとおり、次のような文言が記されている。「そこらの頑固親爺が倅にむかって『近ごろの若い者は』と説教するのとまるで選ぶところがありません」。「かつての『神経病時代』の作者の『神経』も、今ではこういう常識道徳の代弁者になり下ってしまったとしたら、齢はとりたくないものです」。

あるいは、「氏がもはやその精神のなかにしめる自分自身の位置に変化をあたえることを好まぬ老年期に達したため、と考えます」。さらに、「氏の老年の生活の無意識の抵抗にもとづくと考えます」。中村光夫は、この短い反駁文の中で、当人の年齢は表面的にはあたかも、無視するように、広津の老いだけを責めるのである。

太宰治は、一九四四（昭和一九）年の『津軽』(3)の中で、「正岡子規三十六、尾崎紅葉三十七、斎藤緑雨三十八、国木田独歩三十八、長塚節三十七、芥川龍之介三十六、嘉村礒多三十七」と妻に向かって呟かせ、「それは、何の事なの？」と妻に問い返されたとき、主人公は、「あいつらの死んだとしさ。ばたばた死んでいる。おれもそろそろ、そのとしだ」と答える主人公を描いている。一九〇九（明治四二）年生まれの太宰は、『津軽』執筆のときは、三五歳であった。中村光夫が、広津和郎に、「齢はとりたくないものです」と強烈な表現で言い寄ったのが、四〇歳であった。しかも、太宰の生まれた

◉上――中村光夫
◉下――広津和郎

二年後の一九六九（明治四四）年に、太宰と同世代人として中村光夫は、東京市下谷区練塀町（現東京都台東区秋葉原）で産声を上げているのである。

三五歳の太宰は、死を見つめながら老いていく自分を、子規や独歩の人生と重ね合わせており、四〇歳の中村は、広津和郎の老いを、「ぼく等の」若い「世代」の側から、痛烈に批判したことになる。とすれば、中村光夫の「老年」観は、よわいの問題として捉えられていないはずである。青春を燃焼しつくして晩年を見つめる他なくなった太宰に、再び青春は、彼の心底に甦えることのない、通過してしまった悔恨の廃墟であり、中村にとっては、よわいの問題でなく、今、今日も鮮やかに心底に刻印され、しかも沸々と生きて呼吸している実態としての精神化された青春そのものであった。たとえ、広津が同年代の評論家であろうと、中村には青春を携えた者という自恃がある限り、広津の『異邦人』論は、やはり、「頑固親爺」の説教としか写らなかったのである。太宰治であろうと、悔恨の廃墟でしかない、実態を喪失した仮称のごとき青春しかもたぬ者は、中村から見れば、「齢はとりたくないものです」の対象にならざるを得なかったのである。

冒頭で、奇なる感慨と私が書いたのは、よわいの問題と解釈したために起こった、私一個の誤読が原因ということになる。最大の問題は、中村光夫の「青春」とは何か、である。そのことを無視しては、「ぼくは『異邦人』を読み、広津氏が『神経にひっかゝる』といっていた箇所を、氏とは逆の意味で心に留めました。カミュの小説的才能はそれほどゆたかでないにしろ」（「広津和郎氏の『異邦人』について」）と、カミュの小説的才能を絶賛するどころか、むしろ「ゆたかでない」といい、「カミュの異邦人について―広津和郎氏に答ふ―」[4]（昭和二六年一二月『群像』）では、スタンダアル、メリメ、フロオベル、モウパッサン、フランスなどを、「これら不敵な面魂を持つ巨人の系列」と位置づけながら、「くらべれば、『異邦人』の作者などいくらえらくとも、ほんのヒヨッ子にすぎないのです」ともいい、にもかかわらず、異様な熱心さで広津和郎の『異邦人』論に批判を徹底した本当の理由は、理解できまい。

中村光夫の「青春」とは何か。あるいは、「青春の感性」とはどういうものなのか。「青春の感性」というフレーズは、この論争の中で中村光夫自身の使用したものである。

江藤淳は、「世代の証言」[5]と題する中村光夫追悼文を書いた。江藤は、一九八三（昭和五八）年、『文学界』五十年のあゆみ」（戦後篇）の鼎談に中村と磯田光一、三人で出席したときの思い出を披露している。座談会が終わって、たまたま、帰る方向が同じ鎌倉だったため、ハイヤーに同乗した中村光夫と会話を交わすことができた。二人きりで交わした最後の会話になったという。

「小林も河上も、今ちゃん（江藤注・今日出海氏）にしてもね、友達同士が信頼し合っていたのも、あの世代までだね。それにくらべると僕らの世代は、大岡昇平にしても福田恆存にしても、友達といったってまるで違うからね」と、中村が江藤に言った。「どう違うのですか？」と江藤は訊く。「どうって、つまり、お互いに少しも信頼なんかしていないんだ」。中村は、淡々と、しかも少し淋しそうに言った。そこで今度は、中村が逆に、「それで、君達はどうなの、君達の世代は？」と江藤に訊く。江藤はためらいながらも、「……自分のことでいえば、石原でも、大江でも、やはりどこかで信頼しているんじゃないかと思いますね」「そうなんだろうね、君達の世代は。多分そうなんだろうね」と言いながら、「中村さんは、闇の中を真っ直に見詰めていた」と、江藤淳はその暗然たる中村光夫の姿を記している。さらに、車を降りて別れを告げたとき、「私はほとんど中村光夫氏の文学的遺言を口述されたような気持になっていた」と、言う。ある重要な証言に立ち会っているのだという緊張感と胸騒ぎとを覚えながら、中村の発話を聞いていた江藤は、それを中村の「文学的遺言」とまで深刻に受け止めたのである。

江藤淳は、この「文学的遺言」ともいうべき中村の呟きにも似た発言を、さらに次のように解読する。「あの自意識の偏重と、その裏側にある嘲弄されることを極度に恐れる態度とが、一体何に由来しているのかは判然としないが、あるいはそれこそ西欧の近代が、それに触れようとしたある時代の日本の文学者の精神に注入した痺れ薬のようなものだったのかも知れない。中村さんは、私に向って、この薬の効き目はなかなかのものだったよと、告白してくれたのである」。

西欧の近代が、中村光夫の精神に、痺れ薬のようなものとして注入され、この薬の効き目は、「なかなかのものだった」と江藤は書いた。無論、「なかなか」は、なまなかのものではなかった、と解すべきで、激しい衝撃力によって、全心身を揺さぶり、広がり、凝縮し、支配した西欧の近代、その場から文学的「青春」を出発し、かたときもそこから離れることのなかった中村光夫の、「自意識の偏重と、その裏側にある嘲弄されることを極度に恐れる態度」を、江藤淳は見事に理解し実感したといえよう。

「ある時代の日本の文学者」が中村光夫に象徴され、「西欧の近代」が、具体的には、ギイ・ド・モウパッサンであり、ギュスタフ・フロオベルであったのはいうまでもない。モウパッサンとフロオベルの青春と、中村光夫の青春が、同時代の青年の感受性として共通項を持ったからこそ、注入された痺れ薬の効き目は、なまなかのものではなかったのである。中村が、「ギイ・ド・モウパッサン」を『文学界』に発表したのは、二三歳、「ギュスタフ・フロオベル」を同じ誌上に公表したのは、二七、八歳のころであった。一高、東大と進んだ時期に、集中して耽読したのも周知のとおりである。中村の青春と、モウパッサン、フロオベル耽読時期は重なっていた。

西欧の近代精神に発見し、驚き、離れ得ぬと観念し覚悟した青春を、その心底の中枢に据えていったことと、彼の青春を、かの青春にほどけぬ結びにしていったこととは、一如の意味にほかならない。彼の青春、つまり、中村光夫の青春の実情を、私は知らない。わずかに、「僕等の大学時代はある意味で青年には今よりずっと陰鬱な時代であった。丁度満洲事変のはじまったころで、たまに学校にでても、友人の話は深刻な就職難と末期に瀕した左翼運動の噂ばかり、(中略)。そのなかで得体のしれぬ熱情をひとりもてあまし、人生の目的をすべて見失ったような顔をした病身な学生であった僕」(『フロオベルとモウパッサン』)(6)、中村光夫を知るだけである。出生から幼少期を経て青年に達するまでの、中村光夫に、何が、生活の実際の場であったのかも詳しくは知らない。ただ、ここに自身記録した青春像があれば足りる。「得体のしれぬ熱情」とは、向日的なものでは決してなく、破壊衝動や破滅衝動と等しい内実をはらみ、そのために無目的に意識の中で、鬱々とさまよう、病身な学生、中村光夫が浮かび上がればよい。中村が、『異邦人』論争の中で、しばしば書いた、「不条理」の感性、あるいは感覚そのもので生きていた証しが、そこに綴られているからである。

「不条理」を脱するのではなく、「不条理」そのものと感覚し、「不条理」を肯定的に生きる術を、中村光夫は、西欧の近代、つまりはモウパッサンやフロオベルから学んだはずである。フロオベルを、中村は、「彼はその青春時代を『真の人間』として生きた。そしてそのはてに見出した自分の姿が、いかにみじめであろうと、これにみずから進んで愛着した。なぜなら『人生』とは彼にこれ以外の姿では考えられなかったからである。そして彼の青春とはこの自信をうむ闘いの過程であった[7]」と叙述したとき、中村フロオベル論は、フロオベルは私だ、と叫び続けてゆくものになった。

「彼の生涯はその青春の反芻に過された」とも、「フロオベルの後半生はその青春の遺伝によって生きた。青春とは彼の『前世』であった。ボオドレルの歌った『前世』であった」とも、中村が書いた瞬間、中村みずから、人生とは青春を生き、その青春を反芻し、その青春の遺伝によって生きる道だと確信したに違いないのだ。一九四〇（昭和一五）年、『フロオベルとモウパッサン』の「後記」に、「実を言えば僕に興味のあったのは、ただ彼（フロオベル・吉田記）の青春のなまなましい混乱の姿であった」、そしてさらに、「だが彼の青春は彼の身裡で死んだのではなかった。反対にそれは常に彼の労作の源泉として脈脈と生きていた。彼にとって小説の制作とはその青春の夢の独自な形の実現にほかならなかった。僕等はその作品のいたるところに、彼の夢の潑剌たる水脈をさぐることができる。『人間の心は老いるものではない。』と晩年の彼はジョルジュ・サンドに書いている。／彼の成熟は、その精神の『若さ』と矛盾しなかった。この意味では終生その青春を失わぬ人であった」とも、中村光夫は記している。中村の「青春のなまなましい混乱の姿」と、フロオベルのそれとぴたりと重なり合っていて、そこから「青春の夢の独自な形の実現」、つまり中村文学もスタートしているのである。

人間の心は老いるものではなく、成熟は、その精神の「若さ」と矛盾しない、という確信を得るに到ったのは、破壊的で破滅的な得体のしれぬ熱情を抱えて、無目的に意識の中で、鬱々とさまよう、病身な中村光夫が、「青春のなまなましい混乱の姿」を、自分の内面に見つめつくした果てのことであった。『フロオベルとモウパッサン』の一九六七（昭和四二）年版の「あとがき」に、「『ギュスタフ・フロオベル』を『文学界』に連載しているころ、河上徹太郎に『いまゝで人にむかってものを云っていた君が、今度はじめて神にむかって書いている』といわれ」たと述懐しながら、あらためて中村は、「当時の僕には文学あるいはフロオベルが神であったようです。僕の著作のなかでこのくらい読者を無視したものはありません。議論というより、祈りか呪文のような文章で、何かを招きよせようとしています」と、フロオベル執筆が、神への祈りであり、呪文であったとすらそのときの心境を披瀝しているのである。

神への祈りにも似た、文学創作が、「なまなましい」青春の混乱から脱するためのものであり、江藤淳の言葉を使うなら、西欧の近代が、中村の精神に注入されたなまなかでない激しい痺れ薬のようなものであった、ということになろう。「青春のなまなましい混乱の姿」を、フロオベル文学の根底にさぐりあて、自らの姿をそこに結びつけながら、神に祈るように執筆を続けた中村は、同時に彼の文学的立場をも定立し動じぬものとしていった。

『フロオベルとモウパッサン』は、初版が昭和一五年、二九歳のとき、再版が昭和二三年、二七歳のとき、三度目が昭和四二年、五六歳のときである。その都度、「後記」「新版序」「あとがき」を、中村は付しているが、ここに表出している調子、内容も文体（敬体への変化を除くならば）もほぼ変わらない。青春への熱い思いが綴られている。「人間の心は老いるものではない」という信念に、貫かれている。「終生その青春を失わぬ人」中村光夫の、一筋道を辿る姿が、「後記」から「あとがき」まで、克明に記されているのである。

他の文芸誌に、「平然と間違える人」(8)という一文を、やはり江藤淳が書いている。ここで江藤は、『齢はとりたくないものです』と『異邦人』論争で喝破しながら、後年『文学は老年の事業である』とうそぶいて憚らなかった」中村光夫の「居直り」を指摘しながら、「中村さんは落付き払っているように見えたけれども、結局は『拙』な人であった、間違えてばかりいる人であった」と言っている。中村光夫に注入された西欧の近代、その痺れ薬のようなきわめて激烈な効き目を、分裂した個の様相の中で捉えた江藤淳が、ほぼ同じ時期に、別の雑誌上に公表した「追悼文」では、「齢はとりたくないものです」発言と、後の「文学は老年の事業である」発言とを、中村の「居直り」としか承知できなかったのは、はからずも、文学する者の「齢」を、冒頭で私自身が誤解した、よわいと考える、同じ過ちである。

「齢はとりたくない」も、「老年」も、よわいの問題などではなかろう。よわい重ぬるも、「人間の心は老いるものではない」。これが中村光夫の文学的信念である。中村光夫の人生の確信である。「齢はとりたくないものです」発言と、「文学は老年の事業である」発言との間に、みじんも間違いもなければ、矛盾も齟齬もない。そうでなければ、一九八〇（昭和五五）年、七〇歳になろうとする中村光夫が、今さらの如く、『近代の文学と文学者』(9)上・下の発刊などするはずもなかった。

だから『フロオベルとモウパッサン』(10)は、「充実した――そしてまたそれゆえに悲劇的な――『青春』の生を記述しており」、『二葉亭四迷伝』は、「充実したものとしてありえたかもしれないにもかかわらず、ついにそれが可能性としてしか存在しなかった日本近代という環境における『青春』についての素描である、と言いうるかもしれない」と、綷秀実がその『中村光夫論』(11)において、中村の二つの著書を連結したのは、正しいのである。さらに、綷秀実が、『明治文学史』『日本の近代小説』『日本の現代小説』『明治・大正・昭和』『近代の文学と文学者』、そして、『風俗小説論』『谷崎潤一郎論』『佐藤春夫論』『志賀直哉論』などの中村の代表的著述をとりあげて、「だがしかし、中村光夫的『文学史』は決して『歴史』ではない。それはむしろ、近代日本の文学がいかにして制度的に『歴史』化していったのか、ということを解析しているのである」といっているのも正しい。

そこに、『異邦人』論争が、中村光夫の「青春」論を主軸としながら、広津和郎的「大正期のリアリズム」批判として展開される本来の理由があった、と私は考える。広津和郎が敵ではなかったし、またあえて極言するなら、カミュも『異邦人』も、全面的礼讃の対象ではなかったのである。

まず、中村光夫の「青春」、つまり、「青春のなまなましい混乱の姿」と捉えられるものが、「カミュの異邦人について—広津和郎氏に答ふ—」の中にどのように表白されているかを見てみよう。「カミュがそこで主人公のムールソオにあたえるのは、ただ彼自身の感受性であり、彼の思想を出き合いの形であたえることは作者自身が厳重に警戒しています」という箇所の後半部は、別様の課題に移行するはずだから、前半の、カミュがムールソオに与えたカミュの感受性に絞る。中村は、ムールソオの「不条理の感覚」を、「現代の若い独身のサラリーマン」は、おそらく国籍を問わず、相通ずる断片を持つはずだ、といっている。というのは、「『起床、電車、事務所或いは工場での四時間』という生活は、アルヂェリアやフランスに限られたもの」ではないからである。「およそ近代の機械文明の洗礼を受けた都会のあるところでは必ず見られる生活様式です。同じ感情を呼」ぶはずで、「若い心」に「不条理の感情」が、普遍的な感情と受け止められるのは自然なことだ、と中村光夫はいっている。ムールソオは、「カミュが青春の感性の力一杯の運動から生みだした思想詩の主人公」である。

ここまで例証すれば、カミュの「青春の感性」が、ムールソオに思想化されたのであり、世界的共質性を有する「若い人」には、実在の人間より真実な存在として充分うけ入れられる、とする中村の立論の軸に、「青春の感性」、つまり「青春」論がすえられていることはうなずけようかと思う。

同じ文章に、中村が、「フロオベルがその青春の感性を、彼女（エンマ・吉田記）に二度とかえらぬ撥剌としたかたちで託」したと記した部分から、遡行してゆくなら、江藤淳の、西欧の近代のなかでない激しい痺れ薬を注入された中村光夫の精神の「青春」にたどりつく。そのたどりついた精神の場から、より遡ってゆけば、中村光夫がその青春時代に、神に祈るように接近していったフロオベルの「青春のなまなましい混乱の姿」があぶり出されてこよう。

フロオベルは、「真の人間」として生きた青春時代に愛着した。なぜなら「人生」とは彼にこれ以外の姿では考えられなかったからである。だから、彼の生涯はその青春の反芻に過ごされ、その後半生は青春の遺伝によって生きた。青春とは彼の「前世」であった、と中村光夫は「ギュスタフ・フロオベル」に書いた。フロオベル、彼、を中村光夫に置き換えればよい。フロオベルは私だ。「ギュスタフ・フロオベル」の「青春」は、私の「青春」だ、と。ただし、「ボヴァリイ夫人はわたしだ」と同旨の意味においてである。中村光夫はつとに、「青春とは彼（フロオベル・吉田記）にとって、その無垢な感性が人生に傷つくことによってそこになまなましい思い出を蓄えた一時期であった。しかも彼はこの思い出を思い出として完成するに長い歳月を必要とした。その青春の意味を了解するに彼の後半生のすべてを必要とした」と「ギュスタフ・フロオベル」に書いた。

フロオベルの青春は、文学創作によって反芻された。だから、「ボヴァリイ夫人はわたしだ」という一句は、そうでありながら、あるいはそうであるからこそ、ボヴァリイ夫人はフロオベルではない。というまことにパラドキシカルな内容を持つのである。ボヴァリイ夫人はフロオベルである、と同時にフロオベルではない、というロジックを、真実のものと受け止める「青春の感性」をもたぬものに、西欧の近代、とりわけ文学を理解することは至難なのだ、と中村光夫は思惟したはずである。

とすれば、中村光夫はフロオベルだ、というロジックも、同じく中村光夫はフロオベルではない、というロジックの表裏であることも、私どもが「青春の感性」をたずさえぬ限り見えてこないことになろう。そこのところが見えないまま、『異邦人』発言を検討しても、発言の底辺に流れている、中村光夫の「青春」は、見えないか、あるいは茫漠として像を結ばないか、のいずれかであろう。『異邦人』論で、中村光夫は、青春を反芻しただけなのだ。広津和郎は広津なりに、まことに彼らしく、カミュのムールソオに違和を表明し、その文学的生涯をかけて、誠実に、嘘なく語り、神経に障る旨を論述した。けれども、中村光夫の「青春」の反芻に気づかぬ限り、『異邦人』論争の結接点など、初手から望むべくもなかった。とすれば、「氏（広津・吉田記）のムールソオに対する攻撃は、まったく既成道徳の通り一遍の常識をでず、そこらの頑固親爺が倅にむかって『近ごろの若い者は』と説教するのとまるで選ぶところがありません。／かつての『神経病時代』の作者の『神経』も、今ではこういう常識道徳の代弁者になり下ってしまったとしたら、齢はとりたくないものです」（「広津和郎氏の『異邦人』論について」）と、中村が、痛烈無比の言辞をあびせかけた事態は、広津和郎には、内実のほとんどが理解できなかったというのもうなずけることなのである。誠実さと共鳴は、一致するとは必ずしも言えない。

広津はその文学的生涯にかけて発語し、中村は「青春」を反芻したのである。広津和郎は、「日本の芸術家は六十歳になれば『齢はとりたくないものです』と云いたくなるほどの老いぼれ方をするものだというような、何か宿命的な観念でも中村氏の頭にあるのではないであろうか」と、明らかに「青春」の問題を、よわいの問題と錯覚した。このときから「異邦人」論争は、ねじれ現象を起こした。

中村光夫は、神に祈るように、わが青春のなまなましい混乱から脱するために、『フロオベルとモウパッサン』、殊に「ギュスタフ・フロオベル」に向かい、その過程で「青春」の反芻を文学的モティーフに据え、その上に「ボヴァリイ夫人はわたしだ」という一句に込められた、作者と作品の関係を西欧の近代文学の核心と理解していった。作者の「青春の感性」を「思想化」するという文学方法と、日本近代文学の、いわゆる作家の実生活と作品がなんらの緊張関係を構築せぬままダイレクトに、しかも単純に連結させられてしまう様相との、はなはだしい懸隔に瞠目した。中村の「青春」論と文学観が定立していったはるか先に、広津和郎の「カミュの『異邦人』」があった。消極的に、編集者の求めに中村は応じた。カミュの小説的才能をそれほど豊かでない、という判断や、スタンダアル、メリメ、フロオベル、モウパッサン、フランスなどに比すれば、『異邦人』の作者などほんのヒヨッ子にすぎない、という判断があった、にもかかわらず、『異邦人』を評価し、広津文にかみついていったのは、カミュの「青春の感性」が「思想化」された作品としての『異邦人』を、中村は、西欧文学の築き上げてきた伝統とその正統に立脚したもの、と考えたからであり、広津文が、旧態墨守然とした作家の実生活と作品を直結する今さらながらの思考に支えられていることに、唖然としたからに他ならない。

「すなわちムールソオ青年とカミュとの関係は、エンマ・ボヴァリイとフロオベルとの関係、あるいはミシェルとジイドとの関係などをそのまゝ踏襲したものです」と、その伝統と正統を指摘している。中村は、さらに、「エンマやミシェルが、その凡庸な外観にかかわらず、作者の想像の息吹きを頒たれた魔的な存在であるように、ムールソオの『不条理の感覚』に感覚としての『具体』性を保ったまゝ、思想に裏打ちされた純度と持続性をあたえようとする作者の意図は、彼をやはり魔性の存在としています。彼はたんに作者の化身であるだけでなく、作者の感性をその実生活にない純粋さで結晶することによって、その思想をも体現しているのです。ムールソオがカミュの思想を無意識のうちに生きることは、彼がそれをカミュより強く純粋に生きることを意味します」と書いてもいる。

中村光夫が、エンマ・ボヴァリイとフロオベルの関係や、ミシェルとジイドの関係の延長線上に、ムールソオとカミュの関係をつないで説明しているのは、西欧文学の伝統と正統を継承した『異邦人』を、鮮明にする必要を広津和郎に感じたからである。中村は、『異邦人』は、決して新しい作品ではないといっているのである。むしろ、「ほとんど古典的な思想性」を内包する作品である、とすらいっている。そうした、中村にとって自明の、解決済みの、いわずもがなの文学的事態を、「西欧近代小説から、ただその外面的技法のみを輸入して、その中核を成す作家の思想的作業をまったく見落としたところに成立した『大正期のリアリズムに馴れた作家』」、つまり広津和郎の中に発見したのである。中村は、啞然とし激怒した。「ここでまず注意を惹くのは、広津氏がカミュとムールソオをほとんど同じ人間と考えていることです。(中略)これは作者と作中人物を徹底的に同一視する私小説の理念が氏のような『大正期のリアリスト』たちには、どれほど血肉化しているかを示す、興味ある例証」だと。

執拗に、中村光夫が「大正期のリアリズムに馴れた作家」「大正期のリアリスト」「大正年代のリアリズム」「大正時代の文学」「大正時代のリアリズム」「大正期の作家」と、くりかえしこの論争の俎上に載せ、広津をもひっくるめて彼らに対して、慇懃無礼な言辞をあえて発している理由は、そこにある。「大正時代のリアリズム」に対峙して、「我国の昭和時代になってから『青年』たちがきずきあげた文学の理念」が、「すでに『青年』たちにはかなり手ごたえのある理解を得ている」という願いにも似た、中村光夫の自意識と自負の態度が、いまだこの程度なのかと観念したところに、『異邦人』論争が行われた。大正期のリアリストたちによって、日本の文学風土に定着した、作者と作中人物を徹底的に同一視する私小説の理念を、中村光夫は、広津和郎の発言に見つけて慓然としたのである。

だから、敵は、中村の本来の論争相手は、広津ではなかったのである。広津が本来の敵ではないとすれば、風土としての大正期リアリズムないしはリアリスト一般、と解釈してよいか。一般などではなかった。広津の中に、大正期リアリズムの血脈を見た中村は、さらにその血脈の源に、一人の近代日本の代表的文学者を鋭く見さだめていたに違いない。「青春」論を際立たせず、一つのバック・モティーフとして扱ったのと同様、一人の人物の名前すら表出させなかった。そこに私は、中村光夫という批評家のしたたかな計算、冷静でいてまた激しい資質を感じざるを得ない。

「広津和郎氏の『異邦人』論について」と「カミュの異邦人について―広津和郎氏に答ふ―」の二つの文章に、中村光夫がとりあげた文学者や思想家を、日本と外国に分けて並べてみよう。阿部知二、二葉亭四迷、藤村、漱石、荷風、小林秀雄、唐木順三、河上徹太郎。サルトル、パスカル、ルソー、ゾラ、バルザック、フロオベル、ラクロ、アルツィバーシェフ、ラマルチーヌ、ヴィニイ、ユーゴオ、ボオドレエル、モウパッサン、ジイド、クロオデル、ヴァレリイ、アラン、スタンダアル、フランス、ヴォルテエル、ドストエフスキイ、レールモントフ、ゲエテ、プラトン。中村光夫が、影響を受け、私淑した外国文学者や思想家は、この論争を進める必要上ほぼもれなく網羅されている。ところが、日本文学者は、四迷、藤村、漱石、荷風を明治の作家として挙げ、阿部、小林、唐木、河上は昭和の評論家として挙げていながら、この論争でもっとも重要な位置を占める、「大正期」の文学者は、不思議なことに一人もとり上げていないのである。すべて十巴一からげで、大正期の文学者として扱い、歯牙にもかけぬ風なのである。それでいて、徹頭徹尾、大正期リアリズムとリアリストを、旧然たる日本文学風土を作り出した元凶として糾弾してやまない。しかも、そこに『異邦人』論争の、中村光夫が設定した主眼目があったとすれば、意図的な削除を感じぬわけにはいかないだろう。

私一人は、敵は、つまりこの論争の本来の敵は、広津ではなく、志賀直哉であったと確信している。篠田一士は、「中村光夫が、この自然主義=『私小説』の主流文学に対して行った批評のなかで、もっとも痛烈にして、もっとも深刻、そして、今日読みかえしても、批評の威風ともいうべき雄々しさを堂々と誇っているのは、いうまでもなく『志賀直哉論』である」と、「中村光夫の精神劇」[12]で指摘した点を、私は文字通り受け止める。

ゆえに、中村光夫の『異邦人』論争は、彼の「なまなましい混乱の姿」としての「青春」の反芻であり、そこで捉まえた文学理念の再確認の作業であり、さらに広津と『異邦人』を借りた、大正期リアリズムという日本的文学風土を体現し確定した志賀直哉という巨人の批判であった、といえよう。

註

（1）臼井吉見監修『戦後文学論争』下巻一九七二（昭和四七）年一〇月番町書房刊。
（2）（1）に同じ。
（3）新潮文庫一九八四（昭和五九）年一二月刊。
（4）（1）に同じ。
（5）『文学界』一九八八（昭和六三）年九月号文藝春秋社刊。
（6）一九六七（昭和四二）年五月講談社刊。
（7）（6）に同じ。
（8）『新潮』一九八八（昭和六三）年・九月号新潮社刊。
（9）一九八〇（昭和五五）年九月、一〇月朝日新聞社刊朝日選書。
（10）一九六六（昭和四一）年六月講談社刊。
（11）『群像』一九八〇（昭和五五）年三月号講談社刊。
（12）（5）に同じ。

第2章　平野謙の文芸批評―広津和郎への信頼

1　「破滅型」人間・平野謙

「太宰治は、性質からいっても全然左翼に適しない男だ」と本多秋五が平野謙に語りかけると、平野謙は、「いや、そういう人間さえも左翼になったのが、あの時代なんだよ」と言った。『海』一九七八（昭和五三）年六月号（中央公論社刊）「平野謙の青春」と題された対談での本多秋五発言の一部である。問題はいうまでもなく、「性質からいっても全然左翼に適しない男」を受けて、「そういう人間」と語る平野謙その人が仮に「そういう人間」であったらと、仮定するところから始まるといってよい。「そういう人間」の一人が、平野謙であるとすれば、そこに平野謙と太宰治の共通項が浮かんでくるのではないか。先の挿話に続けて、「平野は本来、革命の闘士型とは肌合いの違う人間だった」と、本多秋五は藤枝静男に語っている。革命運動に生命を賭して参画し、組織や民衆のために殉ずる生き方を昂然と遂行し得ない型の人間として、太宰治と平野謙とはたしかに共通の資質の持ち主と理解することはできよう。ただ、平野謙の日常の語り口調を含めた、いわゆる平野文体の独自な響きを考えるとき、「そういう人間」に込められた感慨には、「革命の闘士型とは肌合いの違う人間」類型として太宰との同質性に思いを潜めながら、さらに奥底に潜在する共通項も同時に語られているのではないか、と思う。

「平野謙氏の批評の言葉、文体」に着眼し、「姿勢正しい含羞人の反語」と規定したのは大江健三郎である。『新潮』一九七八（昭和五三）年六月号（新潮社刊）「追悼・平野謙」に書かれた「発見された者として」と題された一文において、昭和五四年五月三一日、新橋の第一ホテルで催された「平野謙を偲ぶ会」でのスピーチなどをあつめた『平野謙を偲ぶ』（昭和五四年八月、平野田鶴子・「平野謙を偲ぶ会」発起人一同刊・非売品）の中に、やはり大江健三郎の発言がおさめてあり、そこで大江は、

◉上——平野謙

「今年の始めから、飛びとびに時をおいてではありましたけれども、平野さんの全集を読み返しました。その全体にある文体、知識人の文体と言うほかにない独白文とを、私は近代文学百年の、最高の達成の一つだと思いました」と語っている。「発見された者として」と、このスピーチを総合すれば、平野文体は、つまるところ知識人の文体と言うほかにない姿勢正しい含羞人の反語を駆使した独白文体、ということになる。私は、この大江健三郎の平野文体理解をそのまま受け入れたい。「姿勢正しい含羞人の反語」とは、平野批評文体の見事な集約的表現である。そしてそれは同時に、平野謙の批評文体への慧眼であるばかりでなく、日常での語りの口調も、さらに平野謙という一個の人間としての生身のパフォーマンス全体にも応用しうる洞察といってよかろう。

「名人業」という杉浦明平の文章（一九七七〈昭和五三〉年六月『群像』）に、それを明かす思い出が書きつけられている。一九六〇年代の終わりごろから、旧『近代文学』同人たちが、毎年弁天島に集い還暦を迎える同人を祝う会を行っていたという。その会に杉浦明平も招待されて二度ほど出席したらしい。「がこの最後の年（会が中止になる・吉田記）の集りの前、浜松の藤枝静男さんの家に一同立寄ったことがある。藤枝さんが奈良で手に入れた平安仏を拝観するためだった。藤枝さんは、この菩薩の優秀な点を説明したが、一同感心したのかしないのか、聴いているだけで答えがなかった。と、藤枝さんの隣りに座っていた平野さんがその仏像をすっと抱き上げた。わたしにも意外だったが、仏像は漆塗りの木像か塑像かで内が空洞だったからじつに軽々と持ちあがった。と間髪を入れず、平野さんは『いやに軽いもんだなあ』とひとりごとをいったが、それこそふしぎに全員の感想にぴったりだった。何でもないことだったのに、その言行は平野さんの名人業のような気が今でもしている」。

杉浦明平は、鋭い直感力に支えられた実感を重んじながら評論を展開する平野文芸批評の秘密の一端を、このエピソードに託して開陳紹介したに違いない。私としては、ありがたい菩薩の優秀な点を説明する藤枝静男の傍らに座っていた平野謙が、その仏像をすっと抱き上げ、「いやに軽いもんだなあ」とひとりごちた、その挙措と語りの口調を、大江健三郎のいう「姿勢正しい含羞人の反語」に連結したいために、あえて長文引用したのである。「無趣味派の代表」(『群像』誌上座談会「平野謙・人と文学」での埴谷雄高発言、一九七八〈昭和五三〉年六月)であった平野謙。藤枝静男、本多秋五、平野謙の三人で紀州新宮に立ち寄った際、大逆事件で刑死した大石誠之助の墓を熱心に探し回った平野謙について、同じ座談会で藤枝静男は、「そうか、それで、平野がとうとう誰かに聞いてわかって、その寺へ行きましたよ。大変りっぱな墓地ですよ。平野はああいうものの方に興味を示すんでね」と語り、それを受けて、荒正人は「風景じゃないわけだ」と人物評を下している。

生涯無趣味人でとおし、旅をしても風景よりも人に執着した平野謙が、平安仏の優秀を巨細に説明したであろう藤枝静男の傍らにいて、仏像を抱き上げた挙措と、「いやに軽いもんだなあ」とひとりごちた語りの口調とを、「姿勢正しい含羞人の反語」と見るなら、杉浦明平の紹介したこの場における臨場感は、平野謙の反語のパフォーマンスによって、より印象深いものになる。このときの平野謙の何気ない言行全体が、虚よりも実を取る資性を反語によって鮮やかに周りの人々に刻印したことになる。大江健三郎の平野批評文体理解、「姿勢正しい含羞人の反語」は、そのまま平野謙の日常での語りの口調や、一個の人間としての生身のパフォーマンス全体にも応用しうる、といったゆえんである。

そこで冒頭の、本多秋五と平野謙の会話に論を戻すならば、「太宰治は、性質からいっても全然左翼に適しない男だ」という本多秋五に対して、「いや、そういう人間さえも左翼になったのが、あの時代なんだよ」と返した平野謙の言葉もまた、「姿勢正しい含羞人の反語」と見なすことができるのである。「そういう人間」の指示内容が、太宰治一個に限られているのなら、反語でもなんでもない。革命運動の実働に適さぬ人間に向けて、多少の揶揄を込めて「そういう人間」といい、「そういう人間」であった太宰治に、平野謙自らも重ね合わすことで、自嘲気味に我が資性をも表現したはずである。そのことも無論反語性を帯びている。その反語性に気づいたからこそ、「それの多少薄められた形が、平野自身にもあったと思う。平野は本来、革命の闘士型とは肌合いの違う人間だったが、しかし、そっちの方向に引っ張られていって、スパイ小畑とも連絡をとるようなところに入っていかざるを得なかったのが、あの当時の時世であり、またわれわれの共通の若さだったんだ」と、本多秋五は平野発言を補足説明したのである。

そこからさらに、平野謙は、気質として革命の闘士たり得ない自分と太宰を反語によって重ね合わせながら、もう一つの共通項を意識して「含羞人の反語」「そういう人間」と語ったのではないか。革命に殉ずることのできない繊弱な資性という共通項だけではなくて、「破滅型」の人間太宰治にも、平野謙は共通項を見いだしていたのではないか、ということである。太宰治も自分も「破滅型」の人間ではないか、という感慨を、「そういう人間」とやや自嘲しながら「含羞人の反語」で語ったと考える。とすれば、晩年に到りますます確信を深めていった「私は破滅もせず、調和もしないで、今後もしばらく生きのびてゆかねばならぬ」（「破滅せぬ作家のタイプ」、『平野謙全集』第五巻、一九六五〈昭和四〇〉年五月新潮社刊）という人生上の信念も、今一度検討し直してみる必要はないか。平野謙の常套語彙を借用すれば、「破滅もせず、調和もしない」とはいうけれども、はたして「破滅」に「アクセント」があるのか、「調和」に「アクセント」があるのか、というきわめて素朴な疑問に逢着する。つまり平野謙は、破滅に赴きやすい人だから、「破滅もせず」なのか、調和につきやすい人だから、「調和もしない」なのか、という疑問である。私の結論は、すでに、「そういう人間」を、大江健三郎の「姿勢正しい含羞人の反語」を援用して、平野謙と太宰治を同じ「破滅型」の資性を内奥にひそめた人間と推定したときに出ている。意志的に破滅への道を遮断し続けなければ、ついにはその道を加速度的に走りおおせてしまう危機意識を、常に我がものとした人間のみが、「破滅」にアクセントを置いた、「破滅もせず、調和もしない」で生き延びるという信念に到達できたのである。「破滅型」の人間だからこそ、この言葉の信念にリアリティが与えられる。もともと「調和型」の人間で、平野謙があるならば、「破滅もせず」などというフレーズは色あせてしまうであろうし、必要もなかろう。

平野謙を「破滅型」の人間類型と推断する根拠は他にもある。一九七八（昭和五三）年六月の雑誌『海』に載った「対談　平野謙の青春」での藤枝静男と本多秋五の発言、同年同月『群像』掲載の座談会「平野謙・人と文学」での藤枝静男、本多秋五、埴谷雄高、野間宏、荒正人らの発言が伝える若き日の平野謙の姿には、オプティミストの風貌などどこにもなく、陰にこもる暗い情念を内包したペシミストの姿が浮かび上がるものばかりだ。煩瑣になるから一つ一つの発言にふれるのは避けるが、座談会以外で埴谷雄高の「敏感な直覚者」（前掲『海』）の一文だけここでは取り上げておきたい。

埴谷は、「彼はなんと日常の全生活の微細な隅々にまで末端の神経まで顫える気を使いすぎたことだろう。いってみれば、まだそれという気配の翳もないのにいち早く鳴りはじめる彼のベル信号は、『年中無休』、殆んど鳴りっぱなしだったのである」とも、「微かな風にも顫える葦のような神経の苛らだった動きは、何時までたっても、彼の日常の全生活にわたってつづきにつづいて、一種マイナスの消耗となりつづけた」とも、「外面をよくしている場合でも内面の薄暗い不機嫌の苛らだちを抑えに抑えていたのであって、生の全体の何処もかしこも気になるその天性の気質を、事物と事態の核心に迫ってついにそれをとらえる弾機《ばね》にし、そして、生涯しおおしつくせたことは、やはり、絶えず傷つきやすい人間の心のなし得たひとつの負を正に転化した逆転の栄光であるといわねばならない」とも書いている。

「天空飛翔型」の埴谷雄高が、「地上密着型」の平野謙をここまで深くかつ正確に把握し得たのは、ドストエフスキーの『悪霊』体験と呼んでいい同一地平から二人が歩み始めたからと考えられるが、ここではそのことよりも、埴谷雄高の正確無比な平野謙の精神の基底把握が、平野謙を「破滅型」の人間と推断する私の論の一つの証しとなることのみ指摘すれば足りよう。埴谷雄高は、平野謙の自己規定を借りて、「くよくよ型」といっているが、私はそれを「破滅型」といいかえたい。「くよくよ型」もまた「姿勢正しい含羞人の反語」なのだから。

「破滅型」人間・平野謙が、はたしてどのような精神形成過程のもとにつちかわれていったのか今はわからない。埴谷雄高の説明にある「天性の気質」も説得力をもつ。また旧『近代文学』同人すら驚いた中山和子著『平野謙論―文学における宿命と革命』〈筑摩書房一九八四〈昭五九〉年一一月〉が描いてみせた「根本松枝」体験も精神形成の核となったであろうことも疑えまい。「天性の気質」と原体験があざなわれながら、「破滅型」人間・平野謙がつちかわれたと今はいっておくほかない。「平野謙一面」（『新潮』一九七八〈昭和五三〉年六月）の中で、藤枝静男は、「実際彼は凡そ肉身家庭のことに就いては一言も口外することのなかった男」であったと述懐しているところから忖度すれば、あるいは「根本松枝」体験以前、幼少年期にまで遡行した場に「破滅型」の原質を決定した他の要因がないとも限らない。広津和郎のいわゆる「人性の不条理」にその兄・広津俊夫の存在を想定したのと、形こそ異なれ同質の体験が伏在しているのかも知れないのである。

2　アンチ「破滅型」の系譜

「破滅型」の人間として、平野謙は、埴谷雄高のいう「微かな風にも顫える葦のような神経」の苛だちを、終生抱えながら、破滅の涯に危うく立ち続け、なお生き永らえる方途を手さぐりで探し求めた。

広津和郎に、生涯変わらぬ関心と親愛と共感を示し続けた平野謙の真実は、ここにあった。広津和郎を一方の極に据えることで、平野謙は「破滅もせず、調和もしない」一筋道を、かろうじて歩み通したのである。

「若き日の読書」（『平野謙全集』13巻、一九六四〈昭和三九〉年八月）や「独善的な読み方で」（『全集』13巻、同年一一月）に、青年時代に広津和郎の『作者の感想』（一九二〇〈大正九〉年三月）「わが心を語る」（一九二九〈昭和四〉年六月）を愛読し、印象批評の方法や文芸評論の面白さを学んだ、と記している。その平野謙が、『全集』の範囲で探せば、広津について触れた文章でもっとも早い時期のものは、「リアリズムの頽廃」（『全集』1巻、一九四一〈昭和一六〉年一月）、「知識人の文学」（『全集』1巻、同年五月）などであろう。二葉亭四迷の「最も正統な後継者」広津和郎が、「神経病時代」（一九一七〈大正六〉年一〇月）以来「知識人の運命」を一貫して描いてきて、「巷の歴史」（一九四〇〈昭和一五〉年一月）、「歴史と歴史との間」（一九四一〈昭和一六〉年五月）の今日に到るまで作家的営みを続けてきた、そのプロセスを概観しながら、『作者の感想』以来の「批評家広津」の昔からの愛読者である私には、批評における「鋭くしなやかな感受性」や「あつい人生的関心」が、小説作品に生かされていないと思うと指摘している。小説家としてよりも批評家としての広津評価の視点は、平野謙は終生ほぼ変更していない。

たしかに昭和四〇年代あたりから、広津の初期作品、例えば「やもり」（一九一九〈大正八〉年一月）や「兄を捜す」（一九二三〈大正一二〉年八月）などを中心に再評価を試み（「広津和郎Ⅱ」、『全集』2巻、一九六八〈昭和四三〉年九月)、さらに一九七三(昭和四八)年九月には、「ニヒリズム時代の広津和郎の小説作品には、なかなかすぐれたものが多いのである」(「広津和郎XⅣ」、『全集』7巻、昭和四八年九月)と若干の修正を加えてゆくのも事実である。ただ基本的には、広津は小説より評論が面白い、とする平野謙の視点は一貫している。

広津和郎の評論について、平野謙が触れるごく初期の一文は、「散文芸術論の一齣」(『全集』1巻、一九四一〈昭和一六〉年一〇月)である。ここで平野謙は、「結局、一口に云えば、沢山の芸術の種類の中で、散文芸術は、直ぐ人生の隣りにいるものである」という今日となってはあまりに高名な一節を含む「散文芸術の位置」(一九二四〈大正一三〉年九月)と「再び散文芸術の位置に就いて」(一九二五〈大正一四〉年二月)をとりあげて、「現象追随の宿弊に対立したいために」広津の散文芸術を再吟味してみたいと考えた、といっている。しかし、同時に平野謙は、「散文芸術の位置」の如上の引用箇所を『散文芸術の位置』という標題から推察される論文の中身としては、「少々お粗末でないこともない。これでは着眼のおもしろさにすぎぬ、ともいえよう」とも書き添えているのである。そしてさらに「再び散文芸術の位置に就いて」に到り、「広津和郎もまた問題の核心に近づいてきた」とささやかに論の深化を称えているのである。終生平野謙の広津に向けての関心、親愛、共感は変わらずにいたことは疑えない。けれども、一九七一(昭和四六)年一月に「広津和郎は私のいちばん尊敬し、信愛する作家のひとりだ」と述懐する時点に思いを馳せるならば、昭和一六年と昭和四六年の間に挟まる平野謙の広津和郎への関心や親愛や共感の深化の度合には、やはり驚くべき径庭がある。

その深化の度合を測定することが、平野謙にとって何故広津和郎かというテーマに直結することになる。「破滅型」に相違なかった平野謙の、広津への熱い慕いにも似た内実も明らかになろう。

戦後一九四六（昭和二一）年を起点とする「政治と文学」論争を展開する中で、平野謙は広津和郎にわずかに言及してはいる。「政治と文学㈠」（『全集』1巻、昭和二一年五月）に、『風雨強かるべし』を同伴者作家のシンパ的長編と書き、「『政治の優位性』とはなにか」（『全集』1巻、昭和二一年九月）では、有島武郎と広津の論争にふれながら、この論争が「内容的価値」論争や、「散文芸術論」論争を呼び起こしたに「すぎなかった」と。そして、一九五一（昭和二六）年の「異邦人」論争以前に、平野謙は「広津和郎1」（『全集』7巻、昭和二六年二月）に、二葉亭と秋声のリアリズムを源泉とした広津の変わらぬ魅力に触れ、めげずに立ち直る人間のけなげさに感動する広津を「人情家」と捉え、しかし「広津さんは花盛りという時期は結局なかったのではないか」と失望と疑念を表現する。ところが、最後に「しかし、私はこのヒイキ作者がこのまゝで終るとは、やはり思えないのである」と逆転させた論理で広津の作家的奮起を促しているのである。

その直後にカミュの『異邦人』をめぐって、広津と中村光夫の間に論争が起こることとなった。周知のとおり、一九五一（昭和二六）年六月の『新潮』に窪田啓作訳『異邦人』が掲載され、広津和郎が「カミュの『異邦人』」を『東京新聞』の六月一二〜一四日に書いて、後味の悪い面白くない小説と批判した。その批判に同じ紙上で中村光夫は「広津和郎氏の『異邦人』論について」を、七月二一日〜二三日にわたり載せて広津批判を展開し論争が始まった。平野謙の広津に寄せる熱い慕いの込められた奮起の願いと予言、「このままで終るとは、やはり思えない」に、広津は眼を通したであろう。その平野謙の促しに、あたかも呼応するかのように広津は奮起したのである。その広津の復活の奮起を見定めることが、同時に平野謙の広津再評価への契機となった、と私は思う。

「焦点ずれの『異邦人』論争」(「文壇時評」、『全集』12巻、一九五一〈昭和二六〉年一二月)に平野謙は、注目すべき一節を書き添えたのである。「私自身としては『異邦人』より『ペスト』の方をたかく買う。そして『異邦人』の作者が『ペスト』の作者にまで発展していったその作家コースにこそ、私どもが問題にしなければならぬ課題があるように思う」。実存主義的不条理の哲学からスタートし、ついには人間性礼讃を基底に据えた『ペスト』に登り詰めていった、人間カミュの文学的コースそのものを高く評価した平野謙は、このとき広津の文学コースと自分の文学コースを確実に連結するきっかけをつかんだはずである。平野謙の本来の広津和郎への関心と親愛と共感が強まり深まっていく発端に、この「異邦人」論争があった。さらに、一九五二(昭和二七)年九月に『広津和郎著作集』が乾元社から出版され、翌年七月には『わが文学論』(『著作集』(二))も出ている。

『わが文学論』に収められた一九一七(大正六)年の「怒れるトルストイ」から、一九五一(昭和二六)年の『異邦人』論までの主要な評論をあらためて精読した平野謙は、一九五三(昭和二八)年七月、「広津和郎Ⅲ」(『全集』7巻)にその感想を記している。そして中でも「怒れるトルストイ」について、一九一六(大正五)年の文章にもかかわらず、昨日書かれたように新鮮で、時流に鋭敏で発言も時評的でありながら時流を超えている広津の「風化」しない評論に、驚いている。「人性不条理の認識」から「全人間的な立場から、人生における個人の責任という問題に拘泥」した広津が必然的に『異邦人』論争に進み出た事情を、平野謙は熱心に解き明かしたのである。『異邦人』より『ペスト』を買う、といい、むしろ『異邦人』の作者が、『ペスト』の作者にまで到り着いたその文学的コースをこそ理解しようとした平野謙が、「人性不条理の認識」から出発して「全人間的立場から、人生における個人の責任という問題」に到る広津和郎の文学的コースを再評価、再確認することになった。広津和郎の全人間的全体像把握に、平野謙は立ち向かう。折しも一九五三〈昭和二八〉年九月に広津和郎は「真実は訴える」を発表し、松川裁判批判におもむいたのである。平野謙の広津和郎全体像把握への情熱的な取り組みと、広津和郎の松川裁判への批判とは、きわめて自然に並行することになる。

松川裁判に対する粘り強い「不退転の決意」をもたらした「情熱の源泉は何か」、と平野謙は「広津和郎V」（『全集』7巻、一九五四〈昭和二九〉年一一月）で問いながら、広津の前半生を、やりきれない非力に対する自意識にさいなまれながら生き貫いた時期とし、戦争の時代を耐え、国家権力に対する微粒子のような個人のむなしさを感じても、やはりいわずにいられない気持ちの内訌を経ることで、「今日の庶民的ヒューマニズム思潮」が徐々に蓄えられてきて、その一つの「結論」として松川裁判批判がある、と全体像理解に踏み出している。この梗概を平野謙はこれから先徐々に肉づけて、広津の人間的文学的道程をより鮮明にし、同時に、平野謙その人の人間的文学的道程を、広津に学び、共感し、確定してゆくのである。

それは、広津の文学的出発点にまで遡り、初期作品に濃厚な、「人間性の不条理」を見すえたニヒリズムの源を明らかにしていこうという作業になる。「広津和郎X」（『全集』7巻、一九六四〈昭和三九〉年一月）において、広津が人間性の不条理をどこからつかんできたかを推測して、ロシア一九世紀末のペシミズムからか、生得の資質からか、と問い、「私は知らない」と書きもし、また広津の兄にあたる人の存在がひとつの要因ではないか、とも考える。平野謙が、「仮説」としながらも、広津和郎の人性の不条理観形成の鍵を、兄・広津俊夫の存在に求め、ほぼ確信することになるのは、一九六七（昭和四二）年になってからと思われる。

『全集』6巻『さまざまな青春』所収の「四章　広津和郎と菊池寛Ⅱ」（一九六七〈昭和四二〉年三月）に、平野謙が広津の兄の存在を確信していく様子が克明に書き込まれている。

兄・俊夫の不行跡と苦闘する中で、「人間性の不条理」も「性格破産者という人間典型」への着目も生まれた、「これが広津和郎のいわば原体験にほかならない」と、平野謙は広津和郎の原質にたどり着くことで、広津の人間的文学的全体像構築の肝心の礎石をすえたのである。さらに、「兄を捜す」「やもり」「傷痕」などの作品に現れる広津の兄に着眼し、和郎が若き日に異様ともおもわれる正宗白鳥の「妖怪画」に感銘した内奥の秘密も解明し、さらに『二人の不幸者』序文、「チェーホフ小論」「神経病時代」「性格破産者の為めに」と、「自由と責任についての考察」を平野謙は詳細に検討していく。

そして人間性の不条理感と生活者としての責任感が、広津の内部に車の両輪の如く共存格闘をくりかえしながら、前者から後者へと関心の重心移動が行われた。それが「ニヒリズム」から「庶民的ヒューマニズム」へ、苦悩の末たどり着いた広津和郎の人生の軌跡であることを、平野謙は確認していった。そして松川裁判批判こそ広津の「庶民的ヒューマニズム」の頂点であると総括した「広津和郎XIV」(『全集』7巻、一九七三〈昭和四八〉年九月)が書かれる。

こうした広津和郎の全体像構築の過程は、とりもなおさず、広津と比べることで、平野謙自身の文学と人間が歩まなければならない方向へと、平野謙を導くことになった。一九六五(昭和四〇)年一月の「アンチ『破滅型』ということ」(『全集』5巻)、同年四月の「『破滅型』からの発展」(『全集』5巻)、同年五月の「破滅せぬ作家のタイプ」(『全集』5巻)がそれである。

「アンチ『破滅型』ということ」の中で、平野謙は、「破滅型」は岩野泡鳴から辻野久憲・太宰治に到る家庭破壊者の異名であり、森田草平にもそうした一面がありながらよく乗り越えた、といい、その文学上の後継者が広津だ、という。「大正期の広津和郎もまた家庭破壊者の一典型にほかならぬが、そういう森田草平から広津和郎にいたる文学史上の主線が、いわばアンチ『破滅型』のタイプとしてひとつ引けるだろう」と書き、またそれが現在どこに受けつがれているか、と問うてもいる。この平野謙のアンチ「破滅型」人間の類型化は、私どもにはすでに、『異邦人』から『ペスト』に突き抜けていったカミュの人間的文学的苦闘のプロセスを、広津和郎に重ねて再評価する最大のポイントとして、以来松川裁判批判を経る中で広津和郎の文学的出発から今日までの全人間的全体像を彫琢したいと願った平野謙の、きわめて自然な一結論であることを知る。

「家庭破壊者」イコール「破滅型」の一典型広津和郎が、よく乗りこえて今日眼前で松川裁判を闘っている。常に破滅への危機感にさいなまれながら、破滅することなく生きのび、闘っている。その全人間的道程に、平野謙は我が資性と同じ血脈を確認し、感動した。そこに一見奇想とも思われる「アンチ『破滅型』」という人間タイプを類型化した必然があったはずである。

しかし、その思いは、伊藤整にも本多秋五にも通じなかったようである。「私の試みは伊藤整にも本多秋五にも賛同を得ることができなかった」と「『破滅型』からの発展」に記録している。この文章でも、伊藤整、本多秋五の賛同なしで、なお「アンチ『破滅型』」人間の類型化に執着し貫こうとする平野謙は、「一口でいえば、森田草平も広津和郎もいわゆる『破滅型』になる傾斜を十分に持ちながら、それぞれ人生的危機をのりこえていった点に、注目したいのである」と自説変更を認めていない。さらに「私一個としては、一度歴史の内側から『破滅型』を否定しなければダメだ、という思いがしきりにする」とも書く。間違いを犯したと認めた時は、率直に反省し自説変更を惜しまない平野謙の態度を、私どもはよく知っている。しかし、この「アンチ『破滅型』」人間と文学史上の類型化については、あくまで固執することを辞さない、いや固執せざるを得なかったのである。

ここで、前段でしばしば援用した大江健三郎の指摘した平野批評文体、いわゆる「姿勢正しい含羞人の反語」に立ち返るなら、先ほどの、「森田草平も広津和郎もいわゆる『破滅型』になる傾斜を十分に持ちながら、それぞれ人生的危機をのりこえていった点に、注目したいのである」と記した平野謙の真意がそこに秘匿されていることに気づこう。

「太宰治は、性質からいっても全然左翼に適しない男だ」と本多秋五は言った。受けて平野謙は、「いや、そういう人間さえも左翼になったのが、あの時代なんだよ」と返したのである。そこに大江健三郎の「含羞人の反語」を応用することで、私は、平野謙の心底にそのとき、太宰治と平野謙の非革命的な繊弱な資性という共通項だけではなくて、太宰も自分も「破滅型」の人間ではないか、という感慨を、「そういう人間」とやや自嘲しながら「含羞人の反語」で語った、と推断した。「アンチ『破滅型』」という一見奇想とも思える人間と文学史上の類型化に執着した平野謙は、まさにここでも「そういう人間」と語ったときと全く同じ「反語」を使用したのである。

太宰治に同じ血脈を発見し、「微かな風にも顫える葦のような神経」の苛だちに、「破滅」の予兆におびえながらも、その危機を乗り越えてゆこうとした平野謙の傍らに、広津和郎の全人間的文学コースを対置するとき、いいかえるなら、「怒れるトルストイ」から「松川裁判」に到った広津の全生涯を対置するとき、初めて平野謙は、太宰治の人間と文学の道程に対峙しうる「アンチ『破滅型』」の人間と文学を想定したのである。「一度歴史の内側から『破滅型』を否定しなければダメだ、という思いがしきりにする」という痛切な所思は、「歴史の内側」が、平野謙の心底そのものであることを明白に物語っている。歴史と人間を、客体と主体で画然と分かつのではなく、歴史と人間を相関の中で切り離すことなく捉えてきた平野文芸批評の本質がここにある。

「破滅型」の人間・平野謙が、アンチ太宰治から広津和郎の存在に、己れの文学的人間的営みを確認し定立していった、その途上「私どもは生きのびねばならぬ。単に生理的にではなく、文学的に生きながらえなければならぬ」という決意が出てくるのも、また自然なのである。「生きながらえる」ことは、平野謙の「反語」に支えられた「不退転の決意」なのである。

そして、その「不退転の決意」が、広津の「みだりに悲観せず楽観もしないで黙々と生きぬいて」いく「散文精神」への関心、親愛、共感を深め、ついに平野謙の「破滅もせず、調和もしないで今後もしばらくは生きのびてゆかねばならぬ」という「破滅せぬ作家のタイプ」一文の、表現を生むことになる。無論、「破滅」にアクセントを打ちながら、である。

「破滅型」の人間・平野謙の、精神の深淵に核としていつまでも、ぬぐいきれない血塊があったとすれば、それは人間不信であったに違いない。「政治」や「組織」に関心があったのではない。「政治」や「組織」を運用する人間にこそ関心があったのである。その人間が、間違いなく、「政治」や「組織」を運用していることにこだわり続けたのである。

人間不信の血塊に苦悩しながら平野謙は、「人性の不条理」から「散文芸術論」「散文精神論」戦争体験、「異邦人」論争、「松川裁判」批判に到った広津和郎の、人間不信から人間信頼までたどりついた全人間的全文学的闘いを、支柱とすることで、はじめて、破滅もせず、調和もしないで生涯を閉じたのである。

一九四九（昭和二四）年八月に起こった松川事件は、一四年後一九六三（昭和三八）年九月の最高裁において、全員無罪判決でついに終止符を打つ。一九六八（昭和四三）年九月広津和郎逝去。平野謙は、同年一二月、一三年四ヶ月続けた「文芸時評」を終えている。

広津和郎の死を一つの区切りとして、平野謙が「文芸時評」を終えた事実の中には、アンチ「破滅型」の系譜に繋がりながら、広津の「松川裁判」にも連なる仕事に赴きたい、という平野謙の「含羞人の反語」がなかったとはいえまい。仕事とは何か。そこに論の中心はないので割愛するほかないが、広津和郎に限るならば、破滅への道を歩む危機から、よく救抜してくれた広津和郎への万斛の思いを込めて、一九七五（昭和五〇）年七月、平野謙自らの編集・解説による広津和郎評論集『文学論』を筑摩書房から上梓し、同時に、広津和郎の文学的業績を中心に据えた、「広津和郎の文学史的位置」というタイトルを施すのがもっとも妥当と考えられる『昭和文学の可能性』一冊を、一九七二（昭和四七）年四月に岩波書店から出版しているのである。

『文学論』と『昭和文学の可能性』の二冊が、いうまでもなく、広津和郎への追悼と感謝と、平野謙の決意を、「含羞人の反語」として著したものなのである。

あとがき

以下に『明治大学文人物語―屹立する「個」の系譜』に使用した論文の初出誌を掲げておく。全体の統一性を整序するためや、新たに得ることのできた情報により補足したり加除したりしたところも多い。自然科学系の論文だけではなく、人文科学系の論文も生き物であると、今回の仕事を通じてつくづく思った。執筆時点では完全な、あるいは完全に近いものと確信していても、後の探索や思考を経ることで、あらためて補訂を余儀なくされるものであることを痛感したのである。棺を閉じたときに初めて、しかし、我が完成稿になるのかもしれない。

ここに、使用した初出論文をあとがきに代えて、列記しておきたい。

明治大学文人物語―屹立する「個」の系譜

第1部　創立者たち

◎「明治大学の中の地域文化―岸本辰雄・宮城浩蔵・矢代操と子母澤寛たち―」(「明治大学国際日本学研究」第6巻第1号二〇一四(平成二六)年三月明治大学国際日本学部刊所収論文前半部。

第2部　明治文学会と笹川臨風

第1章　明治文学会

◎「明治四〇年前後の明治大学教壇文学者たち―「明治文学会」の可能性と限界―」（『駿台学の樹立　大学史紀要　第8号』二〇〇三（平成一五）年一二月明治大学史資料センター編・学校法人明治大学刊所収。

第2章　笹川臨風

◎「笹川臨風の位置」（『『校歌』の史譜　大学史紀要　第7号』二〇〇二（平成一四）年一二月明治大学資料委員会編・学校法人明治大学刊所収。

第3部　卒業生たち

第1章　平出修

1　平出修の大逆事件弁論まで

◎「三　社会派の弁護士たち」の「平出修の生い立ち」「岸本辰雄と平出」「歌人としての修」「平出の弁論」（『明治大学百年史　第三巻　通史編Ⅰ』一九九二（平成四）年一〇月明治大学百年史編纂委員会編・学校法人明治大学刊所収。

2　平出修の大逆事件小説「計画」を読む

◎「平出修・小説『計画』論考―研究史をふまえて―」（「明治大学教養論集」第232号一九九〇（平成二）年三月明治大学教養論集刊行会刊所収。なおこの論文は『事件「大逆」の思想と文学』二〇〇九（平成二一）年二月明治書院刊に収録した。
第2章　尾佐竹猛
◎「尾佐竹猛における『歴史と文学』の位相―融通無碍の一貫性―」（『大学史紀要　第十号　尾佐竹猛研究　Ⅱ』二〇〇六（平成一八）年三月明治大学史資料センター編・学校法人明治大学刊所収。
第3章　子母澤寛
◎「明治大学の中の地域文化―岸本辰雄・宮城浩蔵・矢代操と子母澤寛たち―」（『明治大学国際日本学研究』第6巻第1号二〇一四（平成二六）年三月明治大学国際日本学部刊所収論文後半部。
第4部　文学者たち
第1章　中村光夫の文芸批評―広津和郎への違和
◎「中村光夫と広津和郎―「異邦人」論争の主眼目―」（『中村光夫研究』一九九五（平成七）年六月論究の会編・七月堂刊所収。
第2章　平野謙の文芸批評―広津和郎への信頼
◎「平野謙と広津和郎」（『平野謙研究』一九八七（昭和六二）年一一月明治書院刊所収。
第4部は、私が直接教わることができた文芸評論家であり明治大学教員であった中村光夫先生と平野謙先生のお仕事の一端を論じたものである。殊に平野謙先生には学部の卒業論文（「平民社系反戦文学の成果と限界」）のご指導から大学院の修士論文（「上司小剣―人と作品」）指導まで、お亡くなりになるまで本当に親身のご指導をしていただいた。不肖の弟子である。

お二人が文芸評論家であることを考えて、極力論文風の「註」を、目立たない体裁にして、評論風の文章にしたつもりである。

最後に、この『明治大学文人物語』を刊行するにあたりたくさんの方にお世話になった。明治大学大学史資料センターの山泉進法学部教授、村上一博法学部教授、秋谷紀男政治経済学部教授、高田幸男文学部教授には、いつも学問的刺激を与え続けていただいている。またその時々に質問に答えていただいた大学史資料センターの村松弦太さん、阿部祐樹さん。お二人には現地調査にも付き合っていただき、いろいろな場でコーディネートをしていただき、研究成果を上げることができた。

また現地調査の北海道では、石狩市や札幌市や函館市におられる中根誠治さん、佐藤勝彦さん、高田靖仁さん、丹羽秀人さん、地家光二さんには現地踏査のお手伝いから資料の提供までお世話になった。その中根さんや佐藤さんに連れられてお目にかかった子母澤寛のご遺族、宮川甲八郎（脇坂遼）さんや中山とも子さんのご好意に接することができた。さらに、岸本辰雄や亀井茲矩を調査した際には、鳥取大学の本名俊正さん、林喜久治（退職）さんのご案内やご指示をいただいた。

この本を刊行するに際して、刊行許可を出していただいた明治大学出版会関係者の皆さん。巨細にわたり編集者の立場から助言をしていただいた須川善行さん、丁寧に正確に校正していただいた校正者の方、本当にありがたかった。この場をお借りして深甚の感謝を申し上げる次第である。

人名索引

あ

か

さ

た

な

は

ま

や

ら

わ

吉田悦志（よしだ・えつし）

明治大学国際日本学部教授。1949年岡山県生まれ。専攻は、近世近代の日本文化。明治大学博士後期課程単位取得退学。株式会社明治文献（出版社）編集部、明治大学政治経済学部専任講師、同学同学部教授、ドイツ・チュービンゲン大学日本学研究所客員教授を経て、2008年より現職。著書に、『きみに語る―近代日本の作家と作品』（DTP出版）、『上司小剣論―人と作品』（翰林書房）、『事件「大逆」の思想と文学』（明治書院）。

明治大学文人物語　屹立する「個」の系譜

2016年5月31日　初版発行

著者――吉田悦志

発行所――明治大学出版会

〒101-8301
東京都千代田区神田駿河台1-1
電話　03-3296-4282
http://www.meiji.ac.jp/press/

発売所――丸善出版株式会社

〒101-0051
東京都千代田区神田神保町2-17
電話　03-3512-3256
http://pub.maruzen.co.jp/

装丁――岩瀬聡

写真提供―明治大学大学史資料センター

印刷・製本―精興社

ISBN 978-4-906811-18-2 C0095

©2016 Etsushi Yoshida
Printed in Japan